U0914747

【长篇小说】

一个刑警的日子

蓝衣 著

江苏凤凰文艺出版社
JIANGSU PHOENIX LITERATURE AND ART PUBLISHING, LTD

一　个　刑　警　的　日　子

我叫刘子承，是一名北京刑警，从业 23 年。这本书是我对这 23 年刑警生活的一个总结。

从业以来，我见过、破过许多案子，绑架、强奸、贩毒、抢劫、谋杀……一应俱全，其中有小案，也有大案。最忙碌的时候，曾经一年破了 200 多个案子，但我想要放在这本书里的案子，都是我至今记忆犹新，甚至对案发细节历历在目的。

我曾想过，为什么偏偏是这些案子印在了我的脑海里，挥之不去。后来我恍然大悟，因为是它们改变了我，使我从青涩到成熟，通俗点说，它们刷新了我的三观。伴随着这些案子，我的刑警生涯经历了停职、表彰，我的家庭生活也走过了幸福、分离。

我凝视黑暗许久，黑暗亦在凝视着我。但到了最后，我没有融入黑暗，我仍是一名刑警，就像歌词里说的那样：

“金色盾牌，热血铸就。”

一个刑警的日子

目录

CONTENTS

一个刑警的日子

引　子

在太阳宫地区有一个人被杀了。女性，47 岁，福建人。她租住在一个特别简陋的屋里,那个屋儿啥样儿呢？开了门就是床,也只有张床。她这床是砖砌的，上边放一木板，然后再铺上床褥之类的东西。

看到案发现场之前，我都不知道大首都还能有这样的地儿、这样的屋儿，最不可思议的是，竟然还有人租。隗哥说我应该先干几年片儿警，才能通透地了解脚下这片土地。

这个女受害人叫林苗苗，没有居住证等证件，只有张身份证在钱夹里。钱夹没有被盗，内有现金。屋内也没有翻找痕迹。就这个贫穷指数来说，也不太可能是窃贼的目标。

那会儿我刚入职，还不知道查案具体是个什么查法。于是隗哥带着我在附近摸排，了解被害人的情况。令人意外的事浮出了水面——这位年近半百的女性从事卖淫工作。

我当时心里想的是，这岁数出来做这行当，不是笑话儿吗?

她卖淫的主要对象是什么人呢？据群众反映是一帮民工，都是出来打工的。

47 岁出来卖淫,对象是农民工,一次 25 块钱。这情形你想起来都不免恶心，觉得臭不要脸。这是她身上被贴的标签。以我们常人看来，这种女人，就是社会的渣子、败类，然后她被人扎死了，死得不名一文。没人同情。

她是因为五块钱被杀的，就像是在奚落她的身价。

通过不断地搞这个案子，走访、摸排、调查，后来我们把嫌疑人抓住了，就是一个普普通通的民工。为什么杀她？这民工说了：事先说好了一次 25，完事儿我给了她30,她死活不肯把那5块钱找给我,还说什么没戴套,就得加5块!我说你要不找钱我可动手打人啦，老娘们要挟我说，我敢动她一下，她就找鸡头收拾我。我被逼得急了，就干脆拿刀把她干了！

这案子破的，说实话，都没什么价值。但后来队上收到一封信，我们看完都久久地沉默了。

案子破了之后，得通知家属认尸。林苗苗的女儿是福州医学院的学生，正在读博士。后来这个女孩给我们写了一封信——《我的伟大母亲》，信里的内容大致是这样的：

“亲爱的警察，你们的案子虽然破了，但是你们的态度让我们感到一丝丝凉意，不管你们怎么想，我为我有这么一个伟大的母亲而感到自豪，深深的自豪，我会永远记住我的母亲。她为了抚养我们姐弟长大，付出了常人所不知的辛苦与汗水，她为了弟弟的学费遇害，我不谈论她的行为，我只尊敬她的灵魂。她不可耻，至少在我心中，她无比伟岸。我爱她，一生一世。”

林苗苗家有两个孩子，一个女儿，一个儿子。儿子读高中，女儿大，读博士。这个女的47岁了，离婚之后一人带两个孩子，两个孩子都成才了。

我看完这封信后仿佛遭了一记晴天霹雳，心里特别不是滋味，感觉自己对人生的看法都有了改变，或者说是人生维度的一个转变。

我跟隗哥说，我干这行，主要是因为有破案的荣誉感在里边，可我却忘了对人性的挖掘。人性很复杂。我对任何案件都保有高度热忱，我喜欢解谜，我喜欢迷雾散去的那一刻，可我却不注意挖掘人性。

隗哥跟我讲了两个道理。

第一个，这个世界，哪有可能非黑即白呢？再者，善的对立面从来不是恶，而是伪善。你自以为你很善良，却戴着有色眼镜去看别人，这其实是伪善罢了。

第二个，对于刑警来说，破案是职责，是义务，但不一定就意味着成功。

林苗苗女儿的那封信就像是当头棒喝，让我明白了第一个道理。而第二个道理，直到我遇到了另外一起案子，才终于恍然大悟。

第一章
CHAPTER 1

刀口起舞刀背歌

刑警的生活常态就是游走于刀锋之上，与案件和尸体做伴，这不，西坝河又发现了一具尸体，一具被阉割的尸体。

“子承，子承，醒醒，起来起来。”

这一通摇晃，我迷迷瞪瞪睁眼，瞧见隗哥的脸有饼那么大。

“欸妈呀，隗哥！”我腾一下儿坐了起来，话都有点儿说不利索，“您……这是几点啊，干吗啊……”

从宿舍破了糊了半张瓦楞纸的窗户往出看，外面隐隐有点儿亮儿，但我合计不出来是几点。

“起来穿衣服！赶紧的，别磨蹭！出现场！”

我望着隗哥细高条儿的身影，囫囵套上衣服裤子跟他走了。我俩开着队里唯一的汽车，京 OB1508，结果开到三元桥汽车开了锅，又换成打出租到的案发现场。

远远的，看到几位警队的技术人员，穿着制服戴着大壳帽儿，正跟一个老头儿说什么。地上一张白布盖着的显然是个人。那血流的，真对得起“血流成河”那成语。满地的血脚印也叫人瞧着瘆得慌。

隗哥把车一支，三步两步就走上前去。

“隗探长来啦。来来来，你再跟我们同事说说你发现他的情况。”技术人员赶忙招呼着。

老头子语音儿打颤，说话磕磕绊绊，我站隗哥身边儿跟着听。也许是见了血的缘故，清晨凛冽的空气中，我觉得血腥味特别浓。从前见我妈杀鸡，一盆血就很了不得了，现如今这一地血，说不吓人是假话。

这位老同志一贯起得早，又怕吵了家里人休息，就出来遛弯儿当晨练。河边儿是他每天的必经之路，今天他也是破晓就从家出来了，从家走到河边儿不过一刻钟的时间，就发现这儿黑乎乎一片，凑近一看，地上趴了个人，脚一打滑，咕咚一下儿就坐地上了，吓得哇哇叫，等他醒过闷儿来就跌跌撞撞跑去了派出所报警。

隗哥认真听着，不断地点头鼓励他多说点儿。隗哥果毅勇猛，但他长了张文质彬彬的脸，提个问题也是语气轻轻的，边听边做记录。

我们赶到现场这会儿，技术人员已经勘查得七七八八，尸体拍照、控制现场、记录尸体位置的详细信息，以及录取死者指纹等等。

“子承，你把布掀开我看看。”他说着递给我一双手套，自己也套上了手套。

我有点儿蒙。说实话，真蒙。进来刑警队这俩月，还没怎么正式出过案子，处理过小偷，搞过摸排，但正儿八经到案发现场，这还是头一回。头一回，就赶上死人了。

我是胆子挺大那种人，小时候也没少跟人打架，见血开瓢都是常事，再加上一直搞摔跤，虎实得很。但一掀开那白布，我就傻眼了。这人，根本就是泡在血里。血腥味儿一直闻着还没啥，这会儿加上直冲眼球的画面，就满不是那么回事儿了。这不是吓人不吓人了，是恶心。真恶心。

隗哥蹲了下去，认真地看着，脸凑得十分近。看了会儿他又把原本趴着的人翻了过来。我看见那人的正脸儿了，倒抽了口凉气，是个小伙子，说真的，跟我应该差不多年纪，也就是十八九二十岁的样子，没看清长什么模样我就别过了脸。又不敢让隗哥瞧出来我的反常，我就假模假式跟周围溜达。现场挺乱的，血脚印哪儿哪儿都是。

警车的声音呼啸而至，法医也来了。法医检查，隗哥就跟在他旁边，这时候我听见法医说：“这不对啊，下面儿的生殖器没了。”

接下来大家有事儿干了，十来号儿人一起在周边找，最后在离现场一两米开外的枯草里找到了。跟黄油似的，就那么一丢点大。看过我整个人都刺应。

受害人被搬上车前，我忍不住又看了看他。一身血污，新新的球鞋格外扎眼。白的染上了红，红得极不自然，透出一股子狰狞。那是双许多这个年纪的男孩子梦寐以求的限量款运动鞋，有钱也不见得买得到。

老实说，我都不知道自己是怎么回去的，隗哥从大茶缸里倒了杯茶给我，他说，子承，你脸都白了。

那不是害怕。说真的，不是害怕。是茫然，真就是茫然，我不懂得一个人怎么就那样儿了。他干了啥，他怎么就这样儿了。

法医的鉴定结果下午就来了，那小子胸部、后背被扎了将近40刀，当场毙命。致命伤是心脏处的一刀，死因是流血性休克死亡。生殖器官（阴茎）是死后割下来的。死者身上伤口深浅不一，但都是同一样凶器所致。而这把推测中的匕首，不知所踪。

技术、法医还有刑警全都聚在一起开会，一屋子人说什么的都有，案情分析如火如荼。隗哥不说话，坐在那儿一杯接一杯喝茶。我有一耳朵没一耳朵地听着，心中只有一个疑惑——到底有多大仇恨把人给杀了，40刀，还把那玩意儿给割下去了？

“你是怎么想的？”

我蹲在院儿里，看着早春刚有复苏迹象的大杨树发呆，隗哥递了一支烟给我。

“嗯？”猛地回神，我迎上了隗哥的视线。

“讨论会上我见你没说话。是不是给吓坏了？”

“倒也不是……”我吭吭哧哧，“是挺吓人，真没见过这阵仗……但是吧，也不是怕，是挺……慌的。您说，这得是多大仇多大怨啊，把人捅成筛子……”

“不理解吧？”

“不理解。”

“所以才要搞清楚原因啊。咱们的工作，说白了，就是寻找一个为什么。

为什么人会犯罪，为什么人会杀人，为什么。”

我看着隗哥，烟雾缭绕下，他的眉眼透露着一股坚毅。

为什么？我头一次意识到，当警察不仅仅是抓小偷，当警察不仅仅是耍威风，当警察，面对的，是十万个为什么。对，为什么。隗哥说到了我心里。我很想知道这个为什么。在我的意识中，困惑先于了恐惧。

“现场足迹杂乱，血脚印尺码不一，钱包也没了，也许真是抢劫杀人？”我试探着说。说完方觉不妥。

隗哥果然来反驳我了：“且不说案发时间很诡异，并不是一个抢劫的好时段；再者，被害人年纪不大，也不该是抢劫者的合适目标。最重要的是，抢劫不会这样过度杀戮。更何况还是以求财为主。一般人抢劫，钱也就是随身那些，就算钱少得令人发指，也不至于这么虐杀人泄愤吧，没逻辑呀。”

我啧了一声。毫无头绪。夜深人静，一个很体面的小青年叫人扎成了筛子，还被割了下面儿那话儿……他为什么到这里来，为什么基本没有反抗受伤，为什么压根儿没人见过他，凶手有几个，动机是什么……疑问无穷多。

在首都，发生了这样凶残的案件，上面儿很重视。我们进行了大量的摸排走访，但是在走访的过程当中，我们发现谁也不认识这个死者。西坝河太阳宫一带我们真是走遍了，竟然没有一个人见过受害人。但那绝对是第一现场，毕竟血流漂杵，并非抛尸。

尸源找不到，不知道死者是谁，这就等于什么线索也没有，就等于大海里捞针了。

实在没办法，我们就在全市范围内发了一个协查通报，把体貌特征描述清楚，谁家孩子不见了来我们这儿认尸体。

协查通报大概发出了两个礼拜，有一对夫妇从韩国回来，说联系不上孩子了，一来二去，到了我们这儿。尸体一认，问：是你儿子吗？父亲点点头说：

是我儿子。我看着他，在他脸上并看不到我所以为的那种悲伤。我们家一家四口，关系特别亲密，我想，要是我被人扎成筛子躺在这儿，我爸约莫要提刀去宰人。

死者叫金笛，朝鲜族，20岁，比我还大一岁。早先随父母去了韩国，自幼学油画，他油画水平很高，回国是为了在北京画院进修。我看了他的画，虽然我不懂艺术，但我觉得特别美，是有灵魂的那种美。我也看了他的学生证，是个挺帅的小伙子，帅，洋气，看着就比同龄人生活条件好，优越感从他的每个毛孔里渗出来。我们接触了他的同学、老师，都反映说金笛很有天赋，成绩优异。这么一个前途光明的青年，竟让人乱刀扎死还被割了那话儿，因为什么啊？

关于他的一切，都是从同学、老师那里得知的。他的父母基本没跟我们说什么。我十分不理解，问隗哥，怎么儿子被杀了他们这么冷漠不配合？隗哥告诉我说，不是所有死者家属都信任刑警，有很多甚至带着敌意，认为孩子死了是咱们的错。

年轻、有钱、艺术家。这仨身份出来，队上一部分人认为是谋财，一部分人认为是情杀，隗哥觉得都不是。

案子时间拖得长了，人手就越来越少了，没有那么大警力支持，毕竟这座城市每天都有犯罪在发生，我们才有多少人啊？真的，干不过来，有心无力。尤其这对夫妇又是那么个态度，就更不受待见了。

但隗哥坚持这案子一定要破，必须得破。没有一个人活该这么被对待，20岁，大好年华，前途无量，被人捅死还捅了这么多刀，最后还把那话儿给割了，这就不是人干的！是畜生！破，必须破！我必须把那个畜生从人堆儿里揪出来！

我跟着隗哥，决心也很大。一是怄气，你不信任我们，我们偏就要把案子办得漂漂亮亮；二是，我想知道为什么，为什么人好好儿活着就让人干死了，为什么杀人凶手可以疯狂至此。其实还有个三，我觉得，我跟隗哥，我们俩像孤胆英雄。

这天下午，隗哥带我去了个餐厅见一个人，是个跟隗哥年纪差不多的男的。长得怎么说呢，一看就不像好人。喝酒跟喝水似的，跟隗哥也不拘着，称兄道弟那个架势，搞得隗哥都像是黑社会安插在警队里的卧底了，令我十分疑惑。席间，这位道儿上的大哥谈及了金笛。

原来，这位艺术青年过着双重生活。白天上课画画儿，晚上出来喝酒泡歌厅。这你谁能想到啊？根本想不到。这位道儿上大哥，是隗哥的特殊情报人员，有些事儿我们警察去啥啥问不出来，这时候就得靠这些人了。我问隗哥，那他怎么就愿意给你提供情报啊？你说我们，一没钱，二没权，给不了人利益，也发不出啥豁免权，这些人精儿能给你白干？隗哥给了我俩字儿：走心。

下午隗哥在宿舍睡了一觉，醒了就叫上我，俩人打了辆车，直奔人鱼宫歌厅。说实话，当时我们对歌厅周围都进行过走访，但我们从没想过死者跟歌厅会有联系。

出来位个子不高的中年男人，大腹便便。

隗哥拿死者的照片给他看，他表示没什么印象，歌厅这种地儿，一大把人来来往往，他也不可能全记住。

隗哥不急也不恼，说："没事儿，我不着急，你再回忆回忆。有时候记忆力是不怎么靠谱，你不着急可能就是想不起来。欸，你们这儿防火符合规范吗？好像老有小姐出入啊，执照你拿来给我看看。"那一脸的，来来来，我慢慢儿给你找事儿表演得太到位了。谁不明白呢，一个歌厅能不能开下去，跟我们密不可分。我们想找你事儿，就肯定能给你找出事儿来，一旦找出来事，你也就别开了。

"来来来，抽支烟。"歌厅老板的态度顿时来了个一百八十度大转弯。

隗哥用手推挡开了，他又来给我发烟，我给了他一句"你老实点儿"，配合隗哥一个白脸儿一个红脸儿。

"您看，咱们也是遵纪守法，违法乱纪的咱不干。我开个歌厅，看着好像怎么着似的，里面的门道您也知道。该上供的上供，该交保护费交保护费，就图个平平安安做个小买卖。这事我不愿意跟您说，我不是存心想瞒着您，是我也不愿意惹事。这个男孩是上我们这里来过，但一不是熟客，二……二我知道出事了。头俩月好些警察在周边摸排，我怕摊上事。就怕跟我们有什么瓜葛。”

“你什么时候见着他的？”

“挺久了，好像是个礼拜四。对礼拜四，那天送酒的来了。他们一伙人来的，六个七个人吧，都是老乡。喝酒来着，来得不早，也没叫小姐，几点走的我不知道，因为我走得早，这样，一会儿我让款台的小姑娘跟你们说。”

“都是些什么人啊？”隗哥问。

“都是年轻人，他们都差不多大，出手挺大方，我还让给送了果盘。一是，大家全是老乡，二是，想着这么愿意花钱的回头再来。”

“他们有什么冲突吗？”

“没有啊，要是有冲突，动手了，伙计就找我了，没找我。”

“你这样，你把那天的服务员给我叫来，子承，你去款台，问问收银员记不记得那帮人什么时候走的。”

这个案子，如坠迷雾。案发过去两个月了，我们只知道死者是谁，死者最后的行踪是在人鱼宫，离开时候是夜里两点到两点半左右，法医推断的死亡时间也差不多，也就是说，他离开人鱼宫之后就死了。这基本上可以确定，因为人鱼宫没有打斗的痕迹，也没检测出血迹，就是碎了个杯子，喝酒，喝得又多，杯子碰掉了都是常事。跟他喝酒的人没人知道是谁，只知道是年纪差不多的一帮男的，他们从哪儿来，又去了哪儿，无人知晓。

这事儿越来越奇怪了，一帮人出来耍，死了个小兄弟，是跟其他人火并了吗？不对，现场没有其他人的血迹，也没有激烈的打斗痕迹。那是这帮人把死者处决了？也不太对，如果是死者把他们惹毛了，一帮人还喝啥子酒，找个荒郊野外的背静地儿直接清理门户呗。尤其，根据死者的背景分析，这个人很有钱，也慷慨，见财起意也不大可能，更何况死者的财务状况没有异动。

“呦，换了个汉显呼机啊老张。”

“啊，数字那个坏了，头两天去丈母娘家表现，媳妇一高兴，给我换了个汉显的。”

我是疯跑着去食堂找隗哥的，跑得上气不接下气儿，隗哥看着我直乐，“子承，狗撵你啊？”

“隗哥！金笛身上没钱包，也没呼机啊！这么时髦的人，又喜欢出来混，哪可能没呼机！”

隗哥拿勺子敲了下儿搪瓷饭盆，“子承，可以，你还真是块儿干刑侦的料儿！”

饭都没吃，我俩就奔北京画院去了，死者的父母回了韩国，我们暂时联系不上，但他的呼机号老师同学肯定有人知道。

什么叫人走茶凉呢？一个人离开了，仿佛一切都没有变化。画院还是那个画院，老师还是老师，同学还是同学。只是院落披上了植被，只是老师还有那么多作品要忙，只是同学们还在寻找出路，一开始的震惊、悲伤，都被这一成不变的日子给淹没了。其实，我们除了自己，好像并不怎么关心周遭的一切。

去寻呼台的路上，我看着路边高大茂盛的杨树在风中摆动着叶子，看着骑自行车的人被太阳晒得提不起精神，看着落了灰的招牌一个挨一个地挤着，忽然觉得这城市竟然这般冷漠。所有的个体看似相互交织，实则却独立得那么明确。

还有谁在乎呢？一个不相关的人的死。

事发时每个人都那么激动，才不过两个月，就变得乏人问津。都说生命高贵，然而，此时看来，是不是显得过分廉价了些？

寻呼台很配合我们的工作，但记录查起来确实慢，隗哥中途被队上叫回去处理别的事，我一直在寻呼台等着，喝漂亮小姐姐端来的冰水。我比自己所以为的更在乎这起案件，却说不出原因。是因为受害人跟我差不多年龄吗？还是因为他死得太惨？抑或是不等水落石出迟迟无法落地的心在作祟？我不知道。但觉得有点讽刺——我与他素不相识，是完完全全的陌生人，却比谁都在意他的死亡原因。没有生命理应如此陨落。

等待并没有白费。寻呼台给我们整理了记录。案发当天联络机主的人并不多，其中一条引起了我们的注意。晚上七八点钟的时候，有一个座机让他回一个电话。这个座机号码，属于宣武门另外一家歌厅。

当晚，我跟隗哥就去了这家歌厅。还是找到经理，出示受害人的照片，跟人鱼宫那回一样，也是一问三不知的套路。隗哥也有套路，也是开与不开都在你一念之间那套说辞，这回更甚，威胁说你这歌厅回头被砸了也不一定。我都信了，真的，毕竟隗哥有道儿上的“朋友”。

事后我问隗哥，您真会找人砸歌厅啊？隗哥笑，反问我说：你觉得我有这本事吗？我憨笑。又跟他学了一招。真的，你面对这些社会人你不能没底气，你面对什么都得 hold 住场面，甭管真假，牛逼该吹出去就得吹出去。很多时候，警察办事，靠的就是底气。而归根结底，这个底气打哪儿来的呢？我很多年后才想明白，是正义必胜。虽然失败过无数次，但我仍旧坚信正义必胜。

最后，这经理跟我们撂了，说那天夜里九点钟，死者和一帮年轻人，其中有一个叫沈福的，从他们这儿走的，当时他们喝完酒了，要去下一家歌厅继续喝。继续去哪儿不知道，但他听了贼话儿，似乎是朝阳那边一个歌厅。

这就对上了。那家歌厅，肯定就是太阳宫的那家人鱼宫，也就是死者最后出现的地方。人鱼宫那边查不出动静也很正常，因为它就不是这帮孩子的根据地！没人认识他们是理所当然的。那么问题来了，他们是偶然去到人鱼宫然后金笛摊上事儿了，还是说他们蓄意去了个陌生的地儿让金笛出事呢？

那沈福又是个什么人呢？混混儿。无业青年。二十啷当岁。好喝酒，身边有一帮兄弟。可能在他那个年纪算号儿人物，有点儿号召力，但其实正经论，也不算个屁。

歌厅经理虽然知道这个沈福，但谈不上认识。我们是要找这个沈福的，因为按照现在已知的线索，死者金笛最后就是跟沈福和他那帮朋友在一起的。金笛出了事儿，他们应该知道点儿什么。

或者凶手就是他们。隗哥说。

这并非凭空猜测，近40处刀伤，一个人连扎别人40刀真得有极好的体力，若是一群人，就不奇怪了。可这是为啥呢？这年纪的人，最能撑得起肝胆相照，出来一起混一起寻乐子，弄个小团体，团结得不得了。这我有发言权啊，他们跟我年纪差不多。我们都在那个能为朋友两肋插刀的年纪。怎么就翻脸了呢？怎么头一分钟还称兄道弟一起喝酒，出门扭脸就把人杀了？杀了就杀了吧，把小鸡鸡割了算怎么档子事儿？抢大哥女人了？

我问隗哥，那为什么小团体的兄弟要杀自己人，隗哥也说不出为什么。他说，没那么多为什么，有时候人杀人就是一瞬间的杀意。

之后，我们围绕这个沈福开展工作，奇怪的是这个沈福已经找不到了。再一摸排，他们这一帮小团体的人，全都不在了，一个都不在了。常常出没的地方，已再没有他们的身影。那就更不对了，这个案件，也没有证据指向他们就是凶手，但就是找不着这帮人了。

这个沈福有个女朋友，我们走访到她，她表示沈福一直没跟她联系过。我们也侧面调查了她，真没有啥情感纠纷。隗哥嘱咐她，如果沈福跟她联系，一定要通知我们，隗哥是这么跟她说的，沈福犯了事儿，大事儿，他现在人间蒸发了，显然就是跑路不带你，所以你对他来说，明显就不重要。

姑娘听到这儿就不爱听了，嘴一撇，脸一别，摆明了告诉隗哥——你放屁，谁信你的鬼话。但隗哥一脸随和，不急不躁：我说的话你不爱听，我知道，搁谁谁也不爱听。可你不爱听，我也得说，因为这可能关系到你的人身安全。你对他不重要，他跑路不带你，再联系你，只有一个可能性，那就是缺钱了。人一旦缺钱，那就很不妙了。隗哥是让姑娘给轰出来的。

我们把这个案子的进展也向有关领导汇报了，有关领导对这个案子也是犹豫不决，说找不到证据，就不能证明是他们杀人，要把他定为嫌疑人的话，无疑就要投入大量警力，如果仅凭直觉找错了方向，就会产生大量工作，浪费大量警力。每天都有案件发生，你们太执着于这起案件，其他受害人你们就放弃了吗?

这话像一块石头砸在了我心上，燃起来的热情被一桶水兜头浇了下来。我们既不是福尔摩斯，也不是超人，有太多平凡琐碎的事儿等着我们处理。干不过来，这叫人莫名悲伤，我们再怎么努力，也不可能制止案件发生，案件总是要发生，而我们总像无头苍蝇跟在后面儿跑，终究还是跑不过来。

但隗哥很坚决地认为，就是他们干的。上面儿觉得这个案子目前就只能查到这儿了，要放放，隗哥不同意，他带着我也参与别的案件，但私下我们并没有停止调查。然而，不顺利，太不顺利，找不见沈福这个案子就又有点儿石沉大海的感觉。

事情的转机还是通过呼机的线索。我们虽然找不到这帮孩子了，但是让寻呼台配合我们的工作，监控了几个呼机号，也算是死马当成活马医。搞到这些呼机号还真是费了些周折，也是多方打探，其实主要是打探人的下落，但最后能得到的也就是呼机号，这帮人原本也是行踪不定，四处玩乐。好些号儿还都作废了。其实挺不靠谱，没想到，真叫我们撞上了。

呼机信息并不是回哪个电话，而是条汉显：你们要小心注意，警察已经找到我们了。

这么一条信息，足以确定沈福这伙人跟金笛被杀案有着密不可分的联系。隗哥说，你看，咱们推断的没错吧，一定是他们干的，要不在怕什么？但这也并不能作为直接证据，只能说它是个线索。但就是这么一条信息，更加坚定了隗哥和我继续跟进的决心。这里面有事儿，必须的。

由于找不到沈福一伙人，我们的工作就特别难以开展。但猫闻到了耗子味儿，不逮绝对不可能。想抓这个人，但一直就没这个人的踪影，他总不可能人间蒸发啊。难，真难。首先，没证据就不能确定他是嫌疑人，不确定就不能发通报调动警队资源，没有资源，抓捕的可能性就微乎其微。三个多月过去了，这案子就像漂在海上，浮浮沉沉。

忽然，机会来了。

沈福的女朋友，打电话到队上找隗哥。

隗哥果然料事如神！我对隗哥佩服得五体投地。

沈福找她要钱，这已经是第四次了。她说，沈福头一次联系她是在我们找过她之后大概两个星期，给她打的传呼，她把电话回过去，发现是沈福。这人说话云淡风轻，她问他一直不出现是怎么回事，他说没什么啊去外地了，刚回来，约她出来吃饭。她说警察到处找你，沈福说可能是因为前阵子我们砸了家歌厅，说宝贝你别说我找你，跟谁都别说，我躲躲事儿就过去了。

面儿一见上，沈福张嘴就是要钱。姑娘给了。没过一礼拜，传呼又来了，说让她往一个地儿送水。送水干什么？实际是骗她过去，还是要钱。有一就有二，有二就有三，第三回马上也跟着来了。事不过三，姑娘还一直心里搁着隗哥跟她说过的话，越想越害怕。至此，她不相信沈福了，她觉出不对了，打砸个歌厅事儿说大是大，可说小也小，怎么就一直躲着不出来还一直要钱呢？

隗哥拿死者金笛的照片给沈福的女友辨认，她说见过几次，有印象，因为小伙子不仅长得帅，还特别热情大方，几次大家一起出去玩儿，都是他埋单，你拦都拦不住，特实在那种。爱喝酒，跟所有朝鲜族人一样，能喝、爱喝。但说起矛盾嘛，姑娘左思右想连连摇头——没有呀，大家本来认识也没多久，哪儿来的矛盾呢？

自此，我又陷入了迷茫。会不会……我们的思路出了错？会不会是我们太主观太一厢情愿了？但隗哥坚持，他说，子承，不要太纠结原因。等真相浮出水面，因由自会昭然若揭。别动摇，咱们已然走到这儿了，对错都要查下去，哪怕是排除，哪怕是错了，错也有它存在的意义。查不一定对，不查一定会后悔。更何况咱们查到现在，这是唯一合理的推论，多人行凶、手法凶残，也恰恰是熟人，才会产生爱恨情仇进而导致过度杀戮，沈福一伙十分符合咱们的物理证据。

那就继续往下查吧，我跟定了隗哥！

隗哥分析，沈福一直躲藏在本地，没能跑，因为他手里没钱，无业青年嘛。

别说往出跑了，日子久了吃饭都成问题。那他不敢回家，总得有地儿住。那么，说送水那回，姑娘去的地下室就很可能是他的藏身之所。

地下室，是这座复杂城市的地下心脏。南来北往的人涌入这座城市，首先选择的就是这种廉价的居所。也因此，这种环境极为复杂。既有做小买卖的商人，也有大学毕业搬出宿舍的大学生；有饭店的服务员，也有热爱摇滚乐的小青年；有奶孩子的村妇，也有失业小夫妻。

我们谁也没见过这个沈福，仅有个他女友的大概描述。调他户籍吧，一来不是本地人不那么容易，二来上头都说不让跟进了。那怎么办？我们派外线跟踪他那个女朋友，找到了一处地下室。隗哥带着我开了个房间，我们俩就住进去了。

那个时候害怕吗？

我当时刚当警察，心里必须颤颤的。毕竟这是头一次接触杀人犯，而且还是近距离的。那种激动，睡不着，又彷徨不知所措，也不知道你要干什么，身体颤颤的。有一点点恐惧，但另一方面，我觉得有隗哥在啊。跟着隗哥的这些日子，我总觉得隗哥是万能的。

我们在地下室住了三天，隗哥费劲巴拉从队上好不容易调来了一批准备人员，将近十个。结果到第四天的时候，其中一个队长说，这个案子不靠谱，走了。其他探组属于配合你，一看没戏，队长都走了，那人家可不就也跟着撤退了。最后，就我俩继续在那儿侦查。隗哥坚持。十分坚持。

就那么巧，当天下午四点钟，旁边房间突然就来了七个人，没见过的人。我隗哥说，子承，机不可失、时不再来，必须干了，再不干没机会了，他们有可能退房来了。

我说隗哥你别急，我上去问问出租部，给您确定一下。

隗哥说好，别愣头愣脑打草惊蛇，观察一下周边环境。沈福的女友没再搭理他，我怀疑他们觉出不对劲了，怕暴露，很可能就是要撤。

我一打探，嘿，隗哥果然料事如神，就是来办退房的。

隗哥问，你联系队上没有？

我一拍脑门。

猪脑子。隗哥骂。一句话说不到自己就不会想！

很好，我们俩人，就隗哥带了一把枪。一把枪，俩探员，七个嫌疑人，还大多未成年。事出突然，我慌张极了，不知道自己要做什么。隗哥说，子承，别愣着，抄家伙！

我抄什么家伙？我随手拿了个墩布，拿起来又觉得不行，墩布能干什么呀？隗哥来了一句“厨房抄菜刀去”，人就出去了。我想着去厨房拿菜刀，再回来肯定就来不及了。得了吧，最后我决定赤手空拳往里冲。

隗哥端枪，我紧紧跟在后头，这一冲进去，沈福也好，其他几个孩子也罢，都蒙了。隗哥拿枪的姿势标准，但他的手在颤抖。

事后我说，隗哥我瞧见你手抖了，您也害怕啊？他说不是，说子承，我在思考一个问题——这枪我开不开。如果我不开这个枪，有可能炸锅；但是我开了这个枪之后如果不响的话，这帮人就把咱俩都干了。知道吧？那个房间特别小，万一要开不响怎么办？这枪，咱们这种枪不响的机会特别大。

隗哥的那把枪是 1964 年的，而且长期不保养，开不响的可能远远大于开响喽。

不过，到最后隗哥也没开枪。

在这场对峙中，隗哥给我的第一感觉就是，不管面对什么场面，甭管对手是多少人，气势一定要足。隗哥个儿也高，拿着那枪一端，气势就是足。谁他妈也不许动。目光秒杀。我觉得他在这里面起到了关键作用。就那四个字儿，目光秒杀。

这帮人，真没一个敢动的。隗哥端枪对着他们，喊我说，子承上手铐。我说行嘞，还故意摸了摸后腰，其实哪儿他妈有枪啊。隗哥戏可足啦，又说，子承枪别走火儿，你枪别走火儿啊。我说成，我把枪别好了，这就去绑他们去。

虽然嘴上这么说，可实际情况却是，我不仅没枪，我也没铐子，什么都没有，要啥啥没有，都不用翻兜儿，绝对是兜儿比脸还干净。

正束手无策的时候，隗哥提醒我说，用鞋带呀。我说行，蹲下开始解那几个孩子的鞋带儿。我还故意掖了掖后腰里那把根本不存在的枪，实际上什么都没有，背后做一个动作而已，是有点儿戏精那意思，演着快上瘾了。鞋带这么三下五除二给撤下来，我问，隗哥，鞋带系哪儿啊？

你傻呀，隗哥吼我，系他们两个大拇哥，大拇哥系在一块儿，任何力量使不出来。欸，第一次使鞋带系嫌疑人他们大拇哥，就是隗哥教我的。把鞋带全解下来了，我去系去，当时的感觉也不知道是害怕、恐惧还是勇敢，第一次绑人居然用的是鞋带。其实也挺扯的。

我拿鞋带，把他们全给绑上了。弄利索之后，给单位打电话，让他们来接人。隗哥端着枪，在屋里就开始震慑，谁都不许动。他故意说子承你刚来参加工作，我真怕你枪会走火，我拿枪，你别动，不听话的，你打他们一个是一个，你练摔跤那么多年，这就派上用场了。这么一通言语震慑，这帮人就基本上没什么动作了。

当时我隗哥确定里面有一个叫沈福之后，就知道抓得没错，心里的石头也落地了。不一会儿队上车就来了，一大片人全都来了。同事都说，抓得漂亮啊！你们俩抓这么多人！队长也来了，把人往车上一装，直接带去了太阳宫派出所进行审问。

在讯问过程中有个很有意思的地方，我讯问了一天，没有一个承认的，都发含糊。因为没有证据，我不能光靠推理破案，又不是侦探小说。这就到了一个案子的瓶颈了。人抓到了，不等于案子就破了。局长也来了，讲话这是北京市挂账的一个案子，必破的一个案子，呵呵，又不是先前说先放放的时候了。为啥啊，人抓了，看到希望了。可是越抱有希望，我们压力越大。

上升到大案要案的高度，你要是抓错了人，尤其你还带枪了，就等着吃不了兜着走吧。但隗哥坚定地说，这个案子不是沈福干的，我负全责，一定是他！坚定不移，一定是他。就这样隗哥就把我们的信心又给鼓舞起来了，带着我们继续讯问。

到了第三天，其中一个从犯招了。他害怕呀，就这么关着他们，来回来去一个个提审，威逼利诱逐个击破。人都怕事儿，能躲则躲，一看躲不过去了，那事儿小的就扛不住了，他事儿小，他犯不上小事儿变大事儿啊！原来他们当时是五个人，仨人轮番拿刀扎的。这仨人扎，另俩从犯干吗呢？一个抬脑袋，一个抬腿，给死者扔到西坝河旁边了。搬尸。

说起这个青少年团体犯案的可怕之处，就在于它有等级制度。

这个就特别……怎么说呢，有点儿控制人那个意思。我们仨动手杀人了，你们俩地位低，轮不到你们俩，但你俩也别想置身事外。那其中一个孩子，有心计，求表现，扔完了以后，把死者的那话儿就给割了。割了，啪，还给扔了。回去跟为首的这个沈福这么一说，欸，这个老大就高兴了，他就觉得自己倍儿有出息。

这个案子整个过程就是这样的。凶器后来带他们指认现场，也从河里捞出来了。这案子等于我们将被动转为了主动。先抓人，审讯，然后根据口供，收集了证据链。匕首出来了，哪儿来的，谁买的。人抓着了，血衣裤在哪儿，扔哪儿了，找回来比对血液，包括鞋印，等等。隗哥经常和我说，办案子，不能光凭直觉，但一个好刑警，必须有他的直觉，就是这么个道理。

结案之后我仔细想了想这起案子的杀人动机。林苗苗是为了五块钱死的，那么金笛呢？他的死不是因为钱。

说出来我都不信，因为什么？很简单！

酒是导火索，面子是根本问题。

就是喝多酒了。这个艺术小青年儿啊，家庭条件好。肯定好，那个年代，就跟父母出国了，在国外生活好多年，回来到画院进修油画。那他那个……说思维也好，习惯也好，或者说层次，跟嫌疑人他们就不一样。不一样还是他层次高，层次高不说，还有钱，说个这那的，都是别人不知道的。

那嫌疑人他们就觉得这个孩子爱吹牛，又看不上他们。得，矛盾就来了。尤其这个老大，平时吆五喝六惯了，都以他为中心，冷不丁这孩子加进来，说他们不知道的生活，花他们没有的钱，你这属于啥？属于邀买人心，你是要当老大是怎么的？最后，这个老大就给他干了，动机就这么简单，一条人命就没了。就是妒忌心！

你说他杀人动机，为钱也好，为情也好，都不是，就是妒忌心。咱们一块喝酒，你为什么那种表现，上我相熟的场子来喝酒，你不给面儿，又摔杯子，又干吗的，你装什么逼？其实不是，小伙子就是喝多了。他到北京来，没什么朋友，平时画画又枯燥，就爱上个歌厅娱乐娱乐，认识了老乡，就特愿意往一块儿凑，大家一起放松放松，你说小伙子是要出来混社会？真不是。

说起那会儿啊，咱们这儿土，人家国外洋，在人国外这都是正常娱乐。就跟咱现在去酒吧、去 KTV 一样，挺冤的其实。话说回来，这点事儿，本来你打他一顿也行，为什么要杀他呢？是因为沈福是圈里的大哥，我要巩固我大哥的地位，你不听我话，我必须给你搞了，我不搞你，另外五个人该不听我的了。

沈福的逻辑就是你是我兄弟，我带你玩，但你不能爬到我头上来，大家一起出来你敢这么牛逼，又是喝酒，又是摔杯子，又是耍酒疯，全都不行，出去给他干了，出去就弄死了。小孩特别帅，给弄死了。那帮人真狠，真往死了干。他们对自己人也特别凶狠，自己干自己人，基本不留活口。

案子破了之后，我审问的那些孩子一招供，我当时一下就从屋里蹿出来了，说我好大喜功也好，就那种感觉。压抑了四个多月，经手的头一个杀人案给破了。那个时候我对杀人还没有概念呢，正是这个案子给了我概念。兴奋，这个案子曾经顶着那么大压力，曾经那么不受重视，又一直浮浮沉沉云里雾里，终于拿下来了！

我从一楼蹦到三楼，去跟领导汇报，说案子破了，满楼地嚷嚷，压抑不住。后来他们说我，你神经病啊，犯病啦，小声点儿。可那种兴奋，实在是不会表达了，只能通过另外一种方式发泄，嚷嚷，手舞足蹈，用行为把它表现出来，很happy，就是很happy，那会儿如果放上音乐的话，准能跳起来。老实说，其实没有特别深层次的感受，就觉得新鲜和好奇，满足你的好奇心了，满足你的好胜心了，满足你拯救世界的欲望了。这种坏人必须得抓，恶人必须抓，黑白必须分明。

兜头一盆凉水浇下来，是这个案子破了之后，老两口来了，跟我们说了这么一段话。他们说，破不破这个案子，对我们又能怎么样呢？实际上这个案子破了，对我们又是一种伤害，他们都是好朋友，把我们儿子杀了，法律惩罚他们了，其实对我们又是一种伤害。这案子破不破对我们没有太大的关系，结果无非就是我们的孩子没了，破不破案是你公安局的事。

我一听就炸了。咱们刑警队把这个案子破了，你应该对我感激，最起码得表扬一下吧。心里那个憋屈啊，别提了。你儿子死了，死得不明不白，死得那么惨烈，你们也不配合工作，我们大浪淘沙似的跟进这个案子，抓捕又那么危险，怎么到头来还我又伤害你们一遍呢？不懂，真不懂。

但后来干刑警日子久了，经手了无数案件，凶杀案尤其多，杀人的手法花样百出都比不上杀人的理由层出不穷，我看待这个世界也终于明白了，它，一定不是非黑即白的。接触了那么多受害人家属，见过那么多陌生人流下的眼泪，我也懂得了伤害它是一种什么东西。

再翻回头来想这个朝鲜族孩子被杀案，实际上人家家属说的话特别有道理，这个案子破不破，跟他们没有关系，说得特别正确。无非是那时自己弱小的心理，想得到一些表扬，你得认可我，实际上不是那么回事，成年之后才懂，当时不懂。人死不能复生，也不像录影带可以倒带重来，你更没有机器猫的时光机能回到过去改变未来。

人死了，尘归尘土归土，枪毙杀人犯一百回受害人也不会回来。走就让他好好走吧，当父母的白发人送黑发人，亲眼瞧着儿子的远大前途陨落，他们能干什么？儿子遭受苦痛的时候他们还在过平常的生活，他们压根儿不知道儿子是怎样咽下最后一口气的,临死前是怎样流连于这个世界。不忍心。对,不忍心。你即便破了这个案子，即便给了他们一个交代，你也不过是再一次掀开他们血淋淋的伤口。那伤口结了浅浅一层痂，你又把它剥开来，以一个胜利者的姿态宣告你的成功，太残忍了。

我后来给他们寄过一封信，不知道他们有没有收到，是许多年后了，我在整理旧卷宗的时候，看到这起案件，把当时他们交给我的儿子的照片、画院的同学给的照片，还有一张旧学生证一起都寄给了他们。那上面，那个少年被定格在花样的年华里，以它去替代那个倒在血泊中的人，再合适不过。

案件总会结束，而伤痛不会。这是最残忍的。

破完案子那天，我心里不舒服，于是大半夜在城里溜达。11 点多了，这座城市却仍旧忙碌着，洒水车清洗着地面，私家车一辆跟一辆呼啸而过，三五成群的男孩女孩相伴同行有说有笑，推着车子卖小吃的摊贩一脸疲惫手下却麻利地准备着下一份再下一份小吃，浓妆艳抹的妙龄女子踩着高跟鞋脚步匆匆，远处停着的豪车里大腹便便的金主抱着手机讲生意经。

这是一个平凡的夜晚，跟每个夜晚一样，不夜城的夜晚从来也没变过模样，谁来了谁走了，都是悄然无声，这边有人在亲人的眼泪中离世，那边有裹着胎膜的孩子在大夫手中嗷嗷落地。生与死，不因为任何人的意志而改变，每时每刻有条不紊地就这么进行着。

第二章
CHAPTER 2

大案巧破，小案大破

我们的规矩是没有作废的案子，影响牵连较大的案子我们要用巧劲来破，而小案更不能掉以轻心，反而要大破特破。

刑警的工作是代代相传的，一代带一代，师父给你立规矩。新入职的刑警刚入队，第一件事是先认个师父，但平常为了亲切，都称呼一声“哥哥”或是“姐姐”。

我师父姓隗，当时的职务是探长，后来他发展得非常好，北京很多著名的案子都是他破的。他非常正义，非常非常正义。他教我很多东西。那个时候我19岁，他的信念就深深地烙印在我心里头了，你认同了他，你就永远按照他的思维去走了。首先第一个，君子爱财，取之有道，不是我的，绝对不能取。第二个，理直气壮是一辈子，卑躬屈膝也是一辈子，你干什么不理直气壮啊？

我敬重隗哥，但同时我也特别怕他。我这一生当中，我所干的案子，所经历的东西，不及他的十分之一，北京博物馆陈列的好多经典案件，都是他搞的。譬如在望京那次，有几个歹徒开枪，我们击毙了两个，还有一个爬到烟囱上面，拿着枪，拿着手榴弹，你们谁上来，不是开枪就扔手榴弹，特警谁也不敢上去。隗哥戴一个钢盔，拿把54手枪就上去了，上去就给他拽下来了，那会儿他已经是行动队的副总队长了，这么大的官，冲到一线干活的没有几个，全国范围都算上也没几个。

新疆暴恐那次，有个暴徒开着车，绑一车炸药包，企图冲击天安门，在光华路给截下来了，特警拿着枪准备干他，干不着他，他躲在车里。隗哥拿一把枪就过去了，把玻璃打碎，一手就把点着的那个炸药给掐断了。还比如王立华，就是绑架明星吴若甫的那人，最后谁也不敢拍板，隗哥说抓，全程指挥就是他！他教了我太多东西，以至于当我回忆这些事情的时候，居然发现无从下笔。

隗哥教了我许多东西，令我印象格外深刻的一件事儿，是他逼着我写结案报告。我是个心中有想法但就是写不出来的人，可当警察的你得会写啊。笔头得灵，记录、报告、材料什么的，所有东西得通过一个“写”展现出来。你要把事情的人物、时间、地点、起因、经过、结果六个要素都写出来，才能把事情叙述清楚。但我当时也不会写，这时候隗哥跟我说，你得写日记。

可我懒啊，不写，写那玩意儿干吗，还不如抓几个坏人去。没想到隗哥真一个礼拜检查一次，前两次我没写他都和颜悦色叫我下回补上，到第三次的时候，他跟我说，你再不写我就打你了。我哪能当真？他看着那么斯文一人。

结果，赶上有回他喝多了，在屋里真打我来着，最气人的是，第二天一睡醒，他压根就忘了昨晚上是怎么揍我的。就是我这个师父，帮我养成了一种习惯，拿着笔、笔记本，这么多年就记下来了。我没事干就记一下，没事干就记一下，老想着，不写师父要打，真打。

这一写就是好多年过去了。

我算是出师了，隗哥也被调到了别的地方。不仅如此，现如今我也有了两个小徒弟，一个叫夏新亮，另一个叫李昱刚。

毫不客气的，我给这俩孩子上的第一课，就是必须写结案报告！

当然，这些年除了破案子，从一个菜鸟刑警蜕变得成熟一些，我还解决了一件终身大事——结婚，她叫婷婷。

说起结婚这件事，我就打心底觉得对不住她。结婚那年，订的 11 月 2 号结婚，结果 11 月 1 号我被派去抓人了。去的邯郸，抓一拨抢劫的，要把人抓到位。说你去不去？我是不想去，但你说要让小同志挑大梁，我又怕他们出现问题。结果当天下午我们就开车去邯郸了，到良乡，车坏了，又迅速借了一辆小面包往邯郸赶。人是抓到了，抓到的时候将近凌晨两三点了。

那都不能说第二天结婚了，过了 12 点就是今天了。我跟队友说你们继续工作审讯，我就不问了得回去了，明天我要去结婚。大夜里，我从邯郸一路开回了北京。本来约好了早晨 7 点钟婚车来接，结果我睡着了，睡死了，婚车给我打电话：你赶紧起床。我说，干吗？我困着呢。那边说你今天结婚。我一猛子就醒了。对，结婚。赶紧起来穿好衣服，就到婚礼现场了，一路上参加我婚礼的队友给我买牙膏的、买牙刷的，买什么的都有，边走就把脸洗了把牙刷了。朋友问说，你结婚还缺什么不？我前脚说什么都不缺了，后脚一拍脑门，不对，红包和喜糖还没拿。就这样，等于匆匆忙忙就把婚结了。

娶到媳妇儿了，11 月 2 号结的婚，3 号就是我们婚期的蜜月旅行，去云南。她其实想出国，但我在职不能去。她便就活我了，降了一级别。结果呢，嘿，在蜜月旅行过程当中我接了一电话，让回来，有些案子得搞，必须得回来。我当时心里非常不高兴，但为了案子我还是回来了，带着媳妇儿一起回来的。回来到北京是下午四五点钟，坐飞机就回来了。北京有一个讲究，一个月蜜月期，不能空房子，我媳妇说你能不能今儿晚上别回单位了，明天再走，我说行。

结果晚上 8 点钟单位又给我打一电话，说必须得回来。那就回去吧，穿好衣服我就准备走。我媳妇儿就不让我走，我死活要走，我媳妇急了，说，我就横在门口了，你要走就从我身上迈过去，你要走咱俩这日子就别过了。但我还是走了，去搞案子，结果这案子一搞就将近一个月没回家。

你说这是个什么狗屁丈夫啊，可他就是我。

正做着自我反思，我这边儿接了一电话，有个男的报案，说家里被入室抢劫了，父母在家中惨死。

啥别说了，带上俩徒弟，走吧。

到了案发现场，技术人员已经封锁了现场，开始勘查，门外堵了不少围观群众，怎么赶也赶不走。我嘱咐俩徒弟："都把鞋套穿上。"

进入屋，视觉冲击力非常强。现场异常惨烈，老爷子死在要出卧室没出卧室的地方，后背全是刀伤，屋里的血流得哪儿哪儿都是。老太太死在床上，脖子上有一根领带勒着，前胸、脑袋上都有刀伤。老爷子身上有十几刀，我数了数十六七刀不止，老太太少，扎了有七八刀。

“这是男死者的领带吧？”李昱刚问。

“看样子应该是。”

我瞧着老太太一侧，床边的扶手椅上，还有衬衫西裤等，唯独缺了领带。

这是个两室一厅的房子，老夫妇住一间，儿子住一间。老夫妇的卧室是一副人间炼狱，儿子的卧室却是一尘不染，十分整洁，被子叠得跟豆腐块似的。

我们仨仔细走了一圈，为了不打扰技术组工作，就从案发现场出来了。

“儿子叫陈晨，他报的警。说是入室抢劫，他回家来发现的。”李昱刚点上一支烟，把烟盒递给了我。

“‘入室抢劫’。”我点烟，重复道。

“真够凶残的，俩人那么一把年纪了，这狠手下的。”夏新亮不抽烟，也发自内心地烦我俩抽烟这毛病。

“说是仇杀也没问题。以这个现场来说没问题。”我又补充了一句。

李昱刚点头，“嗯，也没问题。案发现场就在老夫妇的卧室，儿子那屋儿我看不像有人进去过。您是怀疑并非入室抢劫？”

“那领带我隐隐觉得不舒服。”我说，“带刀来抢劫，有备而来，拿死者领带干吗呢？”

“情急之下？”

我想了想，整个杀人过程会是什么情况呢？

两个被害人，几个凶手？

如果是入室抢劫，要提前踩点的吧？一家三口，老夫妇外加一个儿子。两男一女，一个人肯定干不来。要说不踩点儿随机吧，那可跟中奖差不多了。

目前已知情况太少，啥也推测不出来。

抽完一支烟，我说：“走吧，去见见这家儿子，看看他能给咱提供点儿啥情报。”

报案人陈晨给我的第一印象是斯文，白白净净，瘦高个儿。他在证券公司上班，研究生毕业，入职两年，前途可观，这都已经不是白领了，叫金领。给我们介绍情况也十分有条不紊，说他上周出差，一直没回家，结果案发当天中午回到家，一进门，发现父母遇害，马上报警了。特别冷静，这个孩子十分冷静，面对父母被杀，一般人做不到这么冷静。不知道高才生是不是都这么有水平。

我说讲讲你爸妈吧，给我们也介绍介绍情况。他说父母都是大学老师，爷爷奶奶也是读书人，是传统的书香门第。我说你呢，你是不是就是那种“别人家的孩子”，从小到大三好学生那种。他有点儿害羞地笑了。

由于现在并不能判断他父母遇害的真正原因，我问的就有点儿多，问了他父母有什么爱好吗，跳广场舞吗，他说不跳。我一想也对，人家都是高级知识分子，这种人不出来跳广场舞。又问了问他父母平时的社交，都跟什么人来往、走动，他说据他所知也就是一些同事，老同学。这些人有人跟你父母有矛盾吗？没有。平时我父母都特别和善。还没退休啊？快了，但是大学要返聘。诸如此类，种种问题他都对答如流。感觉他平时跟父母关系应该很好，所以这些情况他才能了如指掌。

应技术部要求，我跟他核实了他今天穿的衣服、鞋子，鞋子也采集了脚印，因为他进过现场，这些都得拿来对比筛除，比如掉落的纤维啊，现场留下的足迹啊。包括指纹也要采集，这些都要用以排除。

一系列过程他都很配合，我问他答，李昱刚和夏新亮在一旁记录。

差不多我就送他出去了，跟他说日后想起什么情况就来找我们，我们有什么疑问也会再去打扰他，他都说没问题。

询问完陈晨，我们还得去外围调查。死者的邻居、同事都需要走一走，摸一摸。

大学的同事这边，确实像陈晨跟我们说的差不多，他父母的同事跟他们关系都很好，很了解他们家，没利益矛盾。综合整理一下大家的说法——受害人是大学老师，从业多年，家庭条件很好，一家人是很传统的书香门第。

儿子陈晨自幼由爷爷奶奶抚养长大，其抚养方式称得上是标准溺爱，这是第一个。第二个，后来他上学了，搬回去和父母一起住。孩子成绩特别好，一路都是重点学校，毕业后在证券公司上班，一个月挣两三万，工作能力卓越，是一个非常乖的孩子，恨不得出门穿什么衣服都由他父母来决定，特别规整听话的孩子。一家人关系非常紧密。

到了邻居这边儿，得到的信息也差不多，陈晨就是那种典型的“别人家的孩子”，让他父母引以为豪。但引起我注意的是，提供这些情报的人，是被害人两夫妇的队友。太极队。原来老头儿老太太好打太极，每天清晨五六点，准在楼下的街心花园打太极。

而案发这天，俩人都没出现。这是我们万万没预料到的，因为儿子陈晨根本没跟我们提及。我跟李昱刚我俩一清早上小区来，无非是老年人起得早，你要想找他们问情况，早上去人最齐，这才知道。

在肯德基坐着，李昱刚点了餐，我们仨坐在靠窗的位置，透过硕大的落地窗我往外看，街上行人不多，跟餐厅里一样，几乎没有上班族的踪影。低头看看表，指针指向了 10。

“刘哥，咱一会儿吃完上哪儿去？大学去过了，小区也走过了。”

“上陈晨单位看看吧。”

“他在单位吗？”李昱刚看向我，“父母刚遭遇不测，没心情上班吧？用不用提前先跟他联系一下？别扑空。”

“就是要扑空。”我说。

“啊？”夏新亮一脸狐疑。

上陈晨单位走了一趟，小伙子果然请了假，我跟他们主管聊了聊，告诉了他陈晨家里出事儿的情况。姓金的主管十分震惊，说陈晨请假，并非这两天的事儿，这反倒让我们吃了一惊。

这是怎么档子事儿呢?

原来，陈晨来这家证券公司工作后不久，跟同部门的女上司搞起了婚外恋。

他喜欢上的这个女孩儿，应该说是女人，比他大八岁，这个女人有家室有孩子，然而俩人还是恋上了。陈晨跟这个女人好了，但是他的父母极其反对，儿子不能找一个二婚的呀，也不能破坏人家家庭啊，他们根本就不同意，就把他经济命脉给掐了，第一个，你不能再给这女的花钱了；第二个，你开了工资都得给家里。

金主管怎么知道这事儿的？就是陈晨的父亲找到的他，跟他说的陈晨的情况，说领导你得配合我们，工资不能直接发给他了。弄得金主管都疯了，没见过这情况啊！

年轻人来上班，都是独立个体，工作中遇到问题也好，生活里出了难事也罢，这归根结底都是自己的事儿，哪能说你这个年纪都进社会了，你有事还要你父母插手的啊！而且这手插得都叫他不知所措，我把工资不开给员工开给员工家属？真是活久见了！

金主管当然不同意，他说有问题可以解决，他可以找他们谈话，也可以整顿办公室风气，但万万不能截留工资啊。这位老父亲一听，也是绝了，讲话，那我不能叫我儿子再来你们这里上班了，工资你也不要开了，他辞职了。他来单位老能见着这女的，前途都毁了，这个班儿不上也罢。

后来陈晨来了，金主管也跟他谈话了，陈晨说你别理我爸，他教书育人职业病好不了了，我上班，好好儿上班，绝对不再搞办公室恋情了。然而话虽然这么说，但自此之后陈晨上班就开始零零散散的了。

目前陈晨是我的头号怀疑对象。这一点我还没跟徒弟们说。有很多不对劲，但这些不对劲儿只是种感觉，目前还没有真凭实据。

金主管把他知道的都告诉了我们，我们提出得见见这个女的，金主管说没问题，她就在公司呢，说着拿起了电话，拨通了内线。

由于涉及隐私，金主管给我们安排了间会议室。这个叫罗美华的女人来得挺快。她一脚踏进会议室，我就在观察她。个子不矮，不胖不瘦，长得落落大方，脸上挂着职业式的微笑，讲话也很干练："听老金说你们有事找我？您二位是？"

我们没让金主管告诉她我们是警察，就是想捕捉她的真实反应。因为目前并不知道她在这起案件中承担怎样的角色。

"罗小姐您好。"我站了起来，"我们是警察，找您了解点儿情况。"

罗美华一脸茫然，"警察？找我了解情况？"

这不像是装出来的，她的不解与迷茫，出自本能反应。

我们把陈晨父母被害的事前前后后一说，罗美华一边听一边面色凝重起来，最后她声音打颤地问："你们来找我，是怕我有危险吗？那我女儿有没有事？天哪，我赶紧给幼儿园打个电话。"

我摁住了她的手腕，"罗小姐，你先不要慌，目前还不知道他父母的死与他有没有联系。"

"可是，可是……"

"您放心，我们会对您提供保护，包括您的家人，但在此之前，您得跟我们说说你俩之间的具体情况。"

罗美华把她跟陈晨恋爱的经过原原本本都告诉了我们。罗美华的女儿刚上幼儿园，她在生完女儿之后休了很长时间的假，老公忙于工作对她们母女疏于照料，她也是丧偶式育儿大军里的一员。后来孩子上了幼儿园她重新出来工作，在工作中认识了陈晨，小伙子既老实又上进，工作中是她的好帮手，生活上也对她关照有加、无微不至，不仅对她特别好，对她女儿也好。

渐渐的，罗美华的心就产生了偏移。女人一旦变心，就很难回头了。罗美华也是一心一意对陈晨。她说，陈晨对她说——我上学时候只顾着学习了，没有过爱情，也不知道怎么跟人谈恋爱，遇到你，你工作中对我特别耐心，又是帮我又是提拔我，我一下儿就温暖了，我就忽然懂了什么是爱了。我爱上你了，就是你了，从来没人对我这么好过，从来没人这么懂我。

这倒是很说明问题，也是特别突出的社会问题。现在的年轻人似乎进了个怪圈。读书时候父母学校一起抓，不许早恋不许搞男女关系，然后一毕业，爸妈就变了，就开始催了，你怎么还不找女朋友，你怎么还不找男朋友，那谁家的闺女都怀孕了，你怎么连个异性朋友都没有？

废话，可能有吗？他该恋爱的时候全把时间用在读书上了，读了书该搞事业了，你又质疑他怎么这么笨连个恋爱对象都没有。陈晨显然也是这样，读书时候用力过猛，突然到了社会上，有一个大姐照顾他，大姐带着小弟，有吃有喝有玩的，能不开心吗？能不一下子沉迷吗？

这小子发完工资所有的钱都给罗美华，我喜欢你，什么全给你，你拿去用，你给咱闺女多买点儿好吃的好玩儿的，赶上假期俩人就带孩子旅游去，不知道的都以为这就是其乐融融的一家人呢。日子久了，陈晨决定两人一起生活，说不行咱俩就私奔，你们娘俩的生活我全管了，从前你没人依靠，现在你有我。

罗美华特别感动，她也特别喜欢他，可是她有家有孩子，这么跟人跑了终究不是事儿，离婚吧，又不是儿戏，而且还有闺女的抚养权问题。迫于种种压力，罗美华𡒄了，说咱俩有爱就行了，就这么在一起就行了，真私奔了我的家怎么办，这怎么办，那怎么办。陈晨说不行，我就得和你在一起，我爱你和妹妹，我能当个好爸爸，咱俩不再要孩子都行，你带着妹妹跟我走。

在这个过程当中，陈晨爸妈知道了陈晨跟有夫之妇谈恋爱的事儿，炸了，车也给收回来了，工资也没收了，班儿也不叫上了，恨不能把他锁起来天天看着。陈晨挣扎过，闹过，但终究拗不过他父母。罗美华这时候也有点儿清醒了，就跟陈晨说，不行咱俩就算了，没路可走了，咱们没路可走了。

我问罗美华最后见陈晨是什么时候，她说是上礼拜，礼拜三，她记得特别清楚，那天她去跑客户，陈晨找去了，说让她等着，定不辜负她跟妹妹，说一定会给她个说法，还说你啥都不用管，我一定会说服我父母，这是第一步。

我算了一下，时间上来说，是陈晨父母被杀前三天，如此看来，陈晨是把父母的反对解决了，但不是用谈的，很可能是用极端暴力模式解决的。

杀父弑母，什么样的仇恨能叫一个人兽性至此？

重回案发现场，我反复不停地在思考这个问题。

法医的鉴定结果是，受害人夫妇死于凌晨三点至早九点间。这就是个区间范围，具体不下来。由于尸体是24小时就僵硬，出现尸斑尸块，前后如果差五六个小时的话，是谁也验不出来的。这中间肯定有误差，因为那九点钟杀的人跟凌晨三点杀的人，中间差五六个小时，不会有特别大的区别。我们什么证据都没有，只能听取报案人也就是陈晨的口供，他说他一直出差，中午才回来，我就不能说他凌晨三点杀了人。

然而，据我推测，人应该就死在凌晨。我这么推测不是没道理的。老头儿老太太有早起打太极的习惯，五六点钟要准时去的，他们不可能睡到九点在睡梦中被杀害，更不可能六点钟他们儿子走了还在熟睡。这是不符合二老的活动规律的。尤其，老年人觉少，即便不去打太极，也不可能继续躺着睡，睡不着的。

另外，在案发现场还有一个很大的疑点，那就是发现了两个空的啤酒瓶子，就随手扔在陈晨房间。这就有点奇怪了，陈晨说他出差了一星期，那么他屋子里的啤酒瓶子就应该是一周前的……也就是说，这一星期的时间，陈晨的父母都没有把那两个瓶子收拾扔掉？

通过俩老人死亡的位置和衣着状态，我很确定他们是在熟睡中被杀死的。这错不了。我来还原现场，就是再来确定这一点。

我怀疑陈晨，所以假定凶手就是他一人。下手时间参考法医意见就设置在凌晨三点。那么，会发生什么？发生什么会反映出我面前的被害现场？

我盯着衔接客厅与主卧室的走廊，在头脑中还原当时那惨绝人寰的暴力现场。

凌晨三点钟，凶手陈晨抄着一把刀就进他爸妈卧室里去了，进去之后，先干他爹，得先干男的，男的劲儿大反抗概率大呀！先干脑袋，开始扎。扎完脑袋，开始扎胸。差不多了，人动不了了。

在扎老爷子的过程中，老太太醒了，不可能不醒。但醒了恐怕达不到足够清醒，她也许会问：儿子你干吗呢？

对于凶手来说，此刻他就得采取行动了，调过头来又扎他妈，扎他妈的同时，他爸起来了，想呼救，往床下跑。得呼救啊，往下跑。

凶手肯定急眼了，顺手把旁边他爸放在扶手椅上的领带给抄了起来。拿领带一打扣，勒着脖子之后，蹬着脑袋脚一踹，把他妈给勒死了。这一点法医可以佐证，女死者死于机械性窒息。男死者呢，死于内部大出血。

他一勒他妈，他爸那会儿迷迷瞪瞪想回来救他媳妇儿。一回来，啪！摔倒在地下了，这个时候他身上已经有六七刀了，但还没死呢。凶手等着他妈没气了，又过来补了他爸两刀，全都杀死了。

走到两个受害人死亡的位置，回想他们死亡时的状态，我觉得，我的推理应该是没错的。符合现场痕迹、符合法医推论、符合行为模式。当时陈晨报案的时候很冷静，这是一个非常冷静的孩子。爸妈死了也没惊慌，从头到尾是非常冷静的。

“刘哥，我把材料捋了一遍，陈晨的口供前后矛盾之处可有不少啊。”

我看向李昱刚，瞧他戴着“防毒面具”那德行，绷不住想踹他屁股一脚。我也是惯着孩子，真是惯着孩子，我姐说我一点儿没错儿。李昱刚对味道敏感，受不了犯罪现场的血腥、腐败气息，我就跟他说你偷着戴口罩不要紧，有我呢。但是你也不能这么嚣张吧？你说他像个什么样子，口罩就口罩吧，他戴了个豪华版自带空气流通版本的巨型口罩！搁谁谁不想揍他啊！

“走，出去说。”我扶额。

“欸！就等您这句呢！”

他戴口罩我看不见他的表情，但那双弯弯的眼睛出卖了他憨笑的神情。

“李昱刚我跟你说，你这个口罩，我不想在犯罪现场看见第二回！”

上了车，我点上烟，直视着李昱刚的眼睛。

“我……我还特意置办的，买了仨呢……真挺贵的……”

“你这不像话！极其不像话！咱们出来办案，环境是差，但咱们有规定，你说规定是死的，可以灵活，但不是这么个灵活法儿。”

“这不是就咱们仨嘛……”李昱刚的声音很小。

夏新亮没戴口罩，他狠狠瞪了李昱刚一眼。

“但你知不知道什么叫隔墙有耳？知不知道这种信息化时代每个人的手机都是手雷？亏你还是互联网达人，你说但凡谁把你啪一拍，媒体再一宣传，警局不要脸面的？全体公安干警都跟着你不要脸面的？”

李昱刚头垂得低低的，“刘哥我错了……”

“甭装可怜了，说正事儿。材料都哪儿对不上。”

“噌”，小脑袋抬起来了，脸上一扫阴霾，李昱刚开始滔滔不绝：“第一遍材料出来之后，这小子特别冷静，我就觉得不对，但是咱们没有时间对他进行工作，忙着围现场转呢。”

“哦？”我看向他，原来他也觉得不对了。小同志很敏感嘛。不仅敏感，还能细致地再过一遍口供，这很可以。

“咱们一共找过他两次，他都很冷静。他越冷静，我越觉得这冷静背后有让人不寒而栗的东西。我就开始比对这两回的口供，找细节，专找细节，譬如头一回他报案时候的穿戴，这咱们是看在眼里的。可第二回问他你那天穿的什么鞋，穿的什么袜子，穿的什么裤子。对不上。跟咱们观察的不一样。感觉他就是随便说说。虽然对答如流，但就是随便说说的感觉。”

我们的工作，不仅仅需要推理能力，更要有笔头功夫，所有的东西你要录音、你要记录整理，因为大脑很多时候里面存的东西是不恒定的。很多事你以为归你以为，真相归真相。这个时候，记录就是一件特别有必要的事了。那一个材料整理出来，我们之后反过来细节要盯它。我们材料出来的时候是非常细的，通过整个细的过程发现不对，然后进行再扩大。

“第二个，就是现场了。案发的卧室有大量被翻找的痕迹，符合陈晨说的抢劫杀人，但是，他的房间，他自己住那屋儿，是没有翻找痕迹的。很整齐，哪儿哪儿都特别整齐。陈晨说他屋内没有钱财，他知道可凶手会知道吗？不知道，不可能知道。人都杀了，要抢劫了，不可能说就可着一屋儿翻腾。”

夏新亮补充道：“这就要说到咱们提取的痕迹这方面了。指纹没有外来的，脚印没有外来的，包括纤维，等等，这屋里，就没有外人进去过的迹象。一个再专业、再缜密的犯罪分子，即便准备得再充足，也往往百密一疏。没有丁点疏漏的概率微乎其微，那鉴证科啥都没发现，是不是可以说明，这个屋子里，从来没进来过外人？”

我点点头，示意他俩继续说。

“陈晨的嫌疑很大！”李昱刚说得斩钉截铁。

夏新亮则平静许多，点头说：“咱们大量工作已经做出来了，比如他跟父母的矛盾这些事情，咱们通过走访已经知道了。包括监控我也查了。甚至他说他去找的那个朋友。就以前那个同事，他都不知道人家早已经离开北京了。妥妥又是瞎话。我觉得我再找他谈，又全是不合扣的东西。”

我们正说着，我手机响了，一看，是罗美华的号码。欸，这很奇怪。她不是去上海出差了吗，说是没有必要就避免联系，她怕她老公知道她这点儿破事儿，也因此谢绝了我们的保护，态度很坚决。

我看了眼俩徒弟，他们俩也看向我。

电话一接通，我们没听见罗美华说话，倒是听见一个小女孩的稚嫩声音。

“旭哥哥，旭哥哥，这个乐高我插不上呀。”

呲啦呲啦，像是布料的摩擦声穿插其间。

坐在副驾驶的李昱刚抄过了他的笔记本电脑。

“陈晨，你到底带我和妹妹去哪儿呀？车都开这么久了，这都要出北京了吧？”

“着什么急呀你，平时上班就忙忙叨叨，咱们一家三口出来度假你快放松会儿吧。都交给我，不用你操心。你快帮妹妹看看怎么插不上。”

“你还知道我上班忙呀，手头还好几个活儿呢，你这……急急忙忙把我们接上，妹妹打电话给我的时候我都惊了！”

“说到这儿我倒想问问了，你干吗不接我电话？妹妹给你打了好几个，最后还转去语音信箱了。”

“我……我那会儿在开会呀。我怎么知道你上幼儿园把妹妹接出来了。你也太大胆了你。”

“妈妈，妈妈，你帮我插呀——”

“来来来，给妈妈，是这个小汽车的门对吧？妹妹，你看，国道 110，认识上面的数字吗？ 110。跟妈妈读。”

这时我看到李昱刚朝我比了一个 OK 的手势。

呲呲啦啦中，我挂断了电话。不能浪费电，李昱刚已经定位上他们了。毫无疑问，这是一通求救电话，陈晨把罗美华母女二人劫持了。

我给罗美华发了条短信，只有一个逗号。这是提示她电话我已收到。别的不敢发，我怕陈晨看到引起他情绪激动。

“刘哥，他们确实在 110 国道的延庆路段。”

“你联系交警大队，让他们给你权限调取天网摄像头，一定要第一时间掌握他们的动态！我发警报给延庆方面，这个涉及儿童绑架不能有半点闪失。”

“没问题！”

“你坐镇，我和夏新亮我们俩奔延庆。”

“他带走母女俩想干吗呀？咱们没提审他啊，没刺激他啊。”

李昱刚的问题，夏新亮给出了解释，“回避真相，也是一种自我保护。就像闸盒里的保险丝，烧断了，但电路不会遭到破坏。陈晨把他父母杀了，这种现实是会把人压垮的，那他怎么办？你说他自欺欺人也罢，你说他避而不谈也罢，这都是让他逃避良心拷问的手段。

“这个时候，罗美华跟她女儿既是他逃避真相的避风港，也是他心灵的寄托与慰藉。这么说来这母女二人就安全吗？不，恰恰相反，她们刚好处于旋涡的中心。陈晨为什么杀他父母？原因可能有许多，譬如对他的限制啊，让他身心不自由活得没自我啊，但导火索正是这不被家庭接受的母女二人。他为了她们把自己爹妈都宰了，如果他得不到预期回报，后果不堪设想。”

延庆警方十分给力，他们调动了当地交警资源，交警骑着摩托追上了陈晨的车，以超速为名检查驾驶证，拖住他的这几分钟，刑警们上了。陈晨想跑来着，结果被直接拿下了。

我们快开到的时候，收到了这好消息，罗美华母女平安。

把陈晨押解回队上，我一直忘不了给他戴上铐子带走时，罗美华的女儿哭得上气不接下气，反反复复地嚎叫，就一句话——你们干吗，放开旭哥哥。他被铐住的双手掩盖在衣服下，小姑娘是看不见的，但她有预感，她仿佛知道自此一别，即是永别了。罗美华也哭了，哭得默不作声。眼泪像断了线的珍珠，扑簌扑簌往下掉，掉在水泥地上，掷地有声。陈晨的眼圈也泛红了，他回头看着她们，挪不开步子。

夏新亮跟李昱刚审着他，但一直没什么进展。陈晨就是不说话，问什么都不说，眼神空空，仿佛就不在这个国度里。夏新亮说得对，就是保险丝崩坏的情形。不运转了。这个人的思维停滞不前了。就像一个封闭的系统，不再接收外界讯息。

对于他来说，这就是最坏的情形了。打破虚幻，直面现实。现实过于残酷，以至于大脑感官都关闭了。

我把夏新亮跟李昱刚叫了出来，剩陈晨一人坐在审讯室里。

让他静静吧。我说。他这会儿听不进去任何话。你们也都歇歇，成宿跟他熬着，你们又不是铁人，都先休息休息。

俩孩子回宿舍了，我在院里抽抽烟。

事情的转机出现在晚上8点多，我拿着档案进了审讯室，没跟陈晨说话，而是低头翻看手里的档案夹。这时我听见他说:“大哥，你给我买瓶啤酒行吗？”

我一听，有戏了。要饭吃了，说明他的大脑机制开始运行了——会饿了。

这种情况确实不能强逼，你得等他自我恢复。一个万念俱灰的人，只有他自己面对现实了，才可能跟你进行有效的沟通。

夏新亮的判断没有错，但小同志还是有些心急了。欲速则不达。

我出去到胡同口给他买了两瓶啤酒一碗面，串儿也来了几个。打开，陈晨就咚咚咚把酒喝了，接着开始吸溜吸溜吃面。我说吃完你告诉我，把事情原原本本说清楚，成吗？他说好，我跟你说。

整个一过程怎么杀他的爹妈，跟我推测的八九不离十。案发当天，他在楼下喝着闷酒，因为父母不同意自己和罗美华在一起，所以心里特别郁闷。喝了六七瓶之后他就晃晃悠悠回家了，还拎了两瓶回去，结果心里越想越憋屈，最后决定把老两口全都杀了，这样就再也没人阻拦自己了。

他先朝他爹动的手，反过来又扎他妈，扎的过程当中，他认为老头儿死了，可实际上不一会儿老头儿醒了，没死，冥冥当中起来了。起来往外跑、呼救，他那会儿急了，拿个领带先把老太太勒死了，勒完之后，拿过刀来又把老头给干躺下了，老头就扑到了地下，他又补了几刀，彻底死了。

而这一切的起因，陈晨是这么说的：是因为他们阻碍他跟罗美华爱情的发展，只要把他们杀了，他就能跟罗美华私奔了。他思考了三天，最后下定决心，喝酒到半夜，上楼把他爹妈给干了。他说，他在他的家庭里从没得到过爱。所有的爱，都是明码标价的。譬如你得考第一名，譬如你得上名牌大学，譬如你得工作得特别风光，等等等等。

他们不考虑他需要什么，只考虑自己怎样脸上有光。陈晨说，我遇到罗美华，遇到妹妹，只有那一刻，我看到了希望，我要组织我自己的家庭，我要当个好父亲，我没享受到的，我都要给妹妹。我只能杀了他们，不杀他们我逃不掉的，我就毁了。我毁了，妹妹怎么办？美华怎么办？

多幼稚的想法。你都觉得不可置信。正常人遇到这种情况，一个大小伙子，能挣钱能立业，大不了跟原生家庭闹翻了，谁也不会想到杀人啊！更何况是杀父母。但夏新亮跟我说，刘哥，我前期跟他做问讯，我一问到有关他父母的事，他虽然不说话，但我能感觉到由他身体里发散出的恶意。

孩子不是私人物品，他是有脾性、有思维的独立个体，长期被禁锢，就导致他心理出现了缺陷。孩子不是给吃给喝就可以满足的，也不是生活在笼中的金丝雀，更何况，金丝雀还向往天空呢。杀人是一个异常决绝的方式，但却是他眼中唯一的选择。

至少在他看来,就是唯一的选择,他的应激反应出现偏差了。他是一只青蛙，始终蹲在一个叫作“家”的井里。这个井是他全部的世界。这个井，是一个强权的世界。你吃什么、你喝什么、你穿什么、你干吗都要按照父母的话来。可以说，陈晨时时刻刻处于一种紧张之中，而一旦这个紧张达到峰值，这个人就炸了。

炸了。而导火索正是罗美华母女的出现。他进入她们的世界，他不再是那只井底之蛙，他不再处于强权之下，他感受到了可以主宰自己的感觉，这让他沉迷，继而无法自拔。这也符合他的交代——我没想怎么她们，我就想带她们去看看这个世界诸多的美好，我想负担她们母女二人的生活，我不想她们终日跟一个冷漠的父亲在一起，她们值得更好的。

对，在他眼中，罗美华跟他一样不自由。

溺爱的代价，这就是溺爱的代价。怎么叫溺爱呢？从小衣食无忧，爷爷奶奶惯着长大，父母给操持所有，最后这孩子反过来把爹妈给杀了，还如此冷静。这就是中国教育溺爱的代价，非常溺爱，一旦有反抗，就是血腥的。他没经过反叛期，非常乖的一个孩子，特别听父母的话。反倒把父母给杀了。

你说这是谁的错？对父母来说，他们意识不到过度的保护是伤害；对孩子来说，他意识不到这种禁锢和不自由全部出于爱。这个爱，来自双方的爱都太廉价了，以至于撕毁它，竟没人感到心疼。

如果仇恨这东西有恒定量，那亲人之间的仇，一定压倒性战胜与敌人之间的恨。未必人人有敌人，但人人都有父母。大家朝夕相处，摩擦只会多不会少。爱之深，责之切，继而陷入仇海。多少人，对父母是一边念恩一边记仇的？谁都知道应该选择原谅，可偏偏就是做不到。

这是许多人一生都难以跟自己和解的愁与怨。年少时，你还幼稚，不知道自己可以跟父母讲道理；长大了，你成熟了，试图与他们沟通讲道理，但他们却充耳不闻，你们仍旧陷于统治与被统治的境况。夏新亮那话是对的，不是人人都适合当父母，当父母不仅仅是养育，更需要包容、耐心、平等地对待孩子。你做不到的，要求他做到；你受了气，拿他们出气；你的人生都没多成功，凭什么要求他们就一定飞黄腾达？说到底，你究竟在找补些什么呢？

咱们的教育到底出现了什么问题？血淋淋的代价值得思考。虽然破了杀父弑母的这个案子，但我感觉整个人都不好了。我觉得我的脑海开了锅，里面翻腾的东西太多。

自己把自己给逼死了。家，本来是避风的港湾，却活脱脱成了人间炼狱。

到底是什么把人给毁成这样？你说陈晨真就是个坏孩子吗？不是，是个很乖的孩子。但他一旦朝你发起攻势，却是毁灭性的。

我搞案子这么些年，正儿八经的杀人案，恶毒的也有，但是急性的案件，全是那种特别冷静的人、内向的人干的。这个陈晨，他的整个杀人过程是预谋好的，他不属于激情犯罪。他思想到了一个临界点的时候，假若突然有人给他叫醒，兴许这个事儿就醒了。可在这个临界点，他跟他父母，还在纠缠这些东西，他跟罗美华也还在纠缠这些东西。双方如果有一方退一步的话，这个事儿就不会发生了。

这个案件涉及人性、爱情、亲情，这些东西，反反复复在我的脑海里纠缠。这些本应是世界上最美好的事物，怎么最后就孕育出了犯罪？

一个刑警的日子

第三章
CHAPTER 3

一屋遮风雨，一布遮肚脐

工体南路甲一号，三间破瓦房，有的屋子连窗户和门都不齐全，可刑警们在这里破掉了无数案子。

说起我这俩徒弟，都不是省油的灯。

李昱刚参加工作刚一年多，当初离开警院就进了队里，手持漂亮成绩单入职。口头禅是“我就是爱与和平本身”。据他自己说，当刑警是因为他有一个英雄梦。这梦他从五岁开始做，那会儿他披上床单就觉得自己能飞出去拯救地球；后来看超级英雄的漫画，他倒清醒了许多，发现自己一没变异可能，二没金钱帝国可靠，遂决定现实点儿实现自己的救世梦。

迷茫许久，他决定当个警察，至于技能嘛，既然不会魔法也不能华丽变身，他选择一头扎进二进制的海洋。成果嘛，据说大前年的万圣节，微博头像一夜之间全变南瓜头就是他干的。真假不知道，他自己说的，我又没地儿考证去。但不得不说，涉及互联网、大数据这块，你找他，效率一等一，从来不出错。

我另一个小徒弟夏新亮也是高才生，入职比李昱刚早，履历更精彩，严谨点儿应该叫人博士。相较于李昱刚，显得有点儿书呆，但你跟他接触久了，会发现这孩子很耿直，学问大却不骄傲，文质彬彬，做事勤勤恳恳一板一眼，还特别低调。犯罪心理学是他的主攻课题，他说他一直都对人的内心世界无比好奇，这也是他投身刑警工作的初衷，国外这方面的研究起步比我们早很多，他们已有很成熟的一套体系，我们可以参考却难以借鉴，他想在这方面尽可能多地收集资料，最终将它们梳理归类为后世所用。

现如今世道不同了，掉书袋的吃香了。有个高学历，起点就很高。我就不行，说我没文化都不算骂人，一没学历二没证书，办案子全凭自己的直觉与这些年积累的经验。用我媳妇儿的话说——活该你升不上去。

问题是，我也没想升上去啊，你让我去搞官僚那一套，我还不得像宫斗剧里的傻丫头，活不过三集就得挂。隗哥有句名言，一人一个脑袋，一心不可二用，你搞案子想搞出名堂，就没精力削尖脑袋走仕途，反之亦然。隗哥干了这么些年，也就是个中层，那些大官儿呢，老一辈都能把案子搞得风生水起，新一辈？呵呵。

“刘哥，你不洗洗去啊？都馊了。”

我说什么来着，夏新亮这孩子就是耿直。要我看，也是搞案子的命。

“凑合闻着吧你。”我摁了他脑袋一把，“嫌这嫌那的。这大热天儿又下雨，连雨带汗，搞的就是这工作，哪儿来那么多讲究。别的不说，就这三伏天儿，打河里给你捞上来一个泡泛了的，你闻闻。你再看看是不是我馊着好闻。”

“刘哥你怎么这样儿啊！”李昱刚听完脸都绿了。

我乐了。上回他跟我出现场，是个杀人的，人死在屋里儿一个星期，是邻居报的警，还不是报警说杀人，是说邻居家臭。当时李昱刚毫无防备的就进去了，结果吐得一个稀里哗啦，我还劈头盖脸暴骂了他一顿——你这是破坏现场！那会儿他刚到队上也就一个来月。

李昱刚抱怨说：“我妈现在一进门儿就闻我，我脱下来的衣服都单独给洗。就那回出现场闹的，那身儿衣服我妈洗了三遍，最后给我扔了！潮牌哎！排队抢购的！”

“你这才哪儿到哪儿，你知道我为什么就穿最便宜的衣裳嘛，因为穿完就扔。”我弹了弹烟灰，笑着说。

“你就是瞎干净。”李昱刚坐到了夏新亮旁边儿，“刘哥你知道嘛，宿舍里就他事儿多，一会儿洗个毛巾，一会儿晒个被子。”

“你怎么不说你脏啊！”夏新亮瞪眼，“你那被子都快睡出人形了吧！”

“谁在乎那点儿破事儿啊，每天累得贼死，我搁哪儿都睡得着。”

“你不是最在意形象吗？成天不捯饬不出门儿，衣服上没 Logo 恨不能自己画一个。”

“这是两码事，我再精神我也得睡醒了再说，有地儿睡就不错了，瞎讲究什么。”

听着他们俩你一言我一语，我就笑笑不说话。

“刘哥，你给评评理。”夏新亮一脸不乐意，他这个洁癖搁队上也是人人吐槽的对象。

“快都知足吧。”把烟头碾灭，我笑着说，“你们都赶上好时候了。你爱干净，你就能干净。”我指着夏新亮说，接着又看向李昱刚，“你不爱干净，你不爱干净你队友爱，还能给你扫扫地。现在咱办公室、宿舍，都宽宽绰绰、都窗明儿净吧？你们知道原来啥德行？”

“啥德行？”夏新亮问。

“你做梦都想不到！我那时候刚从体工队退下来，打上包袱皮就奔刑侦队了。到那儿之后胡同特别窄，特别窄的一个胡同，叫工体南路甲一号。不开玩笑，第一印象我就想，搞刑侦的怎么这样呢，太破了，破破烂烂的，三排平房，每个屋儿都没一个正经门儿。毫不夸张地说，那会儿，你要找刑警队，不用问，你直接找那个最烂的地方，肯定是刑警队，最破的都是刑警队。”

“啊？”夏新亮瞪大了眼睛。

“我都傻眼了，本来以为当警察，搞刑侦，特气派呢。我背着包，进了屋儿，当时就说不出话了。这是刑警队吗？这是民工房！”

“为什么呢？一进办公室，刑侦队当时一个队将近有二三十人，就一间办公室，一条长桌子，另外一个小办公室里面是队长待的地方。后面还有三间房，就这三间房里面塞了 20 多人。基本生活就是这个区域里面，这个院儿是我们待的地方，工作在办公室，生活在宿舍。一到宿舍，我就寒了心了，那小屋儿特别小，门还漏着风，窗前那个土呀，特别厚。还有那地面，真的，你一看就知道没人扫地。”

"老同志每个人出去，都是溜光水滑的，都倍儿利落，衬衫有褶都得弄平了，可是一看床，你猜怎么着？那个枕头，一个枕头躺得都发亮了。还有一个老同志，也是咱们队里的刘哥，他睡被套，特别逗，就一个被套睡了五年，而且没洗过！不止他一个，这屋里老刑警队员都不叠被子，不洗枕头，不洗被套，床上什么都有，包括棉套都有。一个老刑警能盖着棉套睡三年，每个人的枕头都亮了，全是油，一拿起来朝上面吐口唾沫都能滑下来。"

"至于那扇破门，不用说遮风挡雨了，那个门儿都没玻璃，是用木板子把那玻璃顶上，特别脏乱差。你说它能不是民工房嘛！后来就给了我一张床，上下铺的床，一共住六个人，一个小房间，也就这屋儿一半儿大。住那儿之后，将近两个月没回家，陆续出现各种问题，实在是没工夫。"

朝阳郊区有人报案，有个 13 岁的小姑娘叫人给强奸了。不是现在发生的事儿，是五个月前，孩子妈是个下地干活儿的农妇，才发现闺女怀孕了，一问说是让人强奸了。问她是谁干的，姑娘说是夜里叫人给拽进了麦子地，不知道是谁。

这属于刑事案件，于是转到了我们这儿。夏新亮昨儿加班写一个结案报告，就没从队上走，睡宿舍了，等于吃完早点回来，就让我逮着了。李昱刚折腾了一晚上电脑，这小伙儿自称"黑客"，反正我是半信半疑。就这么着，我把李昱刚从床上揪了起来，三人就结伴开车往朝阳赶。

路上我负责开车，俩徒弟开始讨论案情。

夏新亮叹了口气，说道："你说现在这当妈的也真够可以。我觉得法律管的事儿吧，说少真不少，说多又有好多漏下的。你就好比当父母这事儿。真不是我说，也应该持证上岗，接受培训，以考试结业。闺女让人强暴了，这心是多大啊，五个月才发现！这平时对孩子到底有没有关心？这是孩子啊，不是给水给饭就完了，得关心啊，得培养教育啊，得跟他们沟通啊。哎呦，真来气。"

李昱刚的眉头深皱，“昨儿我看新闻，也够可以，又是把孩子锁车里的。这么热的天儿，室外都快40℃了，车内温度一刻钟就能飙升到60，可乐放进去都能爆炸，还有把孩子放车里的。交规我看就应该把这条儿入进去，考试得考！这都什么事儿啊，就这些不负责任的父母，还拿他们没办法，你又不能剥夺他们的抚养权，就算能剥夺，后续谁来抚养也是事儿，保育院根本没能力……”

这俩人说得像模像样，我没插嘴，因为我还没当过爹，也没法“持证上岗”。但是以往的经验告诉我，不要太早对某个案子或是某些人盖棺定论。

到辖区派出所，副所长老张同志接待了我们，大家寒暄一番，老张带我们见了当事人母女。女儿小茹身材匀称，穿着宽大的校服，确实难以发现她怀孕了。母亲白小菊一点儿都不白，晒得黑黑的，一看就是长期从事体力劳动的妇女，手上有层厚厚的茧子。

小茹母女跟我们说的和辖区民警说的基本无异，但我观察着小茹，她基本不会抬头与我们对视，假若视线相撞，或者需要抬头回答我们的问题，她就会发生视线瞬间的闪躲。这可以理解为不自信，也可以理解为她有意隐瞒了什么。中间我出来抽烟，与夏新亮交流时，他也是这个看法。

一般来说，未成年人遭遇性侵害，百分之八十都是熟人作案。也正因此，大多不会受到检举揭发。

隔着窗户我往审讯室内看，小茹的身体缩得窄窄的，肩头微微有些颤抖，她母亲白小菊正用手指头戳她的脑门，一副呵斥她的神情。都说，严父慈母，小茹的父亲头些年跑货车出了事儿人没了，白小菊可以说又当爹又当妈，也因此没了严父慈母这一说。孩子很可能出于畏惧没有说实话。即便不是熟人性侵害，也可能是早恋偷尝禁果。这都还需要摸排。

口供说来说去也就是那些，没什么意义，我就让这母女俩领我去案发的麦子地了。小茹领着我们走在烈日下，夏新亮撑开了遮阳伞给她打上，小茹连说不用不用，夏新亮说太晒了，遮一遮吧，小茹说我本来就晒黑了，夏新亮说遮阳是为了遮挡紫外线，预防皮肤癌，黑不黑不打紧，身体重要。我明显看见小茹黑黑的小脸上透出了感激的笑意。

走到田埂边儿，小茹伸手一指，我跟夏新亮顺着她手指的方向望去，现如今小麦已经收完了，地里种了密密麻麻一片的玉米，无边无际。

陪着我们的老张开口了："是这儿吗？上次你给我们指是不是再靠前一些？史老根儿地上吧？"

"那就是了吧。"

小茹说完，脑袋就被她妈狠狠推了一把："你是不是傻，这么点儿事儿还搞不清楚，你还能干点儿啥！"说完朝老张赔笑。

"可能是夜里黑，孩子紧张，记得就不那么清楚。"我说。

"您是不知道，这孩子就是傻，平时跟她说个什么都不吭声，耳朵聋是假，脑子慢是真。这有什么分不清楚，一片地一个主儿，没有分不清楚的。"

"是吗？"

"那可不是！闭着眼都知道！这孩子又不是不跟我下地干活儿。喏。"白小菊伸手给夏新亮指，"那边儿那片瞧见没有，那儿就是我们家的地。"

"嚯，瞧着不小啊。您一人儿干的过来吗？"

"可别提了。"白小菊哭丧着脸跟我诉苦，"他爹走得早，家里家外就我一人儿，这孩子平常还能搭把手，现在成天赖在床上，一会儿吐吧，一会儿头晕吧，还有脸娇气了！"

"您别这么说。小茹也是受害人。"

"苍蝇就不盯那没缝儿的蛋！"白小菊瞪着女儿骂，"叫她晚上别出去野，不听啊，野去啊！三天两头往赵迎春家钻！"

小茹低着头，一声不吭。

"地里这活儿哦，你说我这岁数，我还能干得动几年！"

"你弟弟呢？"老张问她。

"别提那个没心肝儿的了！叫他回来收麦子，他推三推四地待在城里不回来！跟他那些狐朋狗友比跟我亲嘞！"

我打断她的抱怨:“赵迎春是谁?”

“她同学!住在东头儿!”

我看向小茹，她还是低着头不吭声，脚下已经被她用脚划拉出挺深的圈儿来了。

小茹母女带我们看完现场就回去了，我跟夏新亮让老张带着在玉米地里转了转，无穷尽的玉米叶子迎风而立，风吹过沙沙作响。

回去的路上我问老张那母女俩是怎么打算的。强奸这种案件，拖过三天报案都不见得查得出痕迹来，别说已经过去五个多月了，其实我们帮不到她们什么，但人家报了警，我们接警就得出警。

老张抬头看天说:“还能怎么办?白小菊讲话让生，她没钱给闺女引产。”

李昱刚惊了，问:“怎么叫没钱啊，这天大的事儿，那小姑娘才13，生下来怎么弄啊，她一辈子还长着呢!”

“家家有本难念的经啊，小伙子。她家里头那个跑车出车祸死了，又没上保险，没理赔金可拿，她拉扯着闺女，母女俩就靠种玉米小麦那点儿钱过活，是真没钱啊。”

“白小菊有个弟弟?”我点了支烟，问老张。

“表弟。也是个阿飞，成天乱窜。倒是赶上收麦子收玉米，一般都会回来帮把手儿。这也不知道上哪儿发财去了，头前收麦子都没回来。不过这年头儿谁指得上啊，谁也指望不上。”

下午我们仨去了趟小茹的学校，找她的好朋友赵迎春聊了聊。赵迎春说没发现小茹有什么异常，她经常上她们家去玩儿，大多数时候吃过饭才走，有时也会在她家留宿。通过赵迎春,我们排除了小茹早恋的可能性,小茹没跟她说过。

问她小茹跟她说起过被人强暴这事儿吗，赵迎春小小的身躯微微发颤，情绪很激动:“我都气炸了!她这个人就是这样子，什么事儿都不肯说!这事儿在班上传开我才知道!我真不知道她到底拿不拿我当朋友!”

夏新亮好生安慰了她一会儿，告诉她这种事太敏感，小茹性格又内向，不说是正常的，总之是心理辅导那一套。

赵迎春的书包上挂了个椰子树，夏新亮问：“你喜欢夏威夷啊？”

小姑娘狠狠点了点头，“对，我跟小茹都喜欢，那海，从杂志上看，可蓝可蓝了，我们从来没去过海边，就特别向往，还约好以后上班挣钱了，一起攒钱去看海。夏威夷不敢想，但青岛什么的，哪怕秦皇岛呢，也行。好歹看看蓝蓝的海。我们这儿啊，除了田，啥没有，冬天一地麦子，夏天一地玉米，憋屈死了。”

“小茹去找你，你们俩平时玩儿什么？”

“就一起看看电视啊，看看杂志啊，上上网什么的。”

“你也经常去她家玩儿吗？”

“不怎么去耶，都是她来找我，她不爱跟她们家待着。”

“她跟她妈妈关系不好？”

“也不是吧，她妈老在地里干活儿，她们不怎么说得上话。我们家我爸在市里跑车，我妈帮我姑姑的农家院儿做腌菜，所以我妈老在家，我俩吃饭也方便。经常我俩在我屋儿里一待，要么聊天谈心，要么上网冲浪。我俩连泳衣都买好了，还一起穿着做花环呢！”

比起夏新亮关心的少女梦，我更关心的是，小茹被强暴的事儿怎么会在班上传开。赵迎春说不仅仅是班上，全年级都在传。问她是谁先开始说的，赵迎春摇摇头说不知道，起先她也不相信，还是找到小茹跟她质问，小茹才跟她承认的。

跟赵迎春谈完已经将近四点了，夏新亮和李昱刚都觉得小茹认错事发地点比较可疑，另一方面，小茹的好朋友赵迎春都不知道小茹出了事儿，这其实不太说得过去，小茹跟赵迎春无话不谈，却把这样大的突发性伤害隐瞒了，这里面肯定还有事儿，虽然这案子破获的希望微乎其微，但他俩还是想试着查一查。

我很懂两个小徒弟的感受。真的很懂。我刚干刑警的时候，情绪波动极大，因为你不干这行，你不会这样直观地面对人间疾苦。那你面对了，很多时候又束手无策，帮不到你以为你可以帮助的人，这感觉必然糟透了。

这种案子，警察都不知道怎么去解决。小女孩儿13岁，被人强奸了，到第五个月的时候才发现，应该做引产，可家里妈是干农活儿的，没钱做，就跟女儿说你把孩子生下来。这个孩子只能生，那你警察应该做什么？

我们警察能够去抓坏人，能够去保证社会的安定团结，可是很多事情我们是无能为力的。你最多只能把案子破了，你还能做什么？我们抓到坏人后还是对一些事无能为力，你没能力也不可能尽善尽美地给人解决问题。就算你有观音菩萨的千眼，可你没人家的千手。你其实，苍白无力。

我给他俩的建议是，你既然有直觉，你就跟着直觉走，我能给你的建议就是，筛一筛小茹周围能接触到的男性可能更靠谱。

既然她说谎，一定有说谎隐瞒的理由，不是这个人权力大，就是这个人跟她有紧密联系她不能出卖。他俩说自己也是这个思路，所以尽可能多地调查，让这些潜在的嫌疑人能够浮出水面。譬如她的老师，譬如她同学的父亲兄弟，譬如她母亲家的家属，等等。

难得两个徒弟对这个案子都很有想法，我干脆选择撒手不管，就负责在后面帮助他俩把握方向。

夏新亮去了小茹的学校，接触了一下她的班主任、科任老师，大家对小茹的评价很相似，简单来说，是个像透明人似的孩子——不突出、不惹事，平平凡凡。这其中的男教师夏新亮仔细地观察他们谈论小茹时的神情、声音的频率等等，基本排除了他们对小茹实施性侵的可能性。

这样一个13岁的女孩，性格内向，她可能接触到的男性范围是很小的。她成绩不突出，不是班级干部、团里骨干，基本不会跟教导主任、校长等级别的人产生交往。她的任课教师再一排除，夏新亮就如坠迷雾了。结合她的挚友赵迎春的说辞，小茹没有跟班里任何男生过从甚密，更没在互联网上结识什么男性，从未说起过。夏新亮也看了赵迎春的朋友圈，小茹基本没发过，微博就更少了。总之，任何年轻人热门的、喜爱的社交工具上，小茹也跟现实生活里一样，表现平平。

李昱刚在辖区派出所查阅了小茹和她母亲的户籍资料，白小菊是嫁到朝阳去的，原籍是沧县，家中排行老三，上面有两个姐姐，下面有个弟弟但夭折了。她在本地并没有什么亲戚，熟人男性就是那个表弟。这个表弟早先跟她丈夫一起跑过车，但嫌累；做过小本买卖，却一直亏钱。生活不是特别好，又好吃懒做，但每到收麦子收玉米的时候一般都回来帮白小菊干活儿，讨俩钱花。

李昱刚怎么想这个阿飞怎么感觉不对头。从他跟赵迎春的对谈中，他感觉小茹不爱回家。母亲务农经常不在家，家里冷清不喜欢待也情有可原，但不愿意招待好朋友去，也绝口不提家里事，这就很那个了。有这么个疑点，俩人又去了白小菊家一趟。

那个家，安静得像没人似的，白小菊在院儿里打麦子，小茹跟屋里看书。谁都不跟谁说话。

李昱刚侧面跟白小菊了解了一下表弟的情况，得知今年这茬儿冬麦下来白小菊联系了他，他本来应承了，但后来没来，也不知道又上哪儿发财去了。

夏新亮学过犯罪心理学，他不说话，就在一旁仔细观察人的表情，从中也能揣摩到不少东西。

李昱刚闲聊似的问："是每茬儿都来帮着收吗？"

白小菊说："基本是，我男人没了以后，就靠他给我帮忙呢。"

李昱刚不经意地再问："小茹出了这么大事儿，找他拿主意了吗？"

白小菊有些激动："可不咋的，我也没别人商量啊。这兔崽子也是心硬，叫打了去，说小姑娘家家挺着肚子败坏门风，这是野种儿，不能留。"

接着她垂下眼睑又道："小同志啊，你可能觉得我这当妈的不负责，可是你说，我也是女的，我也当过黄花大闺女，这野种不能留我不知道吗？可现在她五个月了，这丫头就是榆木疙瘩，她但凡早告诉我，我就偷偷带她去做了。现在五个月，只能引产。引产搞不好会死人的哦。我男人没了，这闺女再傻再捏也是我亲闺女，我怕她死在手术台上啊。我不能白发人送黑发人啊。不能她爷俩儿地下团聚就剩我一人儿啊！我硬是愿意她生，生下来我养，我不怕人指戳，我不能让我闺女把命搭进去。说到底，这都是我的错，我光顾着给她挣钱了，我天天为了生计奔忙，却忽略了她，这孩子内向，不爱说不爱闹，我就没那么注意着她。”

李昱刚和白小菊在外头聊着，夏新亮上小茹屋里去了。他没法指责白小菊这个母亲，他懂得她的心情，也明白她的决定，无论他赞同与否，她才是小茹的监护人，她有这个权利。但他想，他至少要揪出这个戕害小茹的凶手。他能做的只有这么些。毕竟，他只是个警察，负责查案；毕竟，谁的日子谁来过，别人替代不了。

夏新亮跟小茹谈心，她说错都在自己。夏新亮学心理学的，他懂得这种心理状态，就是负罪感。女性遭遇强暴，首先会反思自己是不是穿着暴露了、举止轻浮了，为什么被侵害的是自己而不是别人，别人做到了什么而她没做到。如果是熟人强暴，这个自责级别还会上升，她们会控制不住地想，我做了什么，为什么原本好好的朋友会强暴我，为什么我敬重的长辈会对我做这种事，我做了什么。她们谴责禽兽在后，谴责自己在先。

夏新亮越听越难过：“我说姑娘，醒醒吧，那不要脸的罪犯还没服法，你怎么倒自责起来了！我说你别把我当警察，你就当我是你一个哥哥。哥哥告诉你，你这样的姑娘不在少数，好多被熟人强暴的女孩甚至意识不到自己被侵犯。错不在你，你凭什么怀疑自己，你可是受害者！这事儿你也许没法儿跟你妈妈倾诉，但你可以跟我倾诉。”

小茹说：“我是没法跟我妈妈说什么，我妈妈太不容易了，一个人要下地干活，撑起这个家还要照顾我，我不能再给她添堵了。”

出乎意料的是，夏新亮一直没问小姑娘是谁强奸了她，他说他觉得比起抓获受害人，帮助小茹先跟她自己和解更重要。也只有让小茹跟她自己和解了，她才可能大方地告诉夏新亮侵害她的王八蛋是谁！

不得不说，夏新亮的细腻心思在这个案子派上了大用场。小茹跟他深谈过后，敞开了心扉，把什么都说了。

畜生就是白小菊那个表弟。他奸淫小茹也不是就这么一回，是惯常的。只是以前小茹年纪小，还没来月事，因为习惯成自然，他没有做预防措施，这才导致小茹怀孕。

白小菊知道事情真相之后，当着警察的面儿把这畜生的脑袋打开了瓢，没人制止。这事我想了很久，救人于危困的，可不仅仅是君子啊。这个表弟有事没事来帮忙给白小菊操持，真应了那句——无事献殷勤，非奸即盗。单身母女的生活本来就够艰难，但盲目地抓救命稻草，反而导致了更大的悲剧。

孩子还是要生下来，却也因祸得福，这回真算个证据确凿。据我所知，俩徒弟给这对母女留了钱，我没说他们，说也没用，我还不是跟他们一个脾性？只是慢慢地，生活迟早得教会他们，要正视自己能力有限。

回去的路上，还是我开车，俩徒弟则对这起案子展开了一番相当激烈的讨论。

李昱刚和白小菊聊了不少，主要是站在单身母亲有多不容易的角度阐述问题。夏新亮则是站在小茹的立场说话，认为这孩子太遭罪了。

但其实他俩都没说到正题上。

我当刑警的习惯，是在案子结束之后，分析一下这一地狼藉，看看这案子到底有多少受害人，有时候犯罪嫌疑人其实也是受害人之一。

就拿这起强奸案来说吧，白小菊一个人好不容易把小茹拉扯大了，结果忙于生计，连自家姑娘让人糟蹋了都不知道，她算是十足的受害人。

小茹缺少父爱，生活艰苦，还摊上一个畜生亲戚，结果吃了大亏，小小年纪就怀上了孩子。

白小菊的那个表弟，的确是个强奸犯，但事发之后，他的一生也算是毁了。只不过他这个受害人，是拜他自己所赐。

最关键的一点，是小茹肚子里的孩子。因为没钱做引产，这个孩子迟早会生下来。这个孩子有一个 13 岁的妈，没有爸，家境又贫穷至此。他或者她长大了会变成什么样子？会不会也走上犯罪的道路？然后毁掉更多的人、更多的家庭？

我发自内心地同情这个尚未出生的孩子，但我也觉得他是一颗定时炸弹。说不准什么时候，就又会伤害更多的人。

有句古话说得好，冤冤相报何时了。可这里所说的报应，有时是冥冥中注定的。犯罪其实是一颗恶果，可它同时也是种子，一旦埋下，就会无穷无尽地再结出恶果。

这想什么来什么，第二天我就遇到了一次定时炸弹的“爆炸。”

安贞死了个老民警。

事发地点是个便民早市，你说它固定吧，每天都出来；你说它流动吧，摊位不固定。一般大型社区周边，总会有这么个早市。群众有需求。买买菜买买日用杂货，方便得很。这下儿死了人，我估计离取缔就不远了。本来就清退低端人口呢。

人是给两刀捅死的，我到的时候法医已经给拉走了。一刀扎在心上一刀扎在肺上，人当时就死了。地上的血迹呈延伸状，泼洒滴落痕迹皆有。分别属于受害人和凶手。凶手是个什么人呢？小偷。被害者是个什么人呢？警察。

遇害的民警老马，月底就退休了。干了一辈子的片儿警，这片地区他驻扎了小30年，跟当地群众都十分熟悉。今天早上，他骑车去早市像往常一样买早点，发现有人偷钱包，他就上去抓，不承想歹徒当下掏出刀就把他捅了。老马一倒下，周围群众急了，一伙人上去打这个小偷，把小偷给打得头破血流，奋力逃跑的时候鞋都跑掉了。

我一想，是这么回事儿，现场取证员采集证据的时候，是有只鞋，浅口乐福鞋，两边的麻底儿都磨得起毛了。

小偷逃走的当下好几个群众去追，没追上追丢了，因为小偷大约二十四五的年纪，追他的群众最年轻的都比我岁数大，早市嘛，年轻人基本不去。

我们进所里的时候，回来俩年轻小同志，垂头丧气的，他俩是按照群众提供的线索去追人的，顺着方向找着血迹走，最后线索断了，在离这儿三站地外的一座公交站，是血迹最后出现的地方。

派出所里全是人，好么些大爷大妈，还有摊档主，全体排着队做笔录。地上净是菜篮子、环保袋，包括活鸡活鸭。他们三五成群地聊天儿，我听了一耳朵，有个大妈说：豁出去今儿中午不做饭了，死等，得帮老马提供线索，不能让那小王八蛋跑了！

足可见民警老马在群众中的威望。

夏新亮跟我做着汇报，“被偷的是齐大妈，跟老马住同一个小区，家里老头儿去年脑淤血，恢复得还行，但腿脚还是不利索，日常买菜什么的就齐大妈来。今天早上她上早市也是买菜，老马摁住那小偷手的时候，他手里正拿着齐大妈的钱包。”

我点头听着。

“你猜那钱包里有多少钱？”

我看着小夏，听他继续说：

“四十七块六毛。就为了这点儿钱，把老马给捅死了。”

我叹了口气，这保准是随机作案，“现场血样采集完跟数据库比对比对，看看他以前有没有前科。另外往医院发协查，根据现场群众提供的伤情，瞧瞧有没有人上医院看病。都给打开瓢了,这他没法自行处理。然后咱们再看。对了，画像师也安排一下，看看能不能综合大家的口供弄出一个大概样子……公交站咱们也去一趟吧，我刚来时候听见所里俩年轻同志说，血迹最后是跟那附近消失的。”

“血里呼啦坐公交？”李昱刚看着我问。

“我是说，去那地儿看看。”我也是无奈，“血里呼啦坐公交不着调，血里呼啦打车更没人拉。叫车他也没那工夫儿等。”

“那走吧。还等啥啊？”

等你！要了亲命了。

公交车站附近有百货公司，有办公大楼，居民区也有。但基于小警察们勘探现场说血迹就断在这儿，我认真想了想，他八成是骑自行车走了，可以走背人的小路，极方便逃亡。

我给李昱刚找了事儿，公交车站不远处就有探头，我让他注意骑车的，特征是顶着个血里呼啦的脑袋，或者包成粽子样的脑袋，简而言之，离奇、不符合常态的脑袋。他说师父您真能给我找事儿，我不是看那一个探头的事儿，四面八方他都有可能去，我全得看。我说你看吧，多看点儿，人家背着探头也不一定，毕竟是骑车走的，啥地儿都能走。

我跟夏新亮也没闲着，跟派出所的同志们一起四处摸排。这案子必须快办，不仅仅是因为我们牺牲了一个同志，更因为歹徒穷凶极恶。一般来说，小偷作案群体行动居多，这也是不好抓捕的原因之一。前头一个偷了，马上转移，跟接力棒似的，非当场擒获很少可以人赃并获。

而且一旦偷窃行为被发现，受害者单一，但行凶者众，很容易演变成流血事件。好么些见义勇为的好群众死在小偷刀下，正是因为不清楚他们习惯团伙作案。但这起案件显然不是如此，偷东西的小偷被老马当众擒获，动手杀人的也是这个人而非他人，据群众反映，他是毫不迟疑跟老马动手的，这不像是有同伙的。但保险起见，我们还得调查。

这两天，附近的小偷团伙儿我们基本走遍了，由于有片儿警帮助，找到他们问询情况易如反掌。长期在这片儿活动的盗窃团伙儿有仨，一伙儿是以盗窃电瓶车、摩托车为主业的河南帮，一伙儿是以人流涌动的公交站为目标的新疆帮，另一伙儿是以早市商户、餐馆儿那帮进货人为首要对象的山东帮。他们均表示老马被杀这事儿不是自己团伙里的人干的。

其中，山东帮最为恼火，说近期是有流贼在早市动手，专偷老头老太太贼不上道儿，他们是想出面肃清局面的，结果还没动手，老马就出事儿了。对，小偷也是划地盘儿的，你不是人这儿的小兄弟，你来偷自有人管你。山东帮也给我们提供了几张照片，是他们暗中监控的、在早市上干黑活儿的。

我们马上跟目击证人取得联系,大家基本确认了其中一人。瘦高个儿,麻脸，二十啷当岁。

李昱刚的监控在安立路上有了结果，一个小伙子骑车赶路，头上顶着件儿夹克。看体形，跟群众描述的别无二致。

距老马遇害已经过了四天，全市范围的医院没人向我们反映有可疑头外伤挂急诊的。夏新亮说，会不会嫌疑人就没上医院，一是不敢马上就诊，二是很可能选择私人诊所之类。对啊，安立路的话，离现场不算近，但也不是骑车不能到的地儿，会不会在立水桥地区，那边儿外来人口多。

我一想，没错，那边儿紧邻天通苑，又有很多新楼盘对外出租地下室，许多外地务工人员在那边儿租住。小诊所由于历史遗留问题也真是多。以前那地儿就农村嘛，盛产小诊所。

我们奔立水桥去了。走了两家诊所，没什么收获。已经是下午两点多了，人还饥肠辘辘。夏新亮说咱麦当劳吃口东西吧，饿疯了。我说成，先吃口东西。

我俩进麦当劳每人点了个套餐，夏新亮狼吞虎咽，小伙子年轻也能吃，三口两口把汉堡塞下去，起来又要去点餐，问我还要不要，我摇头拒绝了。

“我饿惨了。昨晚加班写小茹的结案报告，就没吃饭，夜里叫了份宵夜，一直撑到现在。人都饿糊涂了。”夏新亮的屁股挨上凳子的同时，一只汉堡已经被他从包装纸里扒出来了。

“该吃就得吃，不行上个闹表，到点儿叫你自己。”我喝着咖啡说。

“快算了吧。就这李昱刚还天天说我事儿呢，我再给吃饭上个闹表，鬼知道他又得准备什么说辞挤对我。”

“你不仅自己吃，还得叫他一起吃。还有睡觉，李昱刚就跟和睡觉有仇儿似的，没事儿也跟宿舍熬夜。你们俩这是年轻，现在不注意，老了落一身病就老实了。”

不是我吓唬小徒弟，有一个我颇为敬重的老同志，前年他办案途中人咕咚就折过去了，拉医院一查，胃出血。他那胃早些年就坏了，两大块溃疡。他媳妇恨不能给他勒死。讲话：你就作，作死了算。老不吃饭你也得有体力追坏人啊！

我们倒真有体力追坏人，但我们真没时间按点儿吃饭。坏人不给你吃饭时间。

说真的，这些常年搞刑侦工作的，身体没几个好的，全都这儿那儿地闹毛病。原因无非俩，头一个就是熬夜，净是给你搞限时破案的，你顶着压力，三天两头不睡觉是常事儿，身体上能不透支？第二个就是挨饿，一天三顿饭，能捞上正经吃一顿就阿弥陀佛，经常吃不上正经饭，一周两周很正常，有时候一个多月吃不上正经饭。

再加上出任务很可能受伤，摔伤扭伤、枪伤刀伤，一到阴雨天搁队上总有人结伴为旧伤哀嚎。再一个心理压力之大不可估量，尽管你死人见多了，思想麻痹了，不代表精神上就能习惯。你表面说没事，其实心里想法很多。有时候杀人现场出多了，一闭眼，这是脑袋，这是心脏，这是肠子，不是没有梦到过，都梦到过。花式死法大游行。

“咱们好多老同志都病恹恹的。”夏新亮看着我说，“就拿您来说，让您戒烟就不听，咳嗽起来简直气动山河。”

这话没毛病。我是慢性咽炎，夏天还容易闹气管炎，整宿整宿喘得跟牛似的，肺都恨不能拉出来透透气。但没办法，人没不困的，尤其干刑侦还是体力活儿，困起来跟王八蛋似的，不抽烟能行？喝咖啡胃更别要了。

“咳嗽算啥啊，这都不足一提。”我一脸不屑，“老蔡他们那边儿的李文清，李文清你知道吧？”

“知道。”

“我们在审一个案子的时候，就头些年，四川长途客车抢劫的案子。我们当时抓了有 30 多人，就我和李哥在派出所审讯。我们问了有三四天了，你也知道咱有时候一问案子没完没了的，问到第四天，案子还没有进展。我跟李哥躺在一张床上，他面色蜡黄，纯黄，平时熬夜铁青的脸蜡黄。我说李哥不对啊，你脸上怎么这么黄？他说我有点儿饿，我说你吃点儿东西去，赶紧吃点儿东西去，他说没的可吃。也是，大半夜了，我们没有地方搞吃的，只能在派出所搞案子。就睡吧，熬到早上食堂解决吧。早起去食堂，李哥吃了两口葱油饼就开始吐，狂吐不止。我说这不对头，你快上医院看看吧。他说没事儿，然后又搞了一会儿案子，他实在不行了，上医院，一看，是肝炎，就落下一个终身肝病。”

“这……”夏新亮皱眉。

“要说谁搞案子最废寝忘食，我师父是最佳代表。”我说，“隗哥腰间盘突出，做完手术之后，扶着腰走不动了，趴在床上也得听案子、写案子。当然，他这属于反面教材，刚跟你说李文清的事儿也是反面教材，你得吸取教训，千万别步他们的后尘。”

我这个祝愿是真心的，可另一方面，我又十分清楚，它是真心达不成的。我们一辈又一辈刑侦人就是这么走过来的，隗哥早就没了健康，我算是这条路走了一半，还算可以，夏新亮和李昱刚这俩才刚开始，好好保养总没坏处。现实情况它就是这样，所有搞案子的人，多多少少都有问题，你身体未老先衰，思想上、体质上，它是个综合的折磨。干刑警这行，隗哥起先就跟我说过，咱们啊，得全面发展，体力要好，心理承受能力要强，物质上还要经得住打击。

你扛不住你就会倒下。你一无所有，除了那些所谓的荣誉，那些屁用没有的二等功、三等功。那你能否坚持，起头儿上就先想清楚。但我不能这么跟我徒弟说，现如今人多不好招啊，我只能蒙蔽着他们，并“伪善”地提醒他们注意身体健康。你上来就告诉孩子们，干刑警寿命短，短命就是因为熬的，你们的前辈没有几个熬过 70 岁身体还棒棒的，不是胃病就是高血压，还有丢胳膊少腿的、壮烈拿到一等功的，那还有谁干刑警啊？

一声悲叹。

“哎哟刘哥，您这口气叹的。”

“咱上辈子可能摧毁了银河系，要不怎么这辈子干刑警呢。”

扑哧，夏新亮乐了：“您可太烦了！我知道啦，注意身体，注意身体，注意身体！我现在就设备忘录！”

走访到第四家诊所，线索上来了。一个头发花白的老医生跟我们确认，说有个人跟我们拿的相片上体貌特征一致，描述的受伤部位也一模一样。这个人被打伤了，来这儿看病就是上午的事儿。嘿，这话就像颗炸弹在我心上爆炸了，敢情我们跟这个嫌疑人完美地擦身而过了！我们问医生，他什么时候再来换药，医生说约的一周之后。这玩意儿谁能等得了啊？

人已经又消失在茫茫人海了，好在他来看病时候，头上拙略地自己缠着纱布，化验的时候他把纱布扔在垃圾桶里了，我们把垃圾桶里的血纱布带走了，交给犯罪现场调查的同事，等他们提取，跟现场取得的血液比对。结果加急出来了，就是同一人。

那我们必须不等这一个星期了，就在附近布控，只要发现他就抓。他能在安立路上骑车，会选择立水桥这么家不起眼儿的小诊所，很大可能性就是这里正是他的安全区，他就居住在这儿。既然住这儿，总会出门。三天后，我们在一个早点摊上，直接把他给摁了。脑袋包成粽子的他，那是相当鹤立鸡群。

周晓晨，内蒙古人，来京时间不足半年，先前在各地辗转，都没能谋得什么好的务工机会，倒是学了点儿小偷小摸的技巧，人家到北京来闯事业，他来北京就是想摸点儿钱花。他把老马扎死正是因为老马当时穿着警服，他怕蹲监狱。我都不知道说啥好了，小偷小摸跟杀人哪个事儿大？冲动是魔鬼这事儿没错,每年我们破获的案件里激情犯罪都占相当大的比重。人一慌乱,就容易激动，一激动，肾上腺素就分泌旺盛，相应的，必将大祸临头。

人抓到了，对犯罪行为供认不讳，我们也算是对受害人老马和老马的家属有了个交代。我见到老马的媳妇了，说了不少安慰的话，老太太自始至终一语不发，眉宇间盘旋着一种全然出世的淡定。我后来听管片儿的民警说，老太太井井有条地操办老马的身后事，她对此就总结过一句话：我就知道得有这么一天，可想着他说话就退休了，结果到了没躲过去。常在河边走，哪能不湿鞋。

这话听完，我唏嘘不已。倒不是说老太太有预言能力，而是我们干刑警这行，确实成天跟不好的人、事打交道，伤害、死亡都是家常便饭，就像个走钢索的人，一脚踏空便粉身碎骨。但你还得不停地走，不停地磨炼技巧，却并不能防备死亡。

以前我常常想，一个人怎么死，才担得起伟大，是不是它应该成为人生最耀眼的时刻？似乎，死和壮烈，必须连接在一起，只有死得伟大，才能留给后世一个壮烈。老马给评了个一等功，他没有死于大案要案，他抓了个小偷，小偷偷了个钱包，钱包里仅有四十七块六。

他干了一辈子的警察，这奖章受之无愧但多少有点儿尴尬，尤其，对于他的家人来说，一个冷冰冰的奖章和一个活生生的人，显然后者才有意义。所以我想，死是没有意义的，生才有，无论你死得如何壮烈，都不会死得其所，活着，再平凡再无奈，也是闪耀的。努力活下去，是我们每个人首要的任务。撒手人寰，总归是自私而又冷淡的。

罪案终结，我提笔写结案报告时，心里满是说不出的滋味。审讯的时候，得知周晓晨算是个无父无母的，从小吃百家饭长大，好不容易把自己拉扯大之后就来了北京，听说这里好赚钱。老马算是被这颗“定时炸弹”炸死的，可这样的炸弹在社会上还有很多，谁也说不准下一个受害人会是谁。

一个刑警的日子

第四章
CHAPTER 4

人活着总要升级打怪

有人把生活当成了一场游戏，升级打怪在所难免。可我觉得生活又不是一场游戏，因为失败往往会成为遗憾。

什么职业做得久了都能熟能生巧，我一直是这么认为的。但后来现实给了我一记响亮的耳光，它告诉我，至少刑警这个职业不是。

你必须用尽全力，时刻集中精神，去破掉每一个案子，否则迎接你的，极可能是受害人冰凉的尸体。

我那时候破了不少案子，自己也带徒弟了，整个人有些飘飘然，甚至生出了“不就是破案嘛，其实所有案子都差不多”这种荒唐想法。

有年冬天，那天刚好是我在值班，晚上 9 点钟的时候，我们收到通知来了一个案子，说在朝阳区香河园，有一起绑架案，绑匪要 8000 块钱，一个小孩被绑架了。出了现场，我第一个反应是为什么要 8000 块钱？为 8000 就把小孩绑走了？这不是有人开玩笑报假警吧？真的，什么人都有，拿 110 当谈心热线的我们都遇上过。所以我当时第一个想法就是这个，真的假的？

因为心里有这么个疑影儿，我意识里就有点懈怠，整组人都跟我差不多，都很懈怠，不紧张，甚至没当回事儿。

事主是谁呢？是齐威。他老婆是某公司老总，家底殷实，他打电话说自己的孩子被人绑架了，绑匪让他准备 8000 块钱，命令他 10 点钟，把钱扔到三元桥公园的小白亭子上边。

我存个疑影儿也真不是没道理。事主属于十分有钱那类人。哦，你精心策划绑了他儿子就要 8000？这确实跟笑话差不多。会不会另有隐情？别是两口子有什么纠葛之类的吧？但当时来不及调查，我们就姑且相信孩子被人绑了，先这么处理。看绑匪出现不出现，不出现也就给了我们时间详尽做调查。

这些年北京的奇事儿不少，也跟经济开始往上走有关系。没钱时候好像大家之间没啥矛盾，有钱了，事儿也跟着来了。先前我们破过一个案子，是两口子吵架，男的开公司挺有钱找了小三儿，女的不依不饶天天闹，有天闹急了，打起来了，儿子去劝架，结果老公失手把儿子捅死了。儿子一死，夫妻俩慌了，先前打成一锅粥，这会儿倒冷静了，半夜就把尸体给拉走处理掉了。是一个月后有村民在河里发现浮尸报的警，我们一通查，最后找到了凶手。

结果是亲爸亲妈把儿子给杀了不说还抛尸，完全是陈晨那案子反过来的模样。我问那女的，你不是因为他出轨跟他闹嘛，怎么儿子被他捅死了不是报警而是提议处理尸体？女的说，我爱他啊，爱他胜过一切，她说，在俩人藏匿的这段日子，她又找回了当初俩人热恋时男人对她的依赖。你说这不是疯了嘛。但这就是人。事后我很是想了一阵子，这逻辑，似乎也没问题。爱，它就是一个毁灭性的存在。我们办的案子，超过百分之五十都是情杀。真的，社会开始富足之后，抢劫之类的悍匪真少了，为爱杀人的比例直线上升。我寻思，这夫妻俩，女的强男的弱不会没问题。

事发突然，我们现场布置比较匆忙。约的 10 点交易，9 点才报警。我们问当事人为什么当初没报案，几点绑的？ 5 点。那 5 点干吗去了？他说我原以为我把钱给他，他就能把孩子给我放了，可我思来想去怕出意外，所以到 9 点又说服我太太决定报警了。

这就很不合理了，更不合理的是，绑匪当天绑了当天要钱。真的，绑架这种事，那都是有准备、有部署的，是预谋犯案，哪有一上来就给家属打电话当天就要交易的啊？我就想问问绑匪，你这给家属打电话过去，人家能信你？嘿，你看，这糊涂绑匪还真凑巧就碰上这么对夫妻了，怎么那么寸哪！这案子讲真，一听就不对头，可因为受害人是个孩子，我们心里还是比较重视这个案子的，就在周围进行布防了。

这个小白亭子的位置十分蹩脚，四周无遮无拦的，没什么藏身之处，与之相连的就是个配电箱，前面有条不是路的路，是走的人多了硬给踩出来的，真正通往小白亭子的有两条甬道，一左一右，关键处已经埋伏了同志。我们呢，就在配电箱东边儿猫下来了，那儿的环境还特别差，到处都是人的大小便，没有站人的地方，可就这儿还算隐蔽。然而，我们存在一个严重的问题，我们在这儿看不到前边的情况，但好歹跟大部队形成了一个三角包围圈，也没啥更好的办法了，时间紧任务重。那我们只能跟这里埋伏着，如果说一旦有绑匪出现，左右两边的同志就会喊，我们就对他进行抓捕。那会儿也没有通信设备，没有手机，只有步话机屁用不管，因为它不是一个水平面，有遮挡。那怎么办？全靠人。

后来我准时在10点钟的时候出去看了一眼，一出来不对，真有一个人，往南边跑了。当时我第一个反应是开枪打他，但是他已经跑得特别远了，枪够不着了。干嚷嚷也没有用，追也追不上，等于干瞪眼让他跑了。

大家聚到一块儿，知道问题出在哪儿了，他们在那头喊，我们原以为自己能听见，其实并不能。太想当然了，太不了解地形了。外包围圈，也就是那两条甬道，一左一右埋伏的人，离我们也就是亭子大概有300米远，他们说一看见这个人爬到亭子上去拿钱，他们这边就第一时间喊围捕，可由于我们没能及时响应，大包围圈没形成，有缺口，人就跑了。说哪怕你们再早出来一两分钟呢，都不至于闹成现在这样。

人跑了之后，这个孩子自此一点消息也没有了。等于从12月7号案发之后，孩子突然间没信儿了，我们也调查了那对夫妻，排除了其他可能性，当初看起来的不可能等于全不存在。真就是孩子放学没回来接到绑匪电话，俩人当真没怀疑真假，但太太不信任警察，丈夫又不是拿主意的人，纠结来纠结去，最后一想不成，万一绑匪拿了钱不放人呢，才报警。

现下，孩子当真下落不明了，绑匪拿了钱，跑得无影无踪，钱到手，要能放孩子早放了。我不敢往下想了。尤其，造成这种局面，跟我们有着密不可分的关系。是我们起先没有足够重视这个案子，导致麻痹大意没能控制住场面，给了绑匪可乘之机。这个后果，太严重。真的，哪怕当时全力以赴，管它时间多么紧迫先搞清地形再合理布控，或者我再提早一两分钟出去，无论哪样，没准儿人就给抓了，孩子就回家了。

没能抓到人，我们特别沮丧。但是队里面各方面特别重视，说这个案子必须搞下来，为什么活生生的孩子，一点消息都没有，那不行，必须把孩子找到。黄金72小时，必须找到孩子。我们就用土办法找，四处发通报，各个派出所去找，那会儿的信息也不是那么全面，开车、步行，各个街道，该想到的办法全想到了，能做的全做了，黄金72小时内我们马不停蹄地找，却什么消息也没有。

72小时之后，我们开始懊丧了。跟着又想出来了其他的办法——登报。当时哪有朋友圈微博什么的啊，就登报，说如果谁能找到孩子，我们的酬金是15万，只要找到这个孩子，不惜一切代价。急啊，真急，不管怎么说，一个孩子9岁，等于跟我们手上没了。

通过登报，家属找，想尽一切办法，一礼拜过去了，还是没有结果。

绝望，真的就是绝望。我们没有网络，也没有天网工程，那会儿我们什么都没有，只有决心。办法现在看来都很笨，但当时确实就是那么一个现状。然而，决心却是不容置疑的。至少对我来说，不找见这孩子，决不罢休。因为我觉得是我的懈怠，是我的那点怀疑，让一个孩子凭空消失了。我特别想抽当时的自己一顿，问问自己都在想什么，你哪怕再上心一点点呢，哪怕不那么怀疑主义呢，是不是漂亮案子办多了，不知道自己是谁了啊？傻逼！

那种愤怒，就像烈焰，烹炙着我的内心。警察工作当中，真的不能有一秒钟的失误，你的一点儿错就会造成一条生命的消失。

又过了一个礼拜，又发生了一起绑架小孩儿的事件。同样是在我们值班的时候接的警。

报警人是一个做生意的，那时候动物园批发市场还在，他在那儿做服装批发生意。由于这个工作性质，这个人每天上班特别早，五六点就得到那儿。这天他正在批发服装的时候，BP 机响了，说我把你们家孩子绑了，给我回电话，回了电话说要 11 万，那个时候 11 万是很大的数目，当时他就没招儿了，就报案了。

由于前面发生了一起齐威孩子被绑架的案子，我们十分警觉。首先就怀疑是不是同一个凶手所为，也是绑孩子，也是直接要钱，也是直接约定好时间地点。这很有可能啊，更尤其，如果是同一个罪犯，我们要是逮了他，那之前丢那孩子就有音信了。只是赎金从 8000 到 11 万这事儿有点儿对不上号儿。差太多了。就算之前你得手了，膨胀会有这么快吗？但转念一想，会不会凶手看见我们的登报信息了？一个孩子价值 15 万，他只要了 8000，这回干票大的？如若他看了登报信息，没想着放了孩子怎么换钱，而是激励起他二次犯罪……更糟糕的可能是，孩子也许已经被他做掉了，所以铤而走险再来一次？

多想无益，无论如何，我们接到报案之后，第一时间就开始根据他交易的地点进行围捕布置，这回我们特别谨慎、反复推敲、罗列各种可能性。把钱也给准备好了，只要他一出现，就把人抓了，再找孩子。

这里面还出了个什么幺蛾子呢？电视台下来俩记者，法制节目的，跟上面沟通好要跟拍罪案现场，这活儿，给摊派到我们这儿来了。那上面的意思我们也不能说“不”，跟这俩记者交代好让他们别影响我们工作，只能带上。

蹲守时候我挺紧张的，想法也多，前一个案子在脑海里挥之不去，摩拳擦掌想逮着这孙子。但后来发现不对了，这个人，不断地变换交易地点，等于说作案手法的相似性不符合了。根本就是一门外汉变专家了，犯罪升级也不是这么个升级法儿。就好比那 8000 到 11 万，是个质的飞跃。

一通辗转，接头地点来回变化，我们前期布控就全白搭了，只能靠临场发挥，大家心里多少都有点儿阴影——上回临场发挥就搞砸了。

最后约定的地点在北京市肿瘤医院。医院门口有一个公共汽车站，在那儿交易。可谓十分狡猾。公交站四周空空荡荡没死角四通八达，医院又属于人流大的场所，逃跑绝佳地点啊。这个绑匪，肯定是有经验的，从犯案方法到逻辑之缜密，不像小毛贼之流，八成有前科，一准儿在里面“深造”过。

我们知道了接头地点，先行出发坐着公共汽车到这站下车，下来之后发现周围没人。有一个因素是绑匪提前料想不到的，下雪了，鹅毛大雪。是在我们跟他一通辗转的过程中下起来的。

肿瘤医院里边有两棵雪松，雪松后面有个人影突然晃了一下，就一人影，从大门口到里边医院三四百米的距离吧，我们感觉有点像。我和另外一个侦查员眼神交流了一下就过去了，装作是看病的，不经意地在观察他，这孙子鬼鬼祟祟老往车站看。可是我们不敢抓，如果不是，那就前功尽弃了。

另一队跟事主在一起的人马等我们消息，我们用 IC 卡打传呼，电话回过来把情况一汇报，他们跟事主确认，看看认不认识这个人，事主被掩护着从旁一看，说认识，他以前在我们家干过活，后来辞职了。这样，我们直接就把他给抓了。抓了之后回到队里审，当时俩记者也扛着摄像机跟过去了。

在审讯的过程中，他不认账，死活不认。我们在交锋的过程当中，将近有三个小时，通过讯问任何线索都没有。急，真急，但在摄像机面前，咱们得文明点儿，脏字儿都不能带。可有时候，文明它真不解决问题。好家伙，这位还有点儿当明星那架势，在镜头前面趾高气昂，瞧我们干瞪眼喜不自禁，很有些表现型人格那个劲儿。好家伙，这简直推波助澜了。

这不行啊。拖一分钟孩子都可能面临危险。那时候也没联网这样的概念，光是调查这个人就需要很长时间。跟他讲了你现在承认把什么都交代了孩子给救出来，对你量刑也有好处，不听。跟他讲了你肯定是有案底，你再酿成大祸就不是小事儿了，搞不好要掉脑袋，不听。软的全白费了，那只能上硬的。他咬死不承认，不承认孩子的行踪就不知道，你说这大冷天孩子不知道给圈哪儿了谁能干啊？我们不干，人家受害人家属更不干。计划生育，一家就一个孩子，都得继承王位是不是？

后来我们真烦了，对那俩记者说，你们出去吧，别录了。他俩还挺没眼色。

不是我说，好么些搞媒体工作的人，真不是什么好人。为了追逐焦点，追逐由焦点带来的利益，人性都缺失了。好人的定义不是说你不杀人放火你就是好人，好人是个挺深奥的词儿，换句话说，你先有点儿人味儿，再谈好坏也来得及。一屋子人急成什么样儿了，外面抱头痛哭的父母招你惹你了？让你出去也不是因为别的，你们扛着设备跟这儿，绑匪跟打了鸡血似的，你们就是影响我们办案了啊！不理解，真就不理解，问我们是不是要刑讯逼供。我一听就来气了，老百姓有误解是他们不了解我们工作，再加上我们在哲学上的名词“国家暴力机关”也听着不怎么对味，你们就别推波助澜了啊！糟心！

最后还是队长帮我们解决了这俩记者，可宝贵的时间就这么被白白耽误了。门一关，我们就开始用我们的手段进行讯问，这哥们儿明白了，大势已去。再狡猾的狐狸也斗不过好猎手，我们就是干这个的，说是经验也好套路也行，我们师父带徒弟，一代代人，就是知道怎么对付这些犯罪分子。不是打，不是骂，是气势，这气势里，会有点儿威胁成分，会有让犯罪分子不舒服的技巧，但存在即合理，它是这么多人总结出来的。

后来通过我们的工作，他终于承认是他干的了。那么，这孩子在哪儿呢？在洼里的一个水沟里。

赶紧找。我们开着车就奔那儿去了。洼里在朝阳区，我们是一路亮着警灯开过去的。到地儿，让绑匪指认，他说就在这个水沟里边。这水沟没水，有一个管子在这个地方。当时一说在里边，我就爬进去了，队友吼着说注意安全，咔咔我就进去了，一摸，这肯定是人了，往上一拽，身体冰凉。

这个绑匪也傻了，我们问了他是不是先把孩子弄死了放的那儿，他说没有，绝对没有。结果现在孩子拉上来，死了。小孩儿才 6 岁。那么一点点儿大。

晚了三个小时。尸检得出的结论是，孩子死了三个小时。搁这管子里活活给冻死的。也就是说，如果这个案子，没有摄像机架着的话，第一时间把绑匪抓到，抓到之后往死了问，可能这孩子不会死。我们去晚了三个小时，一条生命就这么离开了。警察的工作分分秒秒都特别重要，但重要也并不意味着不会被打扰。

我们从警就是为了抓坏人，但因为你的工作失误导致这孩子没了，那种痛苦就形容不出来。憋屈是一方面，自责是一方面，另外更深层次的东西，许多年过后经历了许多案件，最后我总结出来是：有时你必须要承认，你就是会无能为力。因为这个世界不以任何人为轴心旋转。时间、空间，甚至量子物理上的几维论、事物之间的必然联系等等，都会阻碍你当下所能做到的。

事后，我们对这个犯罪嫌疑人进行调查，他确实有前科，盗窃。犯案时离他放出来还不到一年。他出狱后在老家寻不到活计，地儿小，没人愿意给他营生，他就北上来首都打工。大城市机会多啊。在受害人家属那儿是他的第三份工作，也没干长，嫌苦嫌累，库里还丢了货，少了一箱，老板跟每个伙计都问了，别人不当回事儿，他有前科他往心里去了，就觉得老板怀疑他，走得特别不愉快。走时候那点儿工资本就不多，他又酗酒，马上手里就没钱花了，没钱花越想这老板越生气，狱里又交流过好么些“经验”，这就恶向胆边生了。他自己说是报复，我看未见得，要说报复你这赎金怎么拿这么谨慎呢？还是恶向胆边生。他保证确实没想弄死孩子，就是给孩子藏那儿，拿了钱就放人。这也是假话。给孩子搁那么一地儿又是大冬天，这么长时间又下雪，要怕出人命早转移了。再说了，孩子见过他，这他能轻易放了？反正不管怎么说，他坚持他没想杀人。这话也不用跟我们说了，到时候跟法官说吧。

家属知道是这么个结果，当妈的几次哭晕过去，当爹的久久沉默不语。

那箱货丢了吗？其实没有，是发货方写错了单子，收货时候又没仔细查验，后来他核对出来了。但他怎么也想不到，就是这么一件芝麻大点儿的小事儿，让儿子眼睁睁没了。

孩子死了，我们都很失落，但前面还有个至今失踪的案件，我们燃起了更大的决心追查。仿佛想把洼里这小孩儿的运气全都给到那小孩儿身上似的。虽然知道错过黄金 72 小时越久生存概率越低，但我们就是固执地认为孩子没死，这个孩子就是活着，成天幻想绑匪把孩子寄存在一个地方了，还会往家里再打电话继续要钱，8000够干啥啊，你都逍遥法外了，你手里还有个孩子，你得多要点儿。我们还在小孩家里放着人，24小时等电话。夫妻俩受我们感染，打了鸡血似的等孩子的音信，看我们这么充满干劲儿，他们也振作起来全程配合。每天每天我们互相说，有希望，肯定有希望。

从希望到绝望。那感觉真是糟透了。

就这样陆陆续续，我们疯魔了一个多月。2月初的时候，不知道是不是苍天有眼，所里给我们挂了个电话，说他们那儿跑来一个半大孩子，言语错乱，大喊大叫，说他让坏警察绑架了，又哭又闹，情绪失控。

我们就赶过去了，所里也辗转联系上了那孩子的父母，他们也正往这儿来，说是接到绑匪电话让给钱。要多少呢？ 1万。当时俩人正在往亲戚家赶呢，这点儿银行它不开门啊。

万儿八千。我们觉得有戏了。你瞧这金额，很说明问题。

孩子情绪低落，明显是闹累了。我面相凶，我们另外一探员徐涛面善，就让他去跟孩子问情况。

这13岁的小孩有描述能力了。绑架人什么样？穿一身绿军装。多大啊？一个叔叔。比你爸大比你爸小？小。哦,那年龄大概不到30岁。在哪儿被绑的？去游戏厅玩游戏的时候，他跟我说小孩儿不允许来游戏厅，就把我带走了，给我带到一个地方打我，之后把我绑起来，问完我家电话，给我搁井里了。

13岁小孩这么叙述的，我们锁定这应该就是嫌疑人，绑齐威那孩子的嫌疑人。这个13岁的小孩儿是自己跑出来的，毕竟是有行为能力了，挣脱了绳子撕下胶布就踩着往外拱，顶那个井盖。那人打了他他就知道不对了，打他让他说家里电话，肯定是绑架啊，所以他跑出来就直奔派出所了。

但孩子的描述能力还是有限，他描述那人长得浓眉大眼，其他的他描述不上来。大概什么样，尖脸吗？圆脸吗？有眉毛？画像师都来了，画不出来。其他同志也往他说的现场去了，采集了井里的物证、痕迹。

齐威的儿子9岁，我联系齐威问孩子是不是喜欢玩儿游戏，他说是，喜欢去游戏厅打射击游戏。

得，那这就对了。嫌疑人物色目标的地儿，就是游戏厅。

我说您当时怎么没给我们提供这个情况，我们还问过孩子下学以后是不是都直接回家。他说孩子以前爱去，导致学习成绩下滑，就不叫去了，事发前一个月就不叫去了。

敢情是偷着去的。本来就做贼心虚，这时候再来一个穿绿军装的叫他跟着走，那时候什么人穿绿军装？士兵、保安或者警察，那孩子被叫走能不去吗？实际上，绿色警察制服在案发头一年开始就陆续退役了。

13 岁的孩子跟家长走了，我们这个案子并没有采集到多少有价值的信息。只有一个体貌特征，其他什么都没有。比大海捞针还要难。北京市那时候大小街道有无数家游戏机厅，虽然写了未成年人禁止入内，但其实你要去查，大把大把孩子跟里面混。管不过来。管都管不过来，我们也当然不可能有那么多警力一家安插一个。

但这个案子，倒给了我们一个新的认识，翻井盖。北京市有多少井盖呢？50 万到 60 万个，比游戏机厅可多多了。我们当然不能把这些井盖全掀了。就做了个推算。13 岁的孩子被绑了，绑架的游戏厅离他逃跑的雨水井不足 3 公里。我们就把齐威儿子平时去的游戏机厅作为一个定位，方圆 3 公里的井盖全他妈给掀了。电力井盖、自来水井盖、雨水井盖、燃气井盖，可能藏人的一个都没放过。

没消息就是好消息。其实我们特怕在井里发现孩子，因为一旦发现，肯定不可能是活的了。我们倒宁愿徒劳无功，这至少有孩子还活着的希望啊。

这就又回到了原点。甚至我们会想，是不是这俩案子本身并没有联系。但我直觉上认定不会，两处案发地点其实很近的。俩孩子又都爱上游戏厅。

也去了游戏机厅调查，穿绿衣服的没注意不说，日子久了，老板也记不住那小孩儿最后来是哪天了。

大伙儿垂头丧气，可这个案子必须得破，现在也算是走到死胡同了，怎么办？还得往下查。就着这个13岁孩子的绑架案往下查。是不是同一个人绑架了齐威的孩子不能确定，能确定的是，13岁那孩子跑了，绑匪没拿到钱，他肯定还会犯案。为什么是从这家游戏厅绑架而不是那家，绑匪是如何选定地点的，以我们的经验来说，这应该是绑匪的舒适区，他很可能就在这个区域活动。这不是瞎猜，你冷不丁问一个朝阳人海淀区哪儿有背人的井盖，他百分之一百不知道。你必须得熟悉这片儿区域才可能知道这种不起眼儿的细节。

我们开始巡逻蹲守，也不知道绑匪什么时候出现。每天早起8点，一直到夜里11点没有人了，我们才散了。我们在这个地区苦苦等了8个月，就在这个地区。我们天天住在人派出所沙发上，没日没夜在那片儿出没。那8个月可焦虑了，也懊丧过。这个案子到底能不能破？齐威的孩子到底哪儿去了？而我们能干吗呢？走访是一部分，之后全国串案是一部分，蹲守是一部分，铁了心了。

蹲了8个月，到转过年夏天了。附近有一个莱特曼迪厅，旁边有一个游戏厅。我们在莱特曼迪厅的时候，发现有一个人从那儿走过去了，穿了身儿绿军装，匆匆就走过去了。穿绿军装的其实不少见，但这个人不对。第一反应就感觉这个人不对。他就没有那把衣服架起来的气势，军人也好，警官也好，甚至保安，身姿他跟普通人就是不一样，那是多年训练出来的。我们推断绑匪是假冒军人而不是退伍军人也不是没原因，因为若真是退役的，他没必要扮上出来冒险，太容易被查出来。就像那些假冒军官骗相亲姑娘的，百分之一百没当过兵。你要是参过军入过伍，在我们公安局面前等于是透明的，你什么资料国家全有。

我们在追他的时候，人不见了。不是我们暴露了，是他步履匆匆，另外周围人也多，再加上道路情况复杂，就失之交臂了。职业的敏感性让我们觉察到他是嫌疑人，因为他的体貌特征，包括穿的衣服，走路匆忙，感觉就是嫌疑人，但是没有抓到。在游戏厅，就在游戏厅门口，我们发现这个人，但没有抓到。

干警察时间长了以后，我们在人群里面，真的有职业敏感，看的人太多了，阅人无数，知道哪一个是好人，哪一个是坏人，在火车站那么多人，老百姓看不出来，警察真能看出来。

我们就继续在这儿待，因为有线索了，目标明确。差不多是一个月之后，我们又在莱特曼门口发现了这个人，他仍旧穿着绿军装。怎么接近他最保妥？唯一的办法，就是盘查他。这是个很好的试金石。你贸然抓捕，弄错了会打草惊蛇，你盘查他能捕捉他眉眼神色。

亮出工作证，你是哪儿的人？

一盘查，他有点慌，露要跑的意思。

当时我们就给他摁住了。说你跑什么跑，他说我没办暂住证。我们给他带到派出所，然后在他身上一搜，翻出来东西了，胶带和绳子。

跟13岁那个孩子的绑架案的物证都不用比对，我们全记心里了。就是。当下就能确定他就是绑13岁孩子那嫌疑人了。但他究竟是不是绑架那个9岁小孩的主儿呢？

在所里进行讯问，我们审了两天一夜，供了。

此人叫赵小飞，23岁，没父没母，家里特别穷。拢共作案两回，头一回就是要了8000块钱的齐威的儿子，拿了这笔钱，他回老家玩了。玩了一圈没有钱了又回来了，还想再绑，绑的13岁那孩子。我们逮捕他的时候，他也确实在寻觅下一个目标。

随机作案，作案地点选游戏厅是因为他发现小孩不允许去游戏厅，他就钻这个空子。方法特别简单，他穿一身绿军装，去游戏厅，看见小孩，说：家里人怎么没有人看着？小孩不许去游戏厅，跟我走一趟，就给小孩领走了。他装警察，绿衣服嘛。小孩害怕，就给领走了。

根据他的供述，当时他给9岁小孩，从香河园领到三元桥，到三元桥一个地方，给打休克了。胶带就绑上了，从三元桥往机场高速那边走，有一口很粗的下水井，他拖着孩子穿过高速，那口井特别大，黑的。进去之后，孩子迷迷糊糊醒过来了，他就又按着孩子脑袋往井壁上撞了几下，孩子就又晕了过去。

之后他在井里头发现一个角落，给孩子扔那里面了，可他不知道那是个污水井。这也是我们掀井盖也没能找见孩子的原因，我们没考虑污水井，污水井是会死人的，有沼气啊！而且13岁那孩子是从雨水井里跑出来的，但这个赵小飞并不知道这些井的区别，他是随机的。没文化，害处大，真的表现在方方面面。他但凡有点儿文化，也不至于把孩子扔在污水井里，因为我信他说的，就想搞点儿钱花花，真没想杀人，也不敢杀人。谁能为8000块钱杀人呢。

他供完这个案子之后，我们心里稍微平衡了一些，说明这个孩子，哪怕当时就抓住了他，这个孩子也死了，沼气熏也熏死了。这个案子我们的压力非常大，因为孩子自始至终下落不明，如果孩子当时给绑在一个地方，窒息死亡、闷死，或者饿死了，所有的警察我估计都得脱衣服回家，别干了。不是别的，这在职业上，绝对是一个渎职。孩子那么受苦，而我们这么无能！我们唯一能安慰自己的是，因为这个孩子是被扔进沼气池的，扔进去的时候，实际上就已经死了，那应该是晚上七八点钟的时候，他的交易时间是10点，3个小时，孩子已经活不成了。

后来我们把现场封了，通知他家长来辨认身份。孩子死了8个多月了，全是骨头，最后通过书包，认出来了，就是这个小孩。

这个案子破案很苦，破了之后，也丝毫没有往日的喜悦之情。

打我入行以来，破过的案子不少，获得的荣誉和成就感也越来越多。然而，过往积累的所有成功，加起来也不如这两起案子给我的打击深刻。

孩子没能活着救回来，这算是我的工作失职。蹲守了8个月，我们几个吃苦受累，罪受大发了，压力也特别大，可到最后却栽了个大跟头。年也没有过，过年也在查案，千禧年。这个案子结案后公开审理，当时很轰动，因为同一年，出现了台湾的白晓燕绑架案，就是影星白冰冰的女儿，跟这个案子一模一样，同年同月发生的，也是没有抓到嫌疑人。这个案子，是一块跟着它炒起来的。可悲的是，大家关注的似乎并不是背着书包死在污水井里的9岁男孩，而是所谓的社会热点。

这座城市每年都有人失踪，其中儿童所占比例并不低，为父为母的人那么多，但他们有多少人的焦点在自己孩子身上？是不是社会热点都被当作猎奇新闻看去了，成了茶余饭后的谈资？父母是一门不用考试直接上岗的职业，可以说没有门槛。谁来都行。我从事这个工作，不说绑架案这类重型犯罪，光是把孩子忘商场儿童区的、把孩子锁车里的、被自动扶梯旋转门伤害的每年就不知道有多少起。

如果说刚当刑警的时候，支撑我没日没夜查案的是一腔热血，那么现在，我的血已经凉了。

两个孩子，一个成了尸体，一个找到的时候已经只剩骨架。

看着他们的时候，我忽然想起来了隗哥曾对我说的那些道理……其中有一个我一直不太理解。

他说，对于刑警来说，破案是职责，是义务，但不一定代表着成功。

孩子们的死状在我的脑海中盘旋不去，让我做了许久的噩梦。好多个难眠的夜里，我捧着自己的脑袋，满脑子都是照片上看来的那些孩子的音容笑貌。我跟自己说，破案真的不是成功。

如何让受害者避免更深刻的伤害，如何让社会正视这些犯罪问题，这是远比破案更加重要的事情。

比起一年破上百个案子，我宁可一辈子只破一个案子。我愿意世上再没有犯罪，也没有刑警这个职业，我可以去搬砖，我也可以重新念书，我甚至可以当厨子，开黑车，反正我可以做任何职业。

只要这个世上再没有罪恶，我愿意不当刑警。

可我不能，大约是这个世界不放过我，或者说，不放过任何人。它有着极其锋利的牙齿，随时伤人。

案子没完没了地发生，我只能收拾起失落情绪，勇敢面对这两起失败，继续前行。

如果说我之前当刑警靠的是满腔热血，那么现在，我凭的是胸中的一口正气。

这口气没了，我死了，我他妈就不当刑警了！

一个刑警的日子

第五章
CHAPTER 5

望京迷尸案

谁也想不到一个人一天能被爆两次头，可这么一桩案子偏偏落在了我的身上，最后我还因此被停了职。

望京有片玉米地里发现了一具男尸。

抛尸的玉米地很荒凉。但这个荒凉是相对的，荒凉得很独立。往南300米是灯红酒绿的城区，往东400米是一片城中村拆迁后的废墟。这座城市不断加快着扩张的脚步，以繁华碾轧乡土。

技术人员告诉我，死者姓杨，四川人，还是个20岁不到的年轻人，说着一口四川普通话，所以都叫他川普。川普躺在泥土地上，脸上像开了间染坊，衣衫不整，身上打斗痕迹、拖拽痕迹比比皆是。在他身边不远处，还有卷儿网线。

风从北边刮过来，我叉腰看了川普好一会儿，旁边儿的法医问我，能拉走了吗？我说你拉吧，我回头去找你。

给婷婷去了个电话，婷婷必须没好气儿，我这案子一来就不回家。

经法医初步鉴定，川普身上有钝器打击痕迹，身边儿还有卷儿网线。是死于击打还是死于机械性窒息，要晚些时候才能检验出来。

据了解，川普在一家录像厅工作，负责看看店，然后往外租碟再回收。他租的既有当时最流行的港台电影，也有一些拿不上台面的小东西。

之后，我就带着俩徒弟去了川普居住的地方，他住的小区离这儿不远，是个老小区，都是矮楼，特别旧，他在靠近院门口那栋楼住，二层。片儿警跟着我们，他们联系了房东来开门。显而易见，这儿就是案发现场了。屋里很乱，客厅餐桌上还有剩菜，凳子都翻倒了，上面有血，地上也有血迹。还有一对健身用的哑铃，也都是血。

我又看了看桌上的剩菜。有些凉拌小菜、卤蛋、肉串、板筋，还有些空签子杵在翻倒的垃圾桶里。啤酒瓶沿着墙根儿码放着，有的没开瓶，有的是空瓶，还有没喝完的俩半瓶，桌上的筷子也是两副。

是谁跟川普一起吃的饭呢？

不一会儿，负责犯罪现场调查的同事们来了，这事情还是要交给专业人士，我就带着徒弟先撤了。

在对川普周围的人进行排查的时候，有一个叫罗波的引起了我们的注意，后来成为了我们的重点侦查对象。

这还要从一个叫汤建咏的女孩儿说起。

川普有个相好，叫汤建咏。这个女孩儿 19 岁，在一所三流大专上学，湖南人。属于网瘾少女，爱打游戏爱上网。由于出身农村，家里又有弟弟妹妹，她生活挺拮据。后来她认识了罗波。罗波跟她一样，也是湖南人，在北京打工，搞装修的，来得早干得早，组了自己的装修队，手里有俩小钱儿。一次老乡聚会上，这个罗波认识了这个汤建咏，俩人处起了男女朋友。罗波不仅常给汤建咏花钱，也经常陪汤建咏玩儿。

我们找到汤建咏的时候，还没开始问询，就发现她坐在那儿不自觉地两腿较劲相互摩擦。这跟法医验尸时候发现川普患有尖锐湿疣的情况相吻合。

事儿，也正是出在这个性病上。

川普生活不检点，患上了尖锐湿疣，汤建咏跟他有性接触，自然受到了感染。她感染了，跟她是男女朋友的罗波也没能幸免。事儿就来了。他就问汤建咏怎么回事？汤建咏瞒不住了，承认自己跟川普还有关系，是他传染的。

这时，罗波已经外逃了。我们的抓捕工作做了两个多礼拜，最后在泸溪县下辖的一个村儿里将他抓获了。

罗波对他杀害川普的行为供认不讳。典型的激情犯罪。

他知道汤建咏还跟川普好着特别愤怒，用他的话说，人我养着你玩儿着，关键你他妈还拿我当傻子，平时装得没事儿人似的称兄道弟。这个罗波是那种挺仗义的人，早年间自己没少吃苦一步步混出点儿模样，早前也曾特别受到朋友的照顾，所以他交朋友特别痛快，也愿意照顾年轻人。汤建咏老去网吧玩儿游戏，罗波跟她一起，川普跟他们挺熟也聊得来，罗波就常买宵夜大家一起吃，川普休息的时候偶尔还会跟汤建咏和罗波出去玩儿。

有天晚上罗波喝了不少酒，闷酒越喝越生气，一想不成，我得找这个川普说道说道。他准备杀人了吗？没有。真没有。根据罗波交代，他当时买了些卤菜、熟食，拎了几瓶啤酒去找的川普，他就想跟他好好儿掰扯掰扯。这事儿憋他心里快把他憋炸了。罗波去到录像厅，川普正当值，他把川普叫出来的，说就想跟他喝喝酒、谈谈心。川普看他喝得已经有点儿高了，就说哥你要么先上我那儿歇歇，我走不开，我这上班呢。罗波说川普把他领回了家就要回录像厅，他拉住川普不让走，川普推却不了，就坐下来陪他喝酒吃菜。这跟法医尸检报告相吻合，通过胃溶来进行尸检，他胃溶里鸡蛋还没有消化，大概死前两到三小时吃的。

为什么说是激情犯罪呢？真正给川普惹来杀身之祸的，正是他那嘴没把门的。罗波跟他说汤建咏的事儿，越说越激动，质问川普怎么能这么办事儿，川普急着回录像厅，本来就不愿意跟他掰扯，最后急了，说：你老头儿这么大岁数了扯什么淡。你以为汤建咏喜欢你啊，还不是惦记你兜儿里那俩钱儿，也不撒泡尿照照自己，你那玩意儿能有我的好使吗？

川普二十出头，罗波三十大几了，这话一下就刺痛了他的自尊心。口角之后，罗波当时就把川普打死了，用的什么呢，健身哑铃。完了就抛尸在玉米地里。

我想到了那根网线。现场唯一不对的一样东西是一根卷在一块儿的网线，这网线有一米多长。

我说你都把他打死了，你干吗还拿网线勒他脖子？

罗波低下了头，憋出俩字儿——解恨。

我看着他，俩徒弟看着我，四个人都久久地说不出话来。

写结案报告的时候，我迟迟不愿下笔。我总是有种预感，这个案子并没有这么简单，但又说不出到底是哪里还有疑点。

案子破了之后，我休了个简短的年假，带着婷婷跟她爸妈去青岛玩儿了一趟。面朝大海的时候，我就想，这世界果然还是这么大，只不过沟通成本下降让我们觉得它变小了。从前我们破个案子，出了华北平原都叫远，为啥？那会儿我们坐绿皮火车。

我刚入职的时候，听隗哥给我讲俄罗斯列车大劫案，他讲话，那是啥情况？100 多人组团抢劫，9 个警察拿擀面杖追了 6 天 6 夜。不是跑着追，是北京开往俄罗斯的列车 K3 号要行驶 6 天 6 夜。现在呢？失踪超过 48 小时的人被找到的概率低到令人发指，它也不是没原因，两天，从北京登机，你能飞到世界上任何一个角落。

相对的，犯罪成本也在下降。从前你抢个劫得亲力亲为，现在你坐在计算机后面就能在暗网上买凶杀人。

当个刑警，你从前需要十八般武艺，现在得是孙悟空，会七十二变。

可问题是，你看歌里唱的，悟空都在问了：我要这铁棒有何用？我有这变化又如何？还是不安，还是氐惆。金箍当头，欲说还休。

然而，让我怎么都想不到的是，这一系列案件居然又生了变化。

罗波被我们以绑架罪送到预审，在预审的不断询问当中，他又承认又不承认，反反复复无数次。区预审送到市局预审，后来又送到七处，七处在审理这个案件当中，给我们发回来了。为什么呢？因为这个案子中，涉及已经亡故的川普，川普的真实姓名是杨检，可他的身份信息特别模糊。

那怎么办？有同事就去了川普的家乡核实他的真实身份。在核实身份当中遇到了一个人，这个人是川普的叔叔，他这叔叔知道我们是北京市公安局的之后，还没听同事说啥，登时就扑通一下栽地上了，嘴里喊着：我投案自首，我投案自首了，人是我杀的。

我得知这件事之后当时就蒙了。蒙得彻底，就像跟蒙古人喝大酒之后的那种懵圈。

带着这位，我回到局里，夏新亮跟李昱刚也疯了。

夏新亮捂脸：刘哥……这案子还真是往翻车里走啊……

李昱刚说：我去，这哪儿焊哪儿啊，他人跟四川把北京的川普杀了？

我一脸无奈：确实是他叔叔杀的，案发当时他在北京。

川普他叔叔是干吗的呢？是几条街外一开锁配钥匙的。川普是他侄子，刚来北京那会儿没人投靠就投靠了他，后来找到工作搬了出去。他俩的主要矛盾在于钱。川普刚来北京时候没钱，就管叔叔借，后来找到了工作收入还不错，可就是不还钱。川普这人还嘴损，不还钱你还挤对人这就很不好了。他叔叔的女儿今年上大学，由于是学艺术类，学费高昂，他叔叔就四处抓钱，他问川普要了好多回，都碰了一鼻子灰。他很清楚川普不是没钱，他有钱，就想赖着不还。

那天，去找川普的不止是罗波，他叔叔也去了。他供述的过程非常详细，怎么进的屋儿，怎么拿东西，怎么拿凳子把川普打在地上，之后抱着尸体怎么抛尸，抛尸在哪儿，描述得跟现场一模一样。

根据川普叔叔的交代，我大概还原了一下儿案情。罗波跟川普起了口角，他抄起健身哑铃打了川普，一连好几下，见血了，人也倒下了。他恨，他没发泄完，又拿网线勒川普，由于慌张也由于对方昏迷不能反抗，所以他勒了勒就撒手了，就急着抛尸去了。他拖着川普去到玉米地，毕竟那片儿玉米地是附近最适合抛尸的地儿，把人往那儿一扔，就跑路了。

川普没死，他只是昏迷了，起来发现自己在玉米地，蒙着爬起来本能就往家走。到家还没缓过来，他叔叔就来了，来了还是要钱，川普这时候已经伤势不轻了，他疼也烦，就又跟他叔叔起了口角。他叔叔说川普当时对他吼——滚蛋，要钱没有要命一条。他叔叔怒了，顺手抄了一条网线，他就勒住网线照死里勒，川普挣脱，他就抄起凳子狠砸，最后打死拖去了玉米地，也是觉得那儿荒僻适合藏尸，藏好就够跑路时间了。

网线是他叔叔从川普脖子上拽下来的，随手扔去了一边儿。理由是看着碍眼。他压根儿没想到上一个跟川普动手的人是要置川普于死地。他说他去找川普时候看见他一脸伤，但他只以为川普是跟人打架了。我们去调查川普户口的时候，他就以为我们是来抓他的，所以才自首。

这等于一个人一晚上被人杀了两回。

都说猫有九条命，我没见过，我倒是见了川普有两条命。这你说，谁能想到呢？我真是压根儿没想到，可以列入活久见系列了。

罗波的供述没毛病，哪儿哪儿都严丝合缝，甚至细致到俩人吃了啥，喝了多少酒，哑铃打了多少下儿，血怎么溅出来的。这跟法医判断的击打伤致死、血液飞溅痕迹、胃溶情况等等全部吻合。

川普叔叔的供述也没毛病，怎么勒的、勒到什么程度、如何挣脱，怎么抄起椅子往头上砸，怎么扛着他去玉米地……

法医和痕迹学专家也全都没毛病，报告里的东西全部事无巨细地还原了现场。

出了毛病的，是我。我压根儿没想到袭击川普的凶手会是两个人。我过分倚重经验以及逻辑包括尸检和犯罪现场调查了。

板上钉钉，也会出错，就像煮熟了的鸭子也会飞。

撞鬼了。夜路走得多，难免不撞鬼。

因为这个案子，我被停职了，接受纪委调查。

不仅我倒霉，队里也受了影响。为什么呢？因为我们队当时领了一个建设二等功。建设二等功什么概念？就是我们队上所有人一人一个二等功，我作为队长当时被评为全国优秀民警，结果因为这一起案子全没给，都拿到手的奖状给抱回去了。

你说我委屈吗？我委屈。从技术上说，对方已经承认杀人了，他有杀意，他也下手了，但他没能把人杀死；受害人最终死于别人的二次谋杀，那这起案子就是不对的。地检最后把罗波放了。罗波还好没毙，毙了就出人命了。

领导说：子承你就偷着乐吧，这是不幸中的万幸，如果把罗波给毙了，那你面临的就是判刑。不是他杀的定成他杀的，严重渎职，要判刑的。

我撇嘴笑了一下，苦笑，我说：咱们搁这儿说，我搞案子搞成这样了，还给我判刑了。我干工作图什么？噢，干得越多惹的事儿越多。我凭我的工作，凭我的良心去侦查每一起案件，我是因为工作，我不是因为别的。不能说你干的案子越多，你的事就越多，那干这么多的结果是这个样子，我心里不平衡。如果让我再选择，我他妈绝对不干刑警！

领导看着我，语重心长那套就来了：你工作没少做，态度也没有问题，但错了就是错了。这个案子盘根错节，相互跟其他案子勾连，案情又很扑朔迷离，你看咱们这儿怎么叫？叫迷尸案。是赶上了，就这么寸。但人是谁杀的就是谁杀的，不能判错。

我把证件什么的往桌上一扔，走了。

我听见大领导在身后叫我，我摆摆手说：我接受组织调查！等候组织处理！

气炸了。真是气到原地爆炸。我可做不到好气还他妈要保持微笑。人在愤怒的时候不冷静，多说多错，我他妈还是撤吧。

在家躺了两天，我翻来覆去地想，越想越绝望。罗波行凶杀人又抛尸，因为后面儿还一个排队杀人的，无事一身轻出来了。我操，我他妈天天逮坏人现在我渎职。闹半天，法律就跟我身上好使啊？

俩徒弟打电话叫我出去喝酒，当晚，我们都喝高了，夏新亮歪在沙发上人都起不来了。我们聊了太多，真他妈觉得科技越发达，我们越没用，干刑警，纯属于自己跟自己过不去。

你譬如，DNA 技术在 2010 年以后才好使，2010 年以前全是指纹和足迹。当然 DNA 有很多种，第一是血液，血液比对，抽血，2005 年 2006 年就可以了。细胞技术真是 2010 年以后才成熟。

我们在 1998 年搞了一个案子，俩人儿搞对象，男的把女的给杀了。杀了之后，找一个地儿给埋了。说埋这儿了，我们就去挖这个尸体，没有挖出来，到现在这个孙子还逍遥法外，就因为没有找到尸体。没有尸体，定不了罪。尸体是一个证据，为什么杀人，主要是看尸体。没有尸体，什么都瞎掰，你杀八百个，没有用。没有尸体是没有用的。

还譬如，尸体要放在建筑水泥里头起了工程，就特棘手。曾经也发生过这种事，挖猪圈，把人给杀了，扔在房基底下了，谁也不敢擅自做主拆这个房。农民的房，以前这是一块地，把人扔这儿了。肯定是这儿吗？是这儿。后来盖上了房。这个房，还不是他们家的，是别人家的，你说这个你挖不挖？挖不出来怎么办？后来觉得还是得给挖了，就找到了尸体。但这是幸运，没有找到的多了去了。

你有一百种方法逃避法律制裁，只要你够聪明，或者你够幸运，再或者你够丧尽天良。而我，我们许多遵纪守法的好人，我们始终被法律这张网罩着，困住。

我甚至开始怀疑就像实体商业面对互联网的快速崛起而逐步被淘汰，是不是像我们这样的老刑警也跟不上趟儿了，也该被自然淘汰了？

认真想想，可能真是吧。时代的巨变，让我们措手不及。

反正也停职了，反正也糟到这个地步了。我不干刑警，我能干啥？

眼皮合上之前，我突然顿悟了，我干吗不行啊！工地上搬砖都有饭吃。脑子还清闲。我又不是福尔摩斯破案有瘾，再说了，福尔摩斯也他妈有失误啊。

侦探的委屈，该去跟谁诉说？

凭什么我们就该是万能的？

要真有万能人，何来百密一疏之说？

乱七八糟脑海里开了锅，不甘、委屈与无能相互交织，再没有比这更糟心的时刻了。

先是两起没破了的儿童绑架案，让我深刻尝到了失败的滋味，然后又是这起望京迷尸案，甚至告诉我说……你连凶手都他妈抓错了！

我很难描述当时自己的心情有多么糟糕，最关键的是，古话说得好，福无双至，祸不单行。

有天半夜我电话响了，囫囵起来，不是队上。是我姐。她说老爷子让急救车拉医院了。我套上衣服就出了门儿，往宣武医院奔。

急性心梗。我赶到时我爸已经进了手术室，正在下支架。

我到了，让我姐先带我妈回家，她年纪大身体也不好，别跟着熬了。我说姐你也跟家休息休息，有我呢，你等我电话。

我一生成长当中，对我影响最大的人，就是我爸。

我起小儿顽劣，经常打架，刺头，但我爸对我从来没有打骂过，我犯的一切错误，他都来承担。他说你爱打架不要紧，领我去了什刹海体校，说你跟这儿好好锻炼。我就参加了业余摔跤队。到这儿可不一样了，我这野路子哪儿能跟人家专业运动员比啊，职业队一姑娘跟我过过招儿，直接踢掉我一颗牙，就这么大差距。也是从那会儿，我学上的摔跤。

对我来说，我父亲对我的鼓励特别多，不像好多传统家庭那种挫折式教育。他那会儿搞建筑，搞房产开发，所以经常出差。只要回来，他就陪着我，训练、读书。他是读书人，别看农村出身，正经读书人。所以他特别知道文化的重要性。我是参加业余队，所以要上文化课，我爸喜欢手把手教我功课。后来我爸受到一些政治上的冲击，我们家就家道中落了，但在我 19 岁之前，我觉得生活挺快乐的，反正打完架有我爹，我爹有钱。

我爸会指点我价值观上的东西，会说我哪一个事做得不对，为什么不对，真是讲道理那种。他就打过我一次，打过一巴掌，还是拍在屁股上。为什么呢？因为我该上学、该训练，不去。他嘴上骂着你这个不争气的，啪，拍了我屁股一下。打完这一巴掌，掉眼泪的不是我，而是我爸。

那个年代大家爱开摩托车，我爸就天天骑着摩托车跟着我，我一下学就跟着我回来，怕我逃课、怕我逃训练、怕我再惹祸，只干这些，说得很少。我父亲就是这么一个人，不善于表述，只是去做，也不知道怎么会生出我这么一个不省心的儿子。我从摔跤队出来去干刑警，挣不上钱，又苦又累，也不会搞人际关系那一套当大官儿，真没什么了不起的。但我爸以我为豪，一说起我来就是——我儿子，当警察，维护社会安定团结。

也因为我这些事，让他老人家跟着着了很多急，等我大了以后才知道，他真的为我着了很多急。我 19 岁刚参加工作的时候，他 50 多岁，就开始生病，脑血栓、冠心病、胆切除等等一系列，等于这些年来整个都是在病的状态当中过来的。所有的东西全是气的，加上公司很多事情不顺利，后来老爷子身体突然间就这样了。

在我印象当中，我父亲是一个特别果毅、特别勇敢的人，坚定不移，威武强大。当时他因为脑血栓病倒，我去医院看了他一眼就回来了，看不下去，真看不下去。我爸往医院一躺，流着哈喇子。我就想怎么这么高大的人，往医院一躺就这样了？不愿意说话，流哈喇子。

当时手头紧，再加上被停了职，一时半会儿也凑不出给我爸的医药费。隗哥知道了这件事儿，连同队上，一共给我凑了 1 万。那我借了这 1 万，得还这个钱。怎么还？那会儿一月工资才多少啊，1 万真是大钱了。

我别的也不会干，想干苦力可我得破案啊，我没时间，倒想去工地搬砖呢，人家只要全职的。最后逼得没辙，偷偷摸摸开黑车！

我姐知道我开黑车，问我，你们有没有纪律是不可以做这个的？我说，我无所谓，这个社会，没那么理想，不是说好人就做好人，坏人就做坏人，咱们活着，大多数人，都跟中间地带待着呢。街上走着挎菜篮子的妇女，不偷不抢，低头看见 20 块钱，捡起来，掖兜儿里了，就这么档子事儿。

这么些年，我干刑警这个行业，就跟绿林好汉似的，选择的是忠义。

什么叫忠义？重情重义，就跟小马哥似的。我有三大胆，第一个胆，我有色胆，见到我爱的女人，一爱到底；第二个胆，我胆儿大，你是我敌人，我一定给你干死；第三个胆，我对朋友忠肝义胆，你给我酒，我一定要喝掉。警察就是忠义，办案子跟行走江湖一样，为人也是忠义二字，偷奸耍滑你绝没好下场。

天擦亮我爸给推回病房了，大夫说手术很成功，又叮嘱了我一些术后注意事项，我陪着老爷子直到他睁开眼，这颗悬着的心才落地。我请了假，就陪着老爷子，老爷子养了两天就开始催我回去工作，说我这叫不务正业。我说爸，罪犯满街是，可我就一个爸，我看再没比这个更正经的了。

“你回去别太晚，晚上早点去我家一趟，免得我妈又唠叨你。听见没，跟你说话呢！”婷婷一边擦口红一边向我发号施令。

“听见啦，报告组织，严格遵守领导命令。”

“少跟我耍贫嘴，真没法儿说你。”

“我尽量，尽量。一会儿顺路也许就有谁叫车呢。”

“你跑车的时候小心一点，别一缺钱就跟不要命了似的，身体都不要啦！”

“嘿嘿嘿，你放心吧。”

“今天你还送我上班不？”

“当然送了，天大地大，不如你大。”

“我看你干脆辞职算了，你跑快车一天下来都比你当警察挣的多，鬼知道他们什么时候给你复职，都这么长时间了，弄不好是要把你开了。”

“姑奶奶，需要您操心的事儿那么多，小的这点儿破事儿您就甭费神啦。”

把婷婷送到安全局，我又回到了早高峰的车流中。停职接受调查已半年有余，我从一个从来顾不上看日历不知道日子的大忙人变成了赋闲在家的职业闲人。除了组织上叫我去问话，成天屁事儿没有，婷婷跟我正相反。

成天闲着不是事儿不说，闲着也难受，我问婷婷，你说我是把楼下那饭店早点盘过来还是出去跑车？婷婷认真想了想，说你还是跑车去吧，干早点太累，时间不自由，反正开车是你强项，前阵子你爸做手术没钱你不是一直拉黑活儿嘛，我看你还是继续干着吧。

开车出去之后，正好遇到有人叫车。

是个姑娘，哭得惨绝人寰，给我吓了一跳。

“我……我带着我的狗……我狗……我狗……呜呜呜……要去火化……呜呜呜……师傅……师傅给您添麻烦了……您……您不介意吧……我……我抱着它……呜呜呜……”

我还真不介意。死人我都见过多少了，别说死狗了。就是我不太会安慰人，你看人小姑娘哭得都上气不接下气了，我嘴要张不张的，话还跟喉咙里卡着。我比她还着急。

姑娘20来岁的样子，穿了一身黑，怀里一张珊瑚绒的粉色毯子明显包裹着东西，像抱小孩似的抱在胸前。

她拉开车门坐在了我身后，一边说着谢谢您一边哭。

我那欲说还休还堵在嗓子眼儿里，听着她小声抽泣，滋味真不好受。

人终有一死。好死远好过于横死。这么些年，侦办过这么多起案件，见过受害者无数，麻木了吗？似乎有点。不知从何时开始，面对一具具尸体，怀揣的都是一颗平常心了。亲人的眼泪似海，但我已再难被悲伤感染。这世界上并没有所谓的感同身受，我所能做的，也只是帮助他们找到亲人，找到那一具具尸体背后的遭遇。

刚参加工作的时候，我总会想象这些受害者最后的所思所想、所作所为，渐渐的，我放弃了。因为那太令人痛苦。敏感的人不适合搞刑侦工作，情绪容易被带动，久而久之特别容易被黑暗所侵袭；粗枝大叶的人也不适合搞刑侦，因为一个案子得以告破往往就在那些细节上。适度。这是我师父教导我的。就像好与坏要适度，敏感与粗犷也需要相互交织。

默默把纸巾递给身后的姑娘，她接过去抽泣着说了声谢谢。

“小狗得病啦？”我试探着问。

“没……岁数太大了……吃不了饭，站不住脚，还生了褥疮……大夫说，再熬下去，太受罪。所以……所以就带它……”

安乐死三个字姑娘怎么也说不出口。

“那这得算喜丧了。”我说，“狗也不受罪了。这会儿都上大草原奔跑去了。”

从中视镜里，我看到姑娘皱在一起的脸有些舒展开了。

“想哭就哭，不用憋着声儿，我懂你心里的压抑。”

在我的鼓励下，姑娘放声大哭了一会儿，反而比先前那种压抑的抽泣来得痛快。悲伤，最怕被压抑。

哭了这么一鼻子，她又喝了一瓶我递过去的水，我俩聊了起来。

首先我就告诉她，以后坐车要注意看眼车号，别拉门就上，万一不是你叫的车，很容易遇上危险。再者，司机提供水也不要轻易喝，因为你不知道这些水会不会有“二次污染”。所谓“二次污染”，指的不是有没有人开过瓶，而是瓶中水是不是被人动过手脚。姑娘单身出门在外一定要有安全意识。

她听得一愣一愣的，问我怎么会想这么多，我回答她世间险恶啊，远的不说，你每天看看社会新闻就可见一斑。

为了避免她再刨根问底打听我平时不开车时干吗，我把话题引到了死与生上。这个问题古往今来被活人反复讨论，经久不衰的原因也很简单，去了的人再没回来过，人死不能复生嘛，所以没有答案。是西方的永登极乐也好，是东方的转世投胎也罢，它都有对应的好与坏的。有天堂，便有地狱；有转世为人，便有再世为猪狗畜生。

实际上，都是一个好的出路与坏的出路的选择。我觉得这方面来讲，主要是劝人向善那意思，就是告诉你做人别坏了德行别干坏事。我看待这个问题，有点儿不一样的看法。我总隐隐觉得，死即是生。打个比方，你在这边这个世界死了，你其实是进入了一个新世界，在那边出生了。这个世界观的前提是，我们有无数个平行世界，这个空间不是说三维四维而是多维度的，无限循环的，类似于莫比乌斯环那个意思。

死与生的交界，你就像打开新的一扇门，重新再进入一个维度。我觉得我这么想也是有佐证的。好比说，你如果按照信仰崇拜那一套，天堂地狱什么时候满员就是个大问题；转世轮回那一套也特别说不通，要说好人能再生为人，坏人都当畜生去了，那怎么我见天儿还在抓坏人？这世界应该早没坏人了才对。

姑娘被我说得一愣一愣的，我说你别乱，你跟着我思维走，她认真想了会儿，点点头对我说："我好像有点儿明白了，按照您这个说法……我忽然觉得心有点儿开了。"

我接着忽悠她："对啊，要不我怎么说它这会儿都大草原上奔跑去了。"

把姑娘送到小动物焚化基地，我有点儿不放心，她一个人面对这些又容易情绪激动，干脆把车停好，陪她把这些琐事办了。

很快，也就是20分钟的时间。在焚化炉烧狗，在单独的土砖窑里烧它的日用品，选骨灰罐，拣骨，装坛。其间姑娘又哭了一场，我嘴笨不会安慰人，焚化厂的大哥这种场面见多了，倒挺会说安慰人的套话。

我看着那边烧着的火，似乎在那些火庙里看到了自己的影子。就像是一场电影，那边放着从我入职当刑警第一天开始的故事，第一次出警，第一次看到尸体，第一次拿枪，第一次开枪……

然后我还从那里面看到了小孩的身影，我心里想着或许是孩子们还是不愿意放过我吧。因为我的失误，他们小小的生命还没来得及长大就早早夭折了。

这些年，我也曾经荣耀加身，无比光荣。就连出师之后再见到隗哥，他也会拍着我的肩膀，夸我一句好样的。

可是接踵而来的失败却让我开始怀疑自己了，我觉得或许自己真的不适合当一个刑警。倒不是说个人能力不足，而是我接受不了失败。

或许有些同事心大一些，遇见失败的案子，休息几天也就想开了。但我不一样，甚至包括最早见过的金笛，我每次失败的时候，就会情不自禁地想起那些死者，每一个人的身影。我就想如果自己能够未卜先知，或者穿越时空那该多好。

我一定会拯救他们所有人的生命。

闭上眼睛，不再去看那边的火焰，眼前的场景也随之消失不见了。

我还能继续当一名刑警吗？我扪心自问，但久久没有找到答案。

一个刑警的日子

第六章
CHAPTER 6

有爱无性，有钱没命

一场有爱无性的婚姻，同性恋丈夫和他蒙在鼓里的妻子过了好些年，到最后俩人还是刀兵相见。

我有一个朋友，叫强子。他是北京本地人，早先是朝阳区那片的一个混混，被我修理过几次。之后算是重回正道，他和我关系不错，一直觉得是我把他从绝路上揪了回来。

后来强子开始做生意，做得还挺红火，在国内好多地方都办了厂子。我俩再见面，还是因为一个案子，我去搞调查，去了他厂里，那天他刚好在。

停职的这段时间，不知道强子从哪儿打听到了我被停职这件事情，忽然给我打了个电话。

“刘哥你别急，不就是个停职嘛，这破刑警不干也好。你得往好了想，钱不是事儿，需要我随时准备给你。欸对了，刘哥，我给你找个活儿吧！”

“啊？”

“你还能挣钱。”

“强子你别闹，我能干啥啊，你还不知道我啊，给人当保镖行，破案也行，别的全不行。”

“就是破案！”

“破案？破什么案？我现在停职呢！”

“我知道，就因为你停职，你这不才有时间嘛！你上班我上哪儿逮你去啊！”

“我停职本来就不能办案，尤其还是私人关系这种……”

“你先听我把事儿说了。要不是走投无路，他也没寻思找侦探。我一朋友，老婆让人给杀了，警察现在怀疑他，他得自证清白。”

“啊？”

“哎哟喂，你等着啊，我让他联系你。他出 30 万。”

“不是强子你等会儿，这都哪儿焊哪儿啊？不行啊，我跟你说，绝对不行。收钱更不行！有规定！”

“咱们见面谈，等我电话。”

在工体的许仙楼，我见到了强子的朋友刘铭。这儿的神仙鸡特别好吃，但需要提前预约。强子之前请我来吃过，我赞不绝口，所以我估计他是特意约的这儿。

刘铭年纪也就是 30 岁出头的样子，坐在我对面儿，一脸萎靡不振。胡子得三四天没刮了，脸颊有垮塌的迹象，让这个本就清瘦的男人看起来更加病态，也因着这病恹恹的模样，原本俊俏的脸蛋都被淹没了。

“来来来，都别拘束。”强子张罗着给我俩倒水。

刘铭拿过水杯浅浅抿了一口，润润唇，开始给我讲述事情的原委。

上礼拜日，正在开会的刘铭接到了警方的电话，说发现了他太太的遗体。他是两个礼拜前去派出所报备太太失踪的。刘铭去认尸，确认死亡的女性正是他失踪的太太。他太太被发现死在下水道里，让人割了喉。这个下水道在哪儿呢？在马驹房一花圃地里头，这地儿可以说人迹罕至，相当偏僻。判断的死亡时间是他太太失踪后一周左右。

警方为什么怀疑是刘铭所为呢？他怎么就从受害人家属变成了嫌疑犯？这还要从开头说起。刘铭去派出所报案太太失踪是因为当晚他到家，发现太太没在，一般来说这个时间她都已经上床休息了。刘铭十分纳闷，去厨房的饮水机处接水时，他发现料理台上是准备了一半的晚餐食材，而下面地板上有滴溅的血迹，再一抬头，抽油烟机的角儿上也有血迹。咔啦，刘铭手里的水杯就掉在了地上，他顾不得收拾，箭一样窜出去就直奔派出所了。

当夜刑警队就上门来取证了，提取血液样本，采集室内痕迹，调取物业监控录像，等等一系列行动。

根据监控显示，刘铭的太太最后出入单元门禁是傍晚六点半左右，手里提着环保袋，从环保袋里钻出的芹菜正是她为晚餐准备的食材之一。前前后后，也没有可疑人出入。等于说，一个人，就这么凭空消失了。再出现的时候，已经成为了几十公里之外下水道里的那具遗体。

警方对这起失踪伤害案始终毫无头绪，起先怀疑是不是绑架。为什么怀疑绑架呢？因为刘铭很有钱。这个年纪轻轻的小伙子从事互联网创业，已经到了C 轮融资的阶段。根据抽油烟机一角的血痕以及地板上的飞溅痕迹，警方判断受害人应该是被人按着撞上去，出血程度远不至于毙命。可绑匪的电话没等来，倒是等来了尸体。

负责侦办这起案件的警察是赵大力。我们同期，我俩关系还行，我对他的查案逻辑相当了解。面对这类案件，大力有个口头禅——丈夫，总是丈夫。你不能说他偏激，这话不是没根据，确实许多妻子被害案兜兜转转凶手头衔最终落在丈夫身上。这也不难理解。实际上，朝夕相处的夫妻，最容易对彼此产生杀意,因为亲密的背面有个词叫作禁锢。我们曾经侦办过一起案件,那是个夏天，有人报警说邻居家传出恶臭，我们登门调查，门一打开一大股尸臭扑面而来。

我们一闻就知道。刑警的鼻子特别灵，不说尸臭，就一个人打旁边儿走过，他吸冰毒你闻得出来，她卖淫你也闻得出来，这都是经验。厨房里有个大冰柜，尸臭就是从那里传出来的。冰柜这么一掀开，嘿，里面儿的尸体高度腐败了。为什么呀，因为停电了，冰柜里原本冻着的尸体就化了。预付电就是有这么个问题，一停电，你自己得去手动合闸，你不合，就一直处于停电状态。

死者是丈夫，杀人的是妻子。两人相携过了大半辈子，某天惯常的鸡毛蒜皮的争执中，妻子正洗碗，丈夫把她给说急了，她拿着手里厚重的沙拉碗就失手把丈夫打死了。我问她打死人的时候是不是慌了，不知道怎么办了才把丈夫放进冰柜里。她的回答是：没有，我特别平静，觉得他终于可以不在我耳边叨逼叨了，也想过分尸，觉得麻烦，就放在了冰柜里。我们是在海关截获她的，她刚从泰国旅游回来。

停电是她意料之外的事儿。杀死丈夫后，她一直心安理得地过自己喜欢的生活，并一直冒领丈夫的退休金。可怕吗？可怕。你杀只鸡都下不去手，却能草率地把伴侣杀了。原因也很简单，鸡没招你没惹你，伴侣却会一次次在无意间触碰到你反感的开关。

这事儿背后更叫我毛骨悚然的是，邻居闻到臭味报警之前，根本没意识到常打照面儿的老头儿已经消失半年多了。我们就是这么麻木且冷漠地面对陌生人，甚至可以冷血地杀死那个曾最亲密的人。

赵大力乐于照着这个方向查，也真叫他查出了证据。在刘铭的浏览记录里，有许多关键词是这样的——杀妻、买凶杀人、如何不露痕迹地叫一个人消失等等。更糟糕的是，他的百度账号登录过买凶杀人贴吧，他的 QQ 号上有跟杀手交流的记录，甚至，他的银行账单上有大额不明支出。

我看着对面情绪激动的刘铭，他反复对我说着——可我没有啊，那急到心里的模样，真不像装的。

强子说：我能替小兄弟作保，他不是这样的人。我心说，强子，知人知面不知心啊，我抓过那么多人，你想不到的太多了。

“你跟你太太感情怎么样？”我问刘铭。

“很好啊，她是我大学同学，我一路创业她都支持我。”他说得不打磕绊，却不蕴含感情，就像是背书流利却不知诗词背后所以然的感觉。

我点点头。这案子里面，肯定还有事儿，这委实调动起了我的好奇心。

这时刘铭递给我一张卡，说：“这里面是 10 万的预付款，等您把案子查清还我清白，我再一次性支付尾款 20 万。真的谢谢您了。”

“欸欸欸，这可使不得。”我说着推开他的手，看向强子，“我不是跟你说了嘛，我帮着查查没问题，但钱绝对不能要。”

强子讪笑：“刘哥你拿着吧，你看你也停了职，不能帮着白查案子，你就权当刘铭一点心意。"

"你要这么说,我就不敢帮这个忙了。我帮他,是因为你找我,咱俩这是情分。这钱,我再缺我不能收,收了性质就变了。为朋友我打擦边球可以,但违纪的事儿咱不能干。"

"刘哥。"

"我真要用大钱,我管强子你借,咱们一码归一码。还是说你不想借我钱啦?"我笑着揶揄道。

我态度坚决,反倒让刘铭跟强子有点儿尴尬。但没办法。我是缺钱,我是委委屈屈让人停职了,但我一天不离职,我一天就是警察。是警察,就得守规矩。这个事儿我本来就不应该查,但我碍于情分得查,那查归查,查案子也不是为了钱。假使刘铭真是冤枉的,我介入调查,能早日还他清白,也算是给我们警察这一称谓长面子。不放过一个坏人,不冤枉一个好人,这是我当刑警之初警训对我们的教诲。

晚上回家之后,我跟婷婷说这几天要查个案子,就先不跑黑车了,婷婷问,你都停职了还查什么案子?

我打心底里不敢说实话,说了婷婷非跟我翻脸不可,又得说我亲疏不分,又得骂我"狐朋狗友"。可是这案子强子出面跟我说,我推辞不掉是一方面,再者,当警察搞刑侦,确实是上瘾的。我停职这么长时间,瘾给勾起来,也是戒不掉。

我姐那天刚好给我家送点东西,也听到了我说的话,她说,子承你这样儿行吗?你本来就停职接受调查,现在又掺和查案?我愁得不知道怎么说,这会儿婷婷白了我一眼,说:你是瘾又上来了。姐你甭搭理他,让他自生自灭去吧,他就跟抽大烟似的,查案有瘾!

嗨,还是媳妇最贴心,婷婷这么说,里外就是一个意思,你爱咋咋的吧,我不管了。

之后我给徒弟们打了个电话,旁敲侧击了解一下刘铭的案子。

"那女人死得叫一个惨啊,割喉!浑身是血!"李昱刚说的时候特别激动,

“是在下水道发现尸体的，赵老师坚持认为是死者丈夫下的手。”

我继续问道：“还有没有其他线索？”

李昱刚给我发了一张现场照片，说刘铭媳妇遇害时候现场没留下手机，法医尸检没有性交痕迹，确定肯定百分之百一定，因为她还是处女。我登时就晕菜了，啥玩意儿？他说刘哥你惊了吧，法医把这结论也转给赵老师了，赵老师也惊了。

刘铭媳妇怎么会是处女？这夫妻俩从上大学就搞对象，姑娘再保守也不能够结婚后还守身如玉吧？不合逻辑啊！不用想，赵大力肯定又得把刘铭叫走去问话。

我让强子跟刘铭联系了一下，果不其然，人被请到警局喝茶去了。我提出要上刘铭家看看，强子说刘铭表示没问题，让我直接过去，说楼道鞋柜下的脚垫里有备用钥匙。

于是我开上车，自己就往刘铭他家奔去。路上我怎么想，怎么觉得这个案子不太对劲。

假设就是刘铭买凶杀人，甭管啥原因吧，夫妻想干掉对方的原因 10 万种也打不住。那他干吗要报警？

难道是为了谎称妻子失踪？

这说不通，在明明知道妻子死了的情况下。饭没做完，抽油机上有撞痕，地板上有血迹。我试问，他先把这些都处理掉，等个一两周再去报警，是不是更合适？

而且如果是他买凶杀人，为什么不处理掉浏览痕迹，不删除杀手跟他的交易记录，不想好借口怎么解释账户上的大额支出？他可是个互联网从业人员，获得 C 轮融资的创业好手儿，这俩身份说明啥？说明这人双商都高。这么个人，想杀妻，有一万种方式可以掩饰，但他丝毫不加以掩饰。

而且还有一个问题，如果刘铭妻子真的是在家中遇害，可现场残留的血迹和割喉可对不上号。

越想越觉得不对劲，这事儿只有一个解释，就是杀人凶手在刘铭家里绑架了他的妻子，然后拖到另一个地方割喉杀人，又弃尸下水道。

到了月季园小区，我先绕着小区转了一圈，不算消防通道一共仨门，前后门出车进车都有门卫，侧门供居民进出方便，门留得不大，出入没人管着。

第二关是单元门禁，倒不是说门紧闭打不开，是大堂里坐着一物业人员。我一进去就被他拦住了。我跟他说，警察查案的，他倒是没太多想，想必大力他们没少来。

到了刘铭他家那层楼，我在楼道里站定，四下张望。往左往右都可以走。我先往右边去了，相对两扇楼道门后，分别是两户人家。等于一整层楼，一共就四户人家。户型肯定够大，倒真衬得起社会名流。

回到电梯前，我点了支烟，边抽边往立式垃圾桶兼烟灰缸里弹烟灰，猛地一回头，发现墙上其实有俩垃圾道，由于是暗门，为达到美观目的，所以真挺隐蔽。推开看看，深不见底，倒没什么异味。

我捻灭烟，摁了电梯等着。乘电梯直达一楼大堂，我去跟物业小伙子询问垃圾道的排布走向，他很配合工作，从计算机里调了平面图出来，我又按着平面图找垃圾道去了。

垃圾道最后通向垃圾存放处，没什么可疑的，肯定没人能顺着垃圾道爬上去，别说爬上去，滑下来都难，比较狭窄。除非你把人肢解了。

回到刘铭他家门口，备用钥匙我已经从刘铭说的地儿找见了，挺好找。这把钥匙坎儿新！我估计自打这锁安上，就基本没用过。

我仔细看了看锁头，没有破损的痕迹，应该没人动过手脚。

用钥匙把门打开，家里挺整齐，看得出来主人爱干净。而且恐怕更爱干净的人，是刘铭。他媳妇不在有阵子了，这房间仍旧是一尘不染。

我带了鲁米诺试剂跟紫外线灯。去到厨房，我打开紫外线灯，能看到鲁米诺反应，血液滴落的地点跟刘明说的不差分毫，油烟机角上、地板上。血液痕迹不多。关了灯，我摁开油烟机，点了支烟。

跟屋里走了一圈，没发现什么可疑痕迹，都收拾过了，现场调查组肯定也取样完毕了。

但是，我跟这家里，就没看见结婚照。

他们卧室床头，挂了幅画儿，也不知道画的是什么，后现代那种。按理说应该挂结婚照啊！反正跟这屋儿里，我就没见过刘铭跟他媳妇都长啥样儿。

不对劲。

种种证据指向刘铭买凶杀妻，也正是因为他妻子失踪一周后真被杀了，他才不可疑。凶手在这屋儿里把她杀了最简便，避人耳目嘛。哪怕勉强解释为：为避免留下痕迹，凶手决定绑走再杀，但这太可能节外生枝了，其实真不妥。退一万步，他也可以在户外伏击刘铭媳妇啊，那不是更简便？更尤其，怎么也没道理当下不杀，养胖了再杀，又不是杀猪。

而刘铭媳妇经过法医检验，确实是在失踪一周后才被杀的。我刚才也摸排清楚了，哪怕是凶手可以顺着地下车库上来，并成功躲过摄像头，再高难度押着刘铭媳妇离开，他最终也得通过收费处，不能保证收费处的人就在打盹。一个杀手，他应该怎么做？就地杀害，处理尸体，更精明些，利用垃圾道，截肢抛弃再回收。可他不，他非要高难度把人绑走且养她一个礼拜再杀，疯了呀！一点儿合理之处都没有！

我的思路有点儿打结，总觉得真相呼之欲出。当所有出路都走不通，那就是时候换个方向了。不能再集中在“绑走”这个情况上了，它就像个烟雾弹，让人辨不清方向。

就在这时，刘铭家对面那户推开了楼道门，是个女的，30岁上下的年纪，她探出头来看着我。

“你是……警察？”

“啊，对啊。”

“他们家到底怎么了？”女士战战兢兢地问，“都来过好几拨警察了。”

瞬间，我的脑门像是被人攥住了，“你怎么知道来过好几拨？”这都不是好几拨的事儿了，她怎么知道我们在？这栋楼隔音不是一般地好，她不可能听得见。

我看到这位女士脸都拧巴了。她嘴唇抖动，声音也跟着发颤，“那个……那个……我们家有实时监控……”

什么叫“踏破铁鞋无觅处，得来全不费工夫”？这就是了。

原原本本看完监控，我当时就蒙了。我本来想帮人破案昭雪沉冤的，反倒是证明了赵大力的判断是对的……

监控里都有些什么呢？

案发当晚，刘铭媳妇买菜回家后不久，有个穿黑色面包羽绒服、工装裤，脚踩军靴、戴着手套，看起来身材矮壮的男人出现在了对门的监控镜头里。他从刘铭家出来，手上提了个整理袋，就搬家时候用的那种大型编织整理袋，而后蹲身熟稔地放回了备用钥匙，最后关上刘铭家这一侧的楼门，消失在了监控里。妥妥的搬尸场景。

我的头脑飞速运转着。

对面人家在自家楼道门上安装了针孔监控，也不是为别的，为安全。他们家先生由于工作原因要世界各地出差经常离家，家里就是老婆跟丈母娘一块儿带孩子。有一天，娘俩儿带娃去公园散步回来，发现自家门口放了一听可乐。这让娘俩有些匪夷所思，无端端的，怎么会冒出一罐可乐呢？拿起来，并非空罐，而是沉甸甸的一罐。她俩怎么想怎么觉得奇怪。当妈的说，别是谁在里面下了药要拐孩子吧？闺女听了能不怕吗？当晚就找了保全公司，请人来安装了视频监控。

回到刘铭妻子的这个案子，录像中的犯罪嫌疑人明显知道这屋子的备用钥匙在哪儿，所以才能神不知鬼不觉地进屋袭击刘铭妻子。

可他是怎么知道备用钥匙这回事儿的，除非真是刘铭花钱雇凶！

兜兜转转又回到了说不通的地方。我把录像反过来倒过去看了好几遍，忽然发现了一个之前一直忽略的问题。

录像当中，犯罪嫌疑人的身材比较矮，我给他做了一下身高分析，估计也就是一米六七的样子。但我忽略了一点，他穿的靴子差不多就有五厘米！

刨去这五厘米，他的实际身高也就是一米六二。我又从录像里看了看刘铭妻子的身高，差不多也是一米六二……

他俩一样高？

或者，一个一米六二的男人能够把另一个一米六二的女人塞到麻袋里，然后就这么提溜走了？

答案显而易见。

是刘铭妻子自编自导了一场刘铭雇凶杀害自己的好戏，只不过，不知道哪里出了问题，最后她真的死了，却是死于割喉。

之所以这么推断，并不是凭空猜测。该小区年初时多户人家遭遇盗窃，结合对门章女士发现自家门口有人放可乐罐踩点的情况，可以推测是个有组织，有预谋的盗窃团伙所为。出于安全防范意识，章女士给自家安装了针孔监控，等于刘铭他家正处于章女士探头的监控区域内，这也是为什么章女士选择针孔探头，她不希望对门以暴露隐私为名阻止自己安装摄像头。

那么问题来了，刘铭和他媳妇两人是否知道对门人家安装了摄像头呢？我肯定刘铭是不知道的，如果他知道，媳妇失踪时他就会跟警方反映情况，要求警方调取对门人家的监控录像，寻找妻子的线索。

另一方面，我们假设刘铭知道，也确是刘铭买凶杀妻，那么他必然不会冒险让杀手上门杀人，因为监控会把杀手记录下来，躲得过电梯间的监控，也躲不过章女士的针孔探头，妻子失踪了比妻子被杀了，对买凶杀人的雇主来说明显是更好的结局。没有尸体，不能定案，这也是我说刘铭不会冒认尸体的原因，他犯不着。更何况，我相信大力同志的办案能力，死在下水道里的，一定就是刘铭媳妇。

那么刘铭媳妇是否知道章女士安装了监控呢？我认为她知道。如果她不知道，她就不会自己假扮杀手让对门监控拍到自己家被侵入继而凶手提着她的尸体，也就是大型整理袋出来的情形。为什么说杀手是她假扮的？刚才我做了两人身高的对比，百分百吻合，一个人易装不难，难的是改变身高。再者，死尸是非常沉重的。

一个人活着你抱起他，跟一个人死后你抱起他，后者沉重得让你不敢置信。凶手提着整理袋出来，并没有吃力的样子，显得很轻松，这说明里面并非尸体。结合我在卫生间发现大量血迹，至少凶手，也就是刘铭媳妇，是想给警察一个凶手杀人运尸的景象。这才有了最后她死在下水道里，而死亡时间是她失踪后一周，并非失踪当时就死亡的矛盾出现。

可是这一切都是我的假设，没有证据。

就在我一筹莫展的时候，李昱刚给我来了个电话，说他查了下死者的账单，发现其中有一笔数额较大的转账支出，收款方是个人。这个收款人的居住地引起了我的注意。它在哪儿呢？在红旗村。这个红旗村情况十分复杂，外地务工人员、流动人口密集集中，很多村民改建了房屋，私搭乱建，就是为了出租盈利。坦白说，你住进这地儿，就犹如大海中的一粒沙，俗话说得好，要藏一片叶子，就藏在森林里。尤其，这个红旗村，就在发现死者尸体那地方东边儿一点。

我立马就去找到了这个收款人，不出所料，是个房东。要不是我拿着刘铭媳妇的照片跟他询问这姑娘在哪儿，他都不知道这位房客已经失踪了。这就是红旗村的租住现状。铁打的营盘流水的兵。我跟他走到正房背后搭建的简易房，爬上二楼，房东给我开了房门。

屋内陈设极其简单，一张床、一个书桌、一个简易衣柜、一台电视。租住时间是她失踪前两周。我声称自己是刘铭媳妇的姑表亲，拉着房东抽烟唠嗑，房东说她交了一个季度的房租，她本来就想缴一个月的，房东没同意。

此外，我没找到任何电子设备，她的手机不在，倒是在简易衣柜里翻出了“凶手”的衣服。跟我们在监控里看到的一模一样，黑色面包式短羽绒服、工装裤、军靴，一应俱全。包括那只编织袋。我估计，床上那只枕头以及那条被子搞不好就是当时装在编织袋内的物品。我都拍视频取证了。决定性的证据是，我发现了刘铭媳妇的皮夹，里面有她的身份证，以及一张日期为她遇害后两天出发的长途车票。

到这里基本上证据确凿，就是刘铭妻子自编自导了一场好戏。

但她为什么还是死了？

在我查到这里不久，警方也查了过来。赵大力带着我那俩徒弟风风火火地赶来了，一看我也在这儿，一下子就蒙了。

李昱刚早就知道我在这里，毕竟是他给我的消息，所以笑嘻嘻地和我打招呼，还说想死师父了。

赵大力就没那么客气了，一听说我是受到刘铭所托查案，顿时就来了脾气，“他就是那个雇凶杀人的，你还帮他查案。”

我懒得解释，直接把我查到的所有信息都给了他们。赵大力看完之后，眉头皱得那叫一个紧，他开始以为这里就是杀人凶手的藏身地点，他杀害刘铭妻子之后，就假用人家的身份证来这里租了个房子。

但大力忽略了太多不合常理的疑点，直到我告诉他，刘铭妻子就是录像里绑架了她自己的那个人，大力才总算转过弯来。

事情到了这儿就不归我管了，否则就算是越权。

我和刘铭约了个地方见面，把我查到的这些写成一份报告给了他，这算是我的老习惯了，毕竟报告相对口述要更客观一些。

刘铭细致地阅读着我交给他的调查报告，起先的如释重负渐渐荡然无存，最后他抬起头时，脸上透露出愤怒以及不可置信：“她陷害我？”

这让我怎么回答呢？

“她为什么要陷害我？”

刘铭的妻子到底为什么要这么做，警方也对此满头雾水，但我心中有一个小小的猜想，只是无从证实。

我喝了口红茶，润了润唇舌：“我冒昧问你一个问题。”我现在不是警察，他也当然不是我追捕的逃犯，这在措辞上就要客气些。

“你问。”

“说实话，你在外面是不是有小三了？”

刘铭显然有些犹豫，“没有……”

我循循诱导：“我会给你保密，你说实话就好。”

刘铭虽然不说话，但我却从他的表情读到了很多信息。他绝对有婚外情，但却难以说出口，不知道为什么，我的直觉忽然提醒我……还有另外一种可能。

我犹豫再三，还是把心中的猜测说了出来，“你是不是同性恋？”

坐在我对面儿的刘铭一瞬间僵住了，继而脸部的肌肉微微抖动。他什么都不需要回答我了，答案不言自明。

这社会有个群体叫同妻，顾名思义，同性恋者的妻子。在男同性恋周围，有一个更加弱势隐秘的群体，就是同妻。她们生活在边缘，被流言蜚语打压，为孩子忍辱负重，不敢大声申诉，数量庞大，年龄各异。同妻不仅不能得到性生活上的满足，还要遭受冷落、漠视、家庭暴力、性病和艾滋病的威胁。中国的男同性恋中，90% 在社会舆论的压力下选择了婚姻，而他们的配偶大多数对此一无所知。

最新调查报告显示：中国有 1600 万以上的同妻，超九成受过家庭暴力，其中 38.7% 遭受肢体暴力，15% 遭受严重家庭暴力，37.6% 遭受家庭冷暴力。这是我查资料得知的情况。至于刘铭跟他媳妇之间具体属于哪种我不知道，但从刘铭媳妇的行为来看，这件事对她的身心造成了严重伤害。杀意。对。虽然刘铭媳妇是受害者，但真正产生杀意的也正是她。她想杀了他，所以才伪装自己被买凶杀人。

“没关系，你不想说可以不说，你让我来调查案件，虽然我还没有解开你妻子被杀之谜，但你请我调查以证明自己清白这事儿也算了结了。给你的这份调查报告我也交给了警方，这也能帮助他们摆脱目前的困局，更早调查出你妻子的死因。当然，这件事我也还会跟进……”

刘铭打断了我，“你不用再跟进了，我一点儿都不想知道她是怎么死的了。也许就是报应吧。她这么害我，人在做，天在看。”

我听他这么说心里相当不是滋味，“她固然有她的不对，可你也不能这么说她啊。”

刘铭突然十分激愤，以一句“你知道我的苦楚吗，就在这儿扮演上帝？”开始了他的控诉。

据刘铭说，他和太太相识于大学校园，那时他已知晓自己和其他男孩的不同，并深深为之苦恼。是太太先追求他的，他起先并不同意，但太太坚持，也是真心实意喜欢他，他就决定试着像其他人那样谈女友。这一谈就是几年，两人平平稳稳。后来到了谈婚论嫁的年纪，双方父母催促是一方面，他创业交际应酬多需要太太陪伴是另一方面，时机合适，就把婚给结了。

不料，新婚之夜，夫妻行房，刘铭过不了心理上那道坎，硬是办不成事，搞得两人都很尴尬。太太以为他是太紧张，努力安慰，之后也尝试过几回，但都不成功。渐渐的，夫妻俩就冷淡了下来。刘铭心里有愧疚，就对太太格外体恤，太太心里有怨气，对他也不似从前那般热络了。

去年，刘铭还提议俩人去做试管婴儿，夫妻俩的感情明显有所缓和。刘铭的原话是——我真的对她特别好，她找工作不顺利，我说我养你；她喜欢逛街买买买，我全部都满足；她说要月亮我都不摘星星糊弄她。我知道我自身原因对她有亏欠，但除了那方面我确实不行，我别的，该身为丈夫的责任我都尽到了。

我不愿意拆穿他，但我忍不住拆穿他。我说你要是真如自己所言问心无愧，一心一意扑在你媳妇身上，她也不会得知你隐藏的秘密进而迸发出杀意。做人丈夫也不是你所以为的只要满足了物质生活就没毛病，夫妻夫妻，相互扶持，彼此分享，精神比物质更重要。我不是说那事儿不重要，但更重要的是心跟心是不是贴着。你把心贴到别人身上去了，跟别人灵肉交缠到一起了，我试问换作你，你愿意当被豢养的、无足轻重、只供赏玩的金丝雀吗？再者，你失败的地儿不仅仅是哄不好媳妇，另外一个人，你视作伴侣的人，天天跟你搞见不得光的地下情，他就心甘情愿吗？

你前脚跟他你侬我侬，后脚进门去扮演人家丈夫，你真觉得这团火你包得住是吗？今天你妻子要陷害你，明天可能你伴侣也想杀了你。真不是我说你，你偷着乐吧，你还能喘着气儿坐我对面儿给自己歌功颂德，假装自己高尚无邪。你也许是个好商人，但绝不是个问心无愧的好人。你挣多少钱，也不会真快乐，你的钱都是给你铲事儿用的。

你怎么不敢跟警察说你账户大额转账的去向？你怕说了，查出你这些个事儿来你更不好收场。一个爱你的人死了，你无动于衷；另一个爱你的人为你忍辱负重，你还甘之如饴；你叫人冤枉了，你倒是急了，不惜重金自证清白。你除了在乎你自己，你还在乎谁啊？

这不是性取向的问题，这是自私的问题！

我和刘铭不欢而散，他要给我钱，但我一分没要。

嫌脏！

刘铭媳妇的案子后来也破了，凶手也抓到了，就住在那片附近。偶然看见刘铭妻子打扮得好看，琢磨着她肯定有钱，然后就下了死手。

这一系列案件落下帷幕，我给刘铭发了个微信，告诉了他后续案情，也就是他媳妇的死因。他只回了我一个表情，就是夏新亮纠正我那不是微笑那是冷漠的呵呵那表情。倒是听强子说，他给他媳妇的丧礼办得风光体面。我搞不懂他是贯会做表面功夫，还是对她最恶毒的报复。毕竟，我活着你死了，是最大的嘲讽。

大约一周后，也可能是四五天，我停职停得对日子概念特别模糊。我收到李昱刚给我发的邮件，是张照片，照片上拍了张明信片。我点击大图，看上面写的文字。

是时西北多海风，

我曾此处同诸生。

要唤麻姑同一醉，

你可知我心独痴。

死生容易如反掌。

我看不懂，毕竟我没文化。但收件地址我是认识的，我去过，刘铭家嘛。

我问：啥玩意儿，看不懂。

李昱刚回：不重要，是首藏头诗。

我再看一遍，哦，可不是嘛——是、我、要、你、死。

李昱刚跟着又发来一条短信：这是熊猫慢递。你肯定不知道，毕竟你是老年人。它是个写明信片给未来的自己的店铺，也就是说，你写好，可以指定店家二十年或者三十年后再寄出。

我回他：那等于说，刘铭媳妇把遗书存这儿了。

李昱刚回：是恨意。我刚嘱咐店主，一定要保管好，到时按时寄出。

我回：你也够讨厌。干吗呢？不忙我也找你凑凑热闹，我也想给我媳妇写一封明信片。

李昱刚回：我讨厌也架不住你无聊，我发定位给你。

给媳妇写点啥好呢？我一路开车一路想。我这种大老粗，搞情调这玩意儿，真心不拿手。

最后，我在明信片上只写了四个字：阖家欢乐。

过完春节，强子又要离开北京了。我跟我们另外一朋友李晓宇去机场送他。相聚离别，总觉得聚少离多，可能这就是成年人的世界吧。说实话挺舍不得，但这个舍不得是心的羁绊，平时各忙各的肯定不像小时候似的成天混一起。都说人害怕长大，这话我觉得没毛病，长大了，你最深切的体会是——人在命中，身不由己。

“你丫应该打表。”坐在后座的李晓宇呵呵乐着揶揄我。

“土老帽儿，这叫打表吗？这叫计费。”强子明贬暗褒，敲锣边儿。

我说：“你俩别一唱一和了，我能怎么办，妻儿老小总得养活吧？单位不给发工资了，我不跑车怎么挣钱？”

“你这就叫穷疯了，你说你干点儿啥不行，非要干刑警？”

李晓宇要点根烟，我赶紧呵斥他，“说话就20年了。你别跟我车上抽烟，一会儿送完强子我还拉活儿呢。”

“你说你这点儿出息。”李晓宇把烟放回了烟盒里。

“贱骨头呗。‘我本将心向明月，奈何明月照沟渠。’”

“说正经的。”强子侧脸看向我，“你这停职啥时候算一站啊？”

“我哪儿知道啊，等组织意见呗。反正也不是头一回了。”

到机场我把车往边儿上一停，帮强子拿行李。强子不叫送了，说也没法停车，这点儿东西他拿得了，可我跟李晓宇坚持要送他，我说强子车你甭管，我往这儿一扔就它了，送你才几分钟啊。李晓宇撇嘴：听听，这口气，真是警察当惯了，霸气！我给了他后脑勺一下儿，跟着他俩从6号门进去了。

送君千里终须一别，看着强子过了安检，我内心有点儿失落。不承想，我脚丫子还没抬起来，强子又回来了。真是刚要走，他又跑过来了，说你俩别走别走，给我买本书去，我刚想起带来那本没几页就看完了。

这会儿我身边闪过一个人去。那张脸，一下进入了我的记忆检索系统。眼熟，真的是眼熟，干我们这行，记忆力是基本技能之一。

他应该是孙海兴。我看过到照片，我觉得就是他，但不是十分确定。

孙海兴是谁？朝鲜族一杀人在逃的大哥。这是怎么个案子呢？孙海兴经营着一家叫阿里郎的夜总会，有天，一个客人闹酒，他过去给人家捅了，捅了之后从四楼给扔了下来，然后警方就通缉这个人了。这事儿过去了四五年，人始终没有抓到。这案子虽然不是我搞的，但是我知道这个案子也知道这个人，从照片当中看到过这个人。

现下，我不敢确定，但我又觉得是他。李晓宇给强子买书去了，等我再叫他过来帮我忙，说不准孙海兴就跑了。我心说给他干了吧，先干了再说，然后我就上去了。

我过去一拍他的肩，用熟络的语气问：“孙哥，您这是准备干吗去啊？”

孙海兴一愣，肯定在想我是谁。社会人士人脉广，见的人多，他铁定是不好意思问我到底是谁，索性蒙着跟我聊起天来了：“回国呀。”没意义的答案最能掩饰懵圈，等于随便抛个引子，往下聊找记忆。

我瞥了眼他手上的护照，顺着他聊：“嘿呦，您身份怎么变成韩国的了？”

“嗨，花钱就给办呗。”

他也不知道我是谁，随便聊了个四五句，我倒是确定他就是孙海兴了。怪不得死活找不见这人呢，就没在国境线内。好家伙，这回不抓他，下回就不知道上哪儿抓他了。

确定是他了，三下五除二我就上了。由于是搞摔跤出身的，我出手快，他也是没准备，毕竟前一秒我俩还老熟人似的聊天儿呢，直接就让我放地下了。放地下之后，一掐脖子，干了，我想起来我并没有铐子，停职呢；解鞋带吧，一扫视，穿的是套脚鞋。咋办？没辙啊，解裤腰带吧，我就把裤腰带给抽出来了。

一系列动作一气呵成，我长出一口气，这顺利让我长出一口气。但下一秒，不对了，我感觉到了视线，不止一双。也对，孙海兴这样的大哥，出门身边不可能不带几个小弟。我用眼角余光去收集信息，发现旁边儿至少有三四个人准备对我动手。

我一边控制着孙海兴，一边扫视周围的群众。我有一个很好的习惯，不能让背后有人。前面有人没关系，我可以躲、可以跑、可以跟他干，但是后背要有人就不行了。我掉转身体，让这仨人处于我视线范围之内。这仨肯定是他小弟，视线交汇我就知道。

我这儿按着他，面对他这些小弟，属于一个人孤军奋战。而且说实话，赢面儿真不大。当时机场有其他人围上来了，不知道发生了什么情况，围过来很多人。李晓宇拎着塑料袋也过来了，他脸上是大写的懵逼。

我大喊："李晓宇，赶紧过来帮忙来！"

李晓宇平时是干吗的呢？摔跤队的教练，搞体育的。

"赶紧，先帮我按人。注意把你枪管好了！"

他也是机灵，"我操！你抓啦！等我叫大部队增援，稳住！"

我配合他："把他们赶紧叫过来！"

一瞧我们这阵仗，我对面这仨人没敢动不说，都开始撤步了。

这时候我手快，把孙海兴给系上了，就一两分钟的事儿。

紧跟着，机场的巡逻民警也跑过来了。鬼马聪明如李晓宇，跑开就去找机场的巡逻民警了。及时雨啊！讲真，如果他们不赶过来的话，一旦这仨人反应过来，动手抢人，我真就没有办法了。我又不是超级英雄，没三头六臂和以一敌三的本事。

出来机场外面，我那破车正要被拉走，李晓宇条件反射地喊："别拖！别拖！是我们的车！"

跟着，我们旁边儿一个巡逻民警大喊："停停停，自己人自己人！"

嘿，好家伙，我真赚了，车帮我拦下来了。我是违章停车。

李晓宇上了驾驶席，探身给我推开后车门，我直接把孙海兴推上了车，并隔着车窗感谢机场的巡警，真诚而又热烈。

"你这他妈什么情况啊？"驶离机场，李晓宇问我，然后他一拍大腿，"干了！强子的书！"

我们一路狂奔到局里，看门大爷见我从车窗里露头，人都蒙了："刘队，您不是停职呢吗？"

"李大爷，你给夏新亮或者李昱刚打电话，老蔡也行！"

孙海兴脸都黑了，他准熬头疯了——一个停职警察，一个人徒手，把他给抓了。

夏新亮在队上呢，跟大院儿里看见我捆着孙海兴，丈二和尚摸不着头脑，"刘哥……您这是……"

“老蔡没在啊？这是他的逃犯！”

我看见夏新亮捂脸了。

把孙海兴关进看守室，等老蔡回来的工夫，我把前前后后的情况给夏新亮讲了一下。

夏新亮听我原原本本讲完，五官都错位了，“刘哥，您胆子不是一般大。一没枪二没铐子，徒手抓一个杀人在逃的黑老大回来。您这是把他小弟忽悠了，要没忽悠成呢？把你打成筛子都有可能！”

我呵呵讪笑。说真的，这会儿坐在队里，我回忆当时的情景，我也不知道我怎么就跟打了鸡血似的勇猛。但转脸一想，停职没停职，我也是警察嘛，或者说，干了半辈子警察。既然是警察，抓坏蛋是应该的，看到有机会，几秒钟，你绝对不会放过机会。隗哥曾训诫我：子承，干咱们这行，一定要知道抓住机会，机会，往往就几秒钟的事儿，错过就永远没有了。

我的血液里，流淌的，就是职业精神，这甚至已经成为了条件反射。我解释不了我的行为，硬要说，就是条件反射。

低头看看表，这时间，强子已经飞在天上了。他真是注定要把那本行将看完的书再看一遍了。

一个礼拜后，我接到领导电话，我复职了。

坐在领导办公室喝茶，领导是这么说的：我感觉你一直没闲着啊，又是抓连环杀人犯，又是抓在逃黑老大，我都想跟上面申请给你补发工资了。

狠狠挨了一顿弯酸。

但我们领导我知道，为了给我争取复职，他不知道出了多大力气。

捏着手里的警徽，我的内心无比平静。

我想，我注定就得吃这碗饭。

这碗饭即是穷、累、苦，除了罪犯，一天二十四小时别想见着我人。

对于我复职，婷婷意见大了去了，表示出极大的不满，说你干点儿啥不成，开车都比干刑警强！当初一脚踢开你的是他们，一个电话叫你走的还是他们，你干这么多年，你混着啥了？官儿官儿当不上，兵兵当不好，挣着卖白菜的钱，操着卖白粉儿的心！我也算看出来了，你不死工作岗位上不算完！

婷婷越说越来气，我赶紧跟她说点笑话，好不容易把她逗笑了。

她气消了，眼泪就开始往下掉，问我："你说你图个啥？非要当刑警，把脑袋系在裤腰带上。"

我龇牙咧嘴笑着跟她说："放心吧，我会注意安全的。再说了，干了半辈子刑警，我也干不来别的。"

第七章
CHAPTER 7

以毒攻毒

毒品对社会的危害性可谓“冠绝群雄”，卖毒品的人更是奸诈狡猾，对付这帮人最好的方法就是“以毒攻毒”！

说起毒品，我对这个算是深恶痛绝，因为我最亲近的人就是被它毁了家庭。

我姐打小儿就特别疼我，那时候我父亲因为做生意经常不在家，我妈跟农村，要出去挣工分儿，所以家里就是我姐和我，她在家照顾我吃喝，我们俩等于相依为命的感觉。她比我大6岁，性格有点像我母亲，办事比较急，说干就干，手脚特别利落。我闯祸了之后她会保护我，跟我一起说瞎话骗我爸妈，从来不批评我。我却记得我老欺负她，不懂事嘛，变着法儿捣乱。可虽然我很欠揍，她却一直疼我。所以从我小的时候，我就觉得我家比较和谐，特有人情味儿。

后来我们长大了，姐姐结婚了，姐夫是做生意的。

那会儿我刚参加工作，挺忙的，要学的东西特别多，成天跟着隗哥跑，用我爸的话说，也就是隗哥待见我不嫌我烦。很长一段时间，我都没怎么见过姐姐，她婚后就要了孩子，生了我外甥女，我忙工作她忙孩子，一家人鲜少能聚聚。

有天，姐姐给我来了电话，直接打到队上来的，说姐夫失踪了。语气特别急。

我说，姐你先别急，姐夫多久没回家了？她说两天了。我问是不是出差走得急，我姐说从没这样过。我一听也跟着着急。为什么？姐夫做生意，那时候真算有钱的，我怕他出事儿了，譬如被抢劫，譬如被绑架，总之盘旋了好多坏念头，工作关系吧，想不出好的。

这事儿还是隗哥帮我办的，他打了几个电话给一些同事，本想帮着找人找找线索，结果怎么也没想到，姐夫人在朝内派出所，被拘了，原因是吸毒。之所以没通知家属，是他打死不说家里联系方式，拒绝配合。说白了，怕让我姐知道。

我当时就懵圈了，这么个结果，你让我怎么跟姐姐说？

是隗哥带着我去的朝内派出所，帮着给联系的戒毒中心，把人给送去的。

回来的路上隗哥跟我讲了讲我才知道，那时候做生意的圈子里，吸毒是件特别普遍的事儿，社交似的，洋气时髦那意思。等明白过来真不是好事儿的时候，已经晚了。我姐夫就是其中一号。

孩子尚在襁褓，姐姐跟姐夫感情还挺好，那能怎么办？当然是选择原谅他。

这也是我姐不幸人生的开端。

我姐夫也是无知所以无畏。他陆陆续续几次进戒毒所，几次被我们抓获。抓了无数次，也算是倾家荡产了。因为这个问题，我姐姐身体就不好了，气的，急的。可是孩子小，她离婚有顾虑，也隐隐愿意相信有天姐夫就能痊愈，拖了些年，她终于明白了，吸毒能不离婚吗？不可能不离婚，不离婚怎么过啊？后来终于离婚了。

离婚之后，有天他女儿搁家复习功课，他来敲门，我外甥女从楼上给扔下200块钱，他拿着钱就走了。你说让孩子经历这些……

姐夫吸毒出事没多久，一个叫Banana的迪厅就出了事儿，贩毒，冰毒，而且参与人员身份特殊，弄得我们焦头烂额。

这应该是北京的第一起冰毒案，当时大家对北京的冰毒案件还没有概念，沿海城市冰毒出现更早。冰毒，它比海洛因出现得晚，成瘾性极强。它是一种兴奋剂，相对来说价格更低廉，生产效率更高速，主体成分或者说发挥作用的是苯丙胺类物质，它对人体造成的伤害是不可逆的。

很多人觉得这玩意儿不是海洛因，不容易上瘾，其实大错特错。它的杀伤力更大，心瘾更强，而且抵挡性更差。譬如，如果有人告诉你，有这样一种东西，吃了可以提神，可以“助性”，还不会上瘾，你会不会有兴趣？它打着这样的旗号，实际上它对人体的危害是隐性的，它直接对人的大脑产生作用，破坏大脑组织。每月吸食冰毒5次以上，2年左右便可产生明显的精神病人的症状。

这样的例子我们见过太多。往小了说，冰毒会让你长时间集中一件事情。打个比方，你戴眼镜，坐在我对面，我觉得你眼镜不干净，我就克制不住要拿过你的眼镜帮你擦，一擦可以擦数个小时；宠物狗从我旁边走过去，我觉得有毛发黏在我的舌头上，我可以反复不停地揪那根儿并不存在的毛，把舌头揪下来都有可能；我看着地板不干净，总觉得有水印，我就能拿墩布连续拖地十小时；等等。

往大了说，冰毒会让你易受惊，加大攻击性。有几起案子都是这样，嫌疑人吸食了冰毒，开车上路，造成重大车祸或者碾轧事件，事后我们问他们，他们就觉得有人追他们，有人要杀他们。

其实早在20世纪，就有专家断言说，冰毒一旦被世人所认识、所接受，其危害将比当前任何一种毒品都可怕，到21世纪，世界毒品将是冰毒的天下，它将替代海洛因成为重要的毒品。现在看来，一语成谶。

我姐姐家庭破裂的根源就是毒品，所以我接到这个案子之后特别恨，也特别激动，就想把他们一锅端喽。首都北京，岂容你们放肆？我一直觉得贩毒的这伙儿人肯定是沿海流窜过来的。后来结果教育了我，北京、北京人，没我以为的那么安分。前有中俄列车大劫案，后有这起虎牌冰毒案，挺狠的。不是我们小时候碴架那种义气的狠，是他妈对金钱追逐不择手段的狠。北京有最好的资源，你想干吗都特别顺，但偏有人就要走捷径，能快速发财的生意都被写在《刑法》里了，就有人敢以身犯险。

主犯李保、张起，他俩当时要让自己的毒品在北京畅销，要在全国创造什么虎牌冰毒，每个冰毒都贴一个虎牌标志，打品牌。就这么猖狂。

我们从一个小女孩身上得到的线索，Banana那种地儿嘛，都是年轻人去玩儿。这个小女孩儿给我们提供了贩毒的中层那伙人的信息，我们当时就把其中一个给抓了。在侦破的过程当中发现，毒品源太大了，我们就开始对案子进行经营。怎么叫进行经营？就是我们抓到人，我们把他发展成我们的特情也就是卧底，他们胆儿大嘛，让他们把里边所有的贩毒系统还有脉络给它搞清楚。

这个冰毒是怎么来的，怎么分销的，他上线是谁，下线是谁，整个脉络。现在是不许了，特情卧底都不让用了，变数大，有时反而会被犯罪分子利用，没成事儿还坏大事儿。

当时李保、张起是北京的80后，孩子不大，那会儿不到20岁，但是他们的冰毒影响到北京市好多年轻人，那个年代的冰毒是他们带起来的。当时那个年代，玩毒的人，全都是高层，没有底层的，老百姓玩儿不起。全是有钱人，高干子弟，侦查的过程中全碰到过，包括一些明星。这也是我姐夫误入歧途的原因。有钱。

这个案子上来之后，我就开始参与这个案子。侦破的过程中，全是我们的特情跟着做，他卧在这里边跟他们进行交易，最后我们想办法把团伙干掉。到现在来说参与贩毒他是违法的，但是在那个年代没有办法，警察只能睁一只眼闭一只眼，你没有什么指证，他卧不进去，你打不掉的，让他进去之后，咱们有一些东西是明知违法也得去做的，两难。

抓捕他们两个倒是没有什么困难的，卧底给我们提供李保和张起这两个人的信息，他们从广州把冰毒拿过来，拿过来之后，再进行销售。我们就是把人约到一个地点，指定地点，李保、张起直接就让我们给摁了。抓的时候他们开了一辆宝马黑4，我们在车后备厢里头发现了毒品，2公斤。

这个案子不算复杂，可裹在里头的人，非常复杂。

这里边有一个人的媳妇儿叫李丽。那女的我一同事认识，突然一下出来这事，他都不敢相信。为什么？李丽的爸爸妈妈都是高官。

另外一个虎牌下线，滕萧萧的女朋友，她是北京军区谁的孙女。

这个女孩儿我们抓她三回。抓贼抓赃，我们每次都是他们交易之后再抓。

头一回，她去酒吧了，把车搁在外边，那是个冬天。她把这车单搁这儿进屋了，不一会儿出来俩人上了车，我们不明白什么意思，车就开走了。等醒过闷儿来，说坏了，就把她车给堵住了。结果啥都没搜出来。

第二回是我们没追到她，追到她大院了。到大院，她进去了，我们进不去啊，那是军区大院儿。她到了家里，她妈把冰毒倒马桶里冲了，这是第二回。

第三回抓人狠了，在花都抓的，那个李丽跟她在这一块。李丽那会儿不止倒腾冰毒，还有摇头丸。

Banana 有个 DJ，摸盘的，他和他们是一块儿的，李保的下线。热点有一个叫小洪的，天天跟里头卖货。都不是明着卖，这俩孙子一直都没抓着。为什么呢，不直接交易，有人给他们俩跑腿儿，就偷摸卖给来跳舞的小青年。就这么乱，我们三天两头查，查得心力憔悴。他们不是大户儿，但散播广泛，影响恶劣。真该狠打一阵子。

毒品的传播远比我们想象中容易，人们的接受程度也比我们想象中轻松，找乐子。这也是现在冰毒还在泛滥的原因。年轻人是主力群体，他们当消闲当娱乐，误以为对身体影响不大，天真地觉得不会上瘾。我们扫黄时候常能抓到冰妹，什么叫冰妹？小姐，陪客人吸毒。吸食了冰毒，性欲亢奋，毒与性直接挂钩。我问这些姑娘知道吸毒影响多大吗，统统摇头说不知道，说觉得这都不算毒品，海洛因才是毒品。

其中有个女孩子我印象深刻。是个大学生，出来当援交妹，鸡头给她揽活儿，他们那组织走互联网模式，她接单就去陪客人，客人要吸，她就陪着。她跟我说，就是来北京念书消费高，所以就出来做，还能攒攒钱，以后绝对不干了，找个老实人好好儿过日子。且不说老实人招你惹你了，冰毒上瘾了你都不知道。无知，所以无畏。

这起冰毒案引起的社会反响极大，我们在破案期间，还有央视的人员全程记录播报。从国家对这个案子的重视程度，也能看出冰毒对人民群众的危害是真的恐怖。

可是事实证明人心不足，破了这起冰毒案，抓了这帮本地贩毒的北京小年轻，北京仍有不少毒品在暗地流通。

这时候有个叫张风雨的毒枭进入了警方的视野范围，此人来自东北，也是个贩毒大户。

和这位搅和得满城风雨的大毒枭的这场较量，持续了足足两年多。

“抓！”

我把烟点着，终于下定了决心。不抓，毒品就没了，证据也没了。没证据，说什么都是扯淡，之前就因为这个原因黄过许多案子。办贩毒案就是这样，若非人赃并获等于徒劳无功。眼下这案子我们跟了两年多，每接近一点，就眼睁睁看着毒品流出去一些，再拖下去影响只会更恶劣，所以现在必须行动了。

葛志杰还没反应过来是怎么回事儿就被摁了一正着，伞一掉，露出他瘦小的身影。街上行人淅淅沥沥，他被我的两个徒弟架着，乍一看没什么不正常的地方，谁也瞧不出来这人是个毒贩子，反倒像是个喝多了的醉汉。

我缴获了他手里的袋子，里面是什么我们十拿九稳——他出来的宾馆是大毒枭张风雨一伙儿的暂住地之一，那儿的用处就是分装毒品。他们有多处窝点儿，功用各不相同，根据我们掌握的情况，卢浮宫这块儿就是干这个使的。

下定决心抓葛志杰也属无奈之举，为此我们经历了剧烈的思想斗争。

这一切还要从特情黑无常向我提供的情报说起。黑无常之所以叫黑无常，不仅仅是因为他长得跟黑煤球儿似的，嘴里没句实话、性情不定，更因为他真有副“黑肠子”。这孙子 14 岁就进了少教所，之后进出监狱那都是家常便饭，后来染上毒瘾，以贩养吸，最后一次折进去判了 20 年。为了出来，他喝了火碱，从喉管到肠子全给烧了。说到底也真是个狠角色，用他自己的话说：我这么个废人，活一天算一天，爹亲娘亲不如粉儿亲。光我逮他就不止三回，他见我老是乐不羁的，张嘴闭嘴：老刘，你老围着我们转，你让人缉毒队活不活啦。介于他真不是个全乎人了，活得异常痛苦，我给他联系了医院，时不时也接济接济他，他弄点儿管制类药物倒方便了许多，后来他就成了我的特情。像黑无常这样的人，弄毒品有门道，弄情报亦然。

差不多两年前，我们收到情报说有人在北京搭建起了冰毒贩卖网络，得到这个情报后我们就开始调查、摸排。为首的大毒枭叫张风雨，这人很有来头，在哈尔滨是出了名的匪首，持枪杀人在逃。也正是由于身背重案，这个张风雨行事诡谲，异常谨慎。我们几次想对他进行抓捕，不是时机不成熟，就是被他躲掉了。

在他手下，有个叫葛志杰的马仔长期驻扎在北京，跟张风雨时常走动，主要负责在北京地区分装毒品并出货。他们在卢浮宫租住的701房间就是张风雨以葛志杰的名字租赁的，张风雨有时会来送货，葛志杰接到货就进行下一步工作，所以他在卢浮宫的时间要更多一些。

昨晚，我们跟踪张风雨到九龙花园蹲守，烟抽了一支又一支，张风雨终于出来了。然而不等我们反应过来他的车子已经开出了几十米。那怎么办？只能跟上。我们毕竟不能在车行进中展开抓捕，那可能会造成追车事故。

彼时是夏新亮开车我坐副驾，我说：开快点儿，跟住了张风雨，显示你车技的时候到了。这臭小子转过头来微微一笑：师父，车技决定不了速度，排量才是决定车速的唯一标准。这话没毛病，我们开的是我那辆破车，排量1.3，人家开的是排量2.4的大家伙，这就是差距！

果不其然，最终我们眼看着张风雨远去的尾灯消失在雨夜的公路上，仅剩干瞪眼的份儿。人跟丢了，我呸了一声，骂夏新亮乌鸦嘴。最后我俩停车，跟路边儿买了两根冰棍吃，降降温。

张风雨没抓到，我们紧急开了个会，决定从张风雨的下线葛志杰入手。其实抓捕葛志杰是下下策，抓毒要抓源头，源头是张风雨，葛志杰只是个替他出货的小角色。但经过考虑，葛志杰还是要抓。第一，他替张风雨出货，出了货收钱，张风雨总要找他来回笼资金；第二，葛志杰是张风雨信任并且委以重任的马仔，他能直接联系上张风雨，控制住他，就可以遥控他召唤张风雨。时局也到了异常紧张的时候，他们这批货已经出了大半，再不动手，难道等他们弄来下一批继续祸害群众？绝对不行。

我们返回卢浮宫这块儿，继续监视葛志杰的动向，他们这帮人一般都是白天睡觉夜里活动，但今天十分反常，上午 10 点多，葛志杰拎着手提袋现身了。他要去干吗？我猜是送货。决定是一瞬间的事，过了这村儿没这店儿了。再是冒险，也得上。

“哗啦”，车门被拉开了，夏新亮跟李昱刚把铐好的葛志杰推上了车。

“你们干吗？光天化日这干吗呢？”葛志杰一个趔趄栽进来，嘴里吵吵着。

“这什么啊？”我晃了晃手提袋。

“茶叶。”他说。

“‘茶叶’？”我点点头重复道。

手提袋里是俩茶叶桶没错，我拎出一罐，沉甸甸的手感登时鼓舞了我的信心，绝对没跑儿了——茶叶就不是这分量。拧开，倒是茶叶无疑，还有茶香呢。我淡定地拨弄，其实胸腔里的心脏在疯狂跳动，这把要是瞎了，就全完蛋了。

一层茶叶散开来，露出了下面的银色茶叶袋。

茶叶袋是干吗的？保鲜。可就连不喝茶的人都知道，哪家茶叶店封了袋还往上头搁散茶啊，这不有毛病吗？

把银色密封袋拿出来，表层的茶叶跟着洒出来一些，我撕开袋子，里面躺着一块又一块的菱形白色结晶。

“你管这个叫茶叶？”我看着葛志杰的眼睛问。

他明显的视线上有所回避，嘴上说着胡扯淡的辩解——什么这不是我的，这是别人送的，我也不知道怎么回事之类。

我一直都特别想给这些从事贩毒的家伙一人一座奥斯卡，什么叫睁眼说瞎话？他们能给你三百六十度演绎出来。

成！你演，我陪你演，搭台子唱戏嘛。

“走，咱俩上你屋里慢慢儿唠。”

我一边说着，一边用眼神示意夏新亮开车门，我决定领着葛志杰亲自带他回房间。

葛志杰的额头上挂了一层薄汗,外面儿雨不大,但溮在脸上很不舒服。然而,雨和汗还是极好分辨的。我敢肯定葛志杰这会儿心里已经七上八下了,他不清楚我们掌握了多少情况,他得惴惴不安地随机应变。

701 房间在把头儿的位置,葛志杰让铐子铐着,被我的俩徒弟押解着进入,我先进去一步,已经开始搜查了。这房间我们监视已久,不过进来还是头一回。

我从里面先后搜出了分装袋,就是那种塑料制带密封口的分装袋,可以把冰毒 50 克 50 克地分装。跟着,精准秤也被找到了。

葛志杰这会儿基本没话了。

我在这屋里没搜出毒品,但我不急也不慌,我观察葛志杰,发现他不说话,眼睛还老往窗户那儿瞟。我起先以为他是想寻找机会跳窗逃跑,但一想不能够,7 楼,跳下去不死也残废,然后我注意到了窗户下方包暖气的木质装修。这家宾馆老,没翻新过,还是 20 世纪末那个装修风格,暖气露出来不好看,所以会做个木隔断包起来,就留一个活板儿,活板儿上带通风口,能取下来进行跑水之类的维修。

我朝暖气过去了,蹲下身子取下活板儿,解开暖气片后头,然后搜出了被藏匿的冰毒。这些冰毒跟先前茶叶罐儿里的加一块儿,基本可以宣布他已经一脚踏进了鬼门关。为什么这么说呢?两方面。一、贩卖、持有毒品数额巨大,肯定要判死刑;二、你给上家丢了这么些货,上家不弄死你才怪。反正横竖都是一个字儿,死。

“这又是什么呀?”李昱刚帮我把活板装回去,我问葛志杰。

葛志杰的嘴唇蠕动,话却没说出来,他脑子有点儿乱了,被这一波又一波的突发状况搞乱了。

“你也甭跟我哩格儿楞了,1 公斤,死刑!你这儿是多少你心里清楚,这条命能不能留,都在你自己。你看你是继续打哑谜还是怎么着?”

我跟他单刀直入也是没办法的事,他这一旦被抓,警方就必须尽快掌握全局，让他配合我们工作。时间拖得越久越不利，张风雨随时可能联络他问他送货情况,这联系一旦中断,线就肯定断了。他们这帮提着脑袋挣钱的都精明得很，你别说真出了事，就算没出事有个风吹草动也当出事了办。

缉毒必须争分夺秒。

你需要他配合你工作，可你越需要越不能着急，你着急就容易出岔子，你出岔子就从主动变为了被动。两年多的心血，绝不能在这里功亏一篑。虽然急，但还得稳着，这劲儿说实话挺难拿。

葛志杰不说话，眼珠子滴溜溜地转，正盘算着呢。

我决定再来一记“重拳”，把他彻底打趴下，让他知道，他的情况已尽在我们掌握，负隅顽抗一点儿意义都没有。

“有个姑娘老上这儿来找你，找你干吗？你清楚我也清楚。”

瞬间葛志杰滴溜乱转的眼珠子停了下来，啪一下儿，眼神就散了。很好，这拳打好了。

常跟葛志杰这儿拿散货的女孩叫范晶晶，标准的南方妹子长相，个子不高，巴掌小脸儿，文文静静，说真的，起先我都不相信她又吸毒又贩毒。但随着调查深入，我们发现这个晶晶姑娘是葛志杰的女朋友，两人十分恩爱，有事儿没事儿晶晶都来找葛志杰。再是俩人都是亡命徒，正因为是亡命徒，会更珍惜得来不易的情感，因为他们自己很清楚，这种珍贵、温暖的情感难以保有一生，自己没那个命。

“跟她没关系，没她事儿，千万别把她扯进来，她小孩儿，啥都不知道。她就飞两口的事儿。”

葛志杰说着，交由夏新亮保管的他的手机响了，来电显示——晶晶。就这么巧，他的手机我们第一时间收缴了，但不能关机，因为他的上家儿大毒枭张风雨随时可能跟他联系，这也是我着急收服葛志杰的原因。

葛志杰与我，是敌我矛盾，他是贩毒的，我是警察，不共戴天。然而，若要他配合我工作，我就必须跟他建立起人与人之间的信任。

手机响了几声，挂断了。

李昱刚这时候适时向葛志杰出示我们跟踪期间拍摄的照片，有范晶晶来找他的，有两人结伴出行的，有范晶晶向别人出售毒品的，等等。

“是不是我配合你们工作，就没她事儿了？”葛志杰看完明白大势已去，明显地透露出想合作的意图，这是个好的开始。

我看着他的眼睛，点了点头。

葛志杰深吸了一口气，如落石般沉重地开始撂东西。

我让夏新亮记录我俩的对话，葛志杰起先说的很有保留，试探地、留有转圜余地的。我跟他说，你既然同意合作，就原原本本交代，别老想探听出来我们知道什么不知道什么。我们全知道，譬如你的毒品来源，从广州到哈尔滨再到北京，譬如你销赃的下家儿，除了晶晶姑娘，还有几个固定的。

他被我这么一点，该明白的全明白了，把张风雨也给供出来了，并且保证范晶晶跟张风雨不认识，没见过，丝毫没牵连。我说，欸，这就对了，等到一会儿张风雨给你来电话你再交代就被动了，如果露了马脚放他跑了，这事儿就你顶了。我说得云淡风轻，就是想让他体会体会暴风雨来临前海上那种平静的可怕。

“张风雨从九龙花园走，是上哪儿去了？”我切入重点。

“回哈尔滨了。那边儿有人要货，他手里货出得差不多了，就从我这儿拿了点儿走，应急。”

“之后呢，他是不是还要去广州补货？”

“对，他是跟我这么说的，说把货送过去就奔广州。”

“这次他想弄多少回来？”

“具体不知道，但他说要多弄点儿。”

这话还是可信的。这几年下来，张风雨在业界很有口碑了，他手里的货十分紧俏。

“我们刚才把你摁住，你拎着两桶茶叶是要给谁送货去？”

“黄新。”

黄新是谁，怎么回事儿，我们不清楚，不知道这人不是葛志杰的熟客。我问葛志杰：“你知道这人情况吗？”

葛志杰说：“我就知道他叫黄新，张风雨叫我给他送货的，之前就见过一次。”

“见过一次是送货还是就见见？”

葛志杰想了想说：“送货。”

“给我说说这人的情况。”

“我真不了解，上回给他送的也不多，这回倒是不少。我就负责给张风雨出货，至于张风雨选择把货给谁不给谁怎么考量，他从来不跟我说。”

我想了想，葛志杰说的也没错，这个黄新应该是刚跟张风雨搭上线，上回是初试牛刀，试试货，这回才敢大量拿。

麻烦！葛志杰在送货路上被我们摁了，这货还得让他送，不送张风雨就会起疑，送了就得连同这个黄新一起控制起来。

材料整理好，李昱刚拿过便携式打印机打出来，葛志杰签字画押。

这时候的葛志杰，眼睛里已没了神采。这不行，他得打起精神来。我们不仅要抓他，更要抓他上面儿的张风雨，他还得配合我们工作呢。我就给他打了剂强心针，“你的命，我答应能给你保就给你保，你配合我工作，你就有百分之五十的概率不死，你不好好配合，我也没办法替你极力争取，虽然量刑不是我说了算，但我保证在我能力范围内给你争取。”

这个过程中，晶晶姑娘来了好几通电话，正说话的工夫儿电话又来了。葛志杰看着我，我也看着他，让他接电话他就能安心，听到姑娘没被抓比我跟他保证有效得多。

怎么办？

根据我们掌握的情况，范晶晶这边应该是不可能接触到张风雨的，但不怕一万就怕万一。万一俩人有接触呢？这万一，说实话我们承担不起。

电话铃在安静的房间内尖利极了，李昱刚在看我，夏新亮也在看我。

我选择相信葛志杰，他既然跟我缔结了承诺，骗我就等于害了范晶晶。

“你接吧。”

夏新亮把手机递给了葛志杰，葛志杰接起来，我听见听筒里传来范晶晶焦急的声音，“杰哥，杰哥，什么情况？你怎么一直不接电话？”

葛志杰举着手机久久说不出话来，我看到他眼眶里起了一层薄雾。打完这个电话，基本等同于他跟范晶晶自此一别两宽。

“我挺好的，别老惦记着我，你自己以后遇事多想想，不要太冲动。”

我悬着的心沉了下来，情深至此，我信他绝不会害这姑娘。

“铐子，拿铐子给他铐上。”我假模假样地说。

李昱刚机灵，跟着附和：“赶紧把他手机摁了！”

不等夏新亮把手机拿回来，那边儿就直接断线了。我听到听筒里女孩说的最后两个字是，保重。

“哥们儿。”葛志杰的喉咙里像塞了一团海绵，“我信你了，你他妈别骗我！”

“骗你，我就不会让你接电话了。”

他懂。我的真诚，他懂了。

“咱们现在是平等地交流，我保证放了晶晶姑娘，我做到了。那现在，我也需要你来配合我工作。”我看着葛志杰的眼睛说。

“嗯。”他点头，鼻腔里鼻音很重。

“张风雨随时可能联系你，你需要做到的是，跟他保持联系，他让你干吗你就干吗，别让他起疑。”

“好。”

“你手里还有他多少货款？”

“不多了，他要去广州拿货，前天从我这儿把能拿的都拿上了。”

“货就还剩这么些是吧？”

“对，全在这儿了。”

我想了想说：“那咱们接着给那黄新送货。”

葛志杰前脚吭吭哧哧把底儿给撂了，张风雨后脚就追来了电话。这争分夺秒算是抢出来了，真他妈惊险。

我们跟这条线跟了这么久，一直没摁就是要等到证据链形成完整，你到法院人家都讲证据。就像你说他杀人了，尸体呢？没尸体？那全完蛋。这期间流出去多少毒品我们心里有数儿，要祸害多少人家我也揪心。但我们就是不能动，一旦动了，打草惊蛇了，社会损失更大。

这是我干这行儿以来非常大的一个矛盾点，那些被牺牲掉的少数派，讲实话，我也不知道该怎么面对。有时候，每一个抉择都可能身不由己。譬如范晶晶的事儿，该抓吗？该。可不能抓，因为抓了葛志杰就不会配合我们工作。如果他不配合，我们就是抓了他和范晶晶，但抓捕张风雨就很可能会失手。一旦张风雨跑了，损失个小弟不是事儿，他可以再找人继续出货。

抓不住源头，等于白抓。警察破案还要权衡利弊？我当刑警之初也是万万想不到这些的。

张风雨来电话是问葛志杰跟黄新见面了没有，货是不是顺利交给黄新了。葛志杰回复说，还没，下雨堵车，快到了。

“啪嗒”，张风雨挂了电话。

葛志杰在我们手里控制着，如果不按照张风雨的要求让他把冰毒送出去，张风雨就该知道葛志杰被我们抓了。可如果在我们控制下把毒品给出去的话，那就是犯罪，怎么办？

证据链不能断，还得硬着头皮干。于是我们押着葛志杰迅速地按照张风雨的安排去送货。

我们一行三个人，带着一个毒贩，横穿了大半个北京城，精神没有哪怕一分钟是松懈的，因为只要出半点岔子，就全完蛋。

张风雨也是狡猾，到地儿，葛志杰没见着本应该在那里等他的黄新。他给张风雨打电话，说黄新没在。张风雨说，哦，黄新刚给我来了电话，说他等你老不来，怕你出事儿，他就走了。你这样，等我电话，我联系他，再约个见面地点，他也安心。

“啪嗒”，电话又撂了。我们横穿大半个北京，等于白跑一趟。

不一会儿，张风雨指示来了，说黄新在大望路等他。我们驱车往那边儿赶的途中张风雨又把电话打来了，说张德胜朝他要货，让葛志杰先回去给张德胜分包，黄新有点儿事儿，不约大望路了，改展览路。张德胜的情况我们有所掌握，是张风雨一个固定下家，熟客，经常问他要货。

他娘的二舅母！我问葛志杰，你们平时出货也没这么麻烦啊，是不是张风雨察觉到异样了？葛志杰说也不是，张风雨向来谨慎、多疑，我不是没按时给黄新送货嘛，他性格如此，就会多生事，考察别人，让自己安心。

要了亲命了，我们能怎么办？只能一路压着葛志杰折腾。

一通折腾下来，张风雨终于敲定让葛志杰跟黄新在展览路附近一超市门口接头。我思来想去，毒品还是不能给葛志杰让黄新带走。一是这个时间段，这个地理位置，人太多，很可能我们办砸了就是放虎归山；二是毒品一旦离开我们的视线，又会流向社会，毕竟数量也不算小。那么问题来了，我们得把黄新也抓了。抓了他，工作就会更麻烦，可是必须要控制住他——张风雨起了疑心，他肯定会在葛志杰跟黄新交易过后分别跟俩人确认。

一不做二不休，我跟哥儿几个说，直接摁吧，摁了马上给他做工作。现在不是别的，咱是争分夺秒呢，拖一分钟张风雨不知道又要出啥幺蛾子。

第八章
CHAPTER 8

警匪交锋有时拼的是信任

警察和毒贩看似猫鼠关系，可实际上两者之间却要建立信任，只有这样才能破掉案子。

傍晚六点，黄新是开着一辆帕萨特来的，葛志杰隔着车窗指给我看。张德胜的情况我们知道，这个黄新却不清楚，只能听葛志杰的。

我们打了他一个措手不及，收网挺顺利。

人抓了，但不能往局里带，因为张风雨的电话随时会追来。把黄新押上了我们的箱货，跟我面对面的时候他还在嚷嚷——干吗呀，你们干吗！全都这一套，没点儿新鲜的。

“你别吵吵。”我看着他的眼睛，“吵吵也没用。我们干吗的你知道。咱都甭废话了，你好好儿配合咱们的工作，你配合，结果是一个；不配合，结果就是另一个了。”

我着急让他听指挥，他可转着贼心眼儿呢，比葛志杰还要狡猾。

时间一分一秒过去，我着急也解决不了问题。必须击碎他的侥幸心理，跟他耽搁的时间长了，张风雨接不到葛志杰的电话准要起疑心。

我从箱货上下来，回了我车上，让夏新亮把葛志杰押了下来。我让葛志杰给张风雨打电话，我负责拿手机他负责说。我们仨就靠着箱货，黄新能看得清清楚楚。

葛志杰还是很配合的，语气控制得不错，跟张风雨说货送到了。我隔着电话听见张风雨问他：“怎么这么半天才来电话？”

葛志杰看看我，我指了指拥堵的街道。他心领神会："还是堵车啊，雨稀稀拉拉下了一天，车也不好叫，中间我催了出租车司机好几次，他烦了，非让我换辆车，可别提了。"

葛志杰挂了电话，我拍拍他的肩，跟他说你表现不错，那亲昵劲儿就像跟我兄弟们说话似的。

黄新自始至终看在眼里，我回了箱货，跟他还是一脸冷若冰霜。我急，但不能让他瞧出来我急，谁先急谁就输了。张风雨肯定要跟黄新确认的，他的电话立时三刻就可能打进来，但我也不能显出急躁来。

把葛志杰的手提袋，也就是加了料的茶叶罐往黄新怀里一塞，我点了支烟说："人赃并获。"

黄新急了："这不是我的。"

"葛志杰说是给你的，张风雨让给你的，他就是个中间儿送货的，也不知道送的是这玩意儿。他这么配合我们工作，犯的事儿就比你小。"

"他小个屁！他才是跟张风雨手底下干的马仔，我不是！我就是来买的，我不倒腾这些个！"

"他说是，你就是。要不你就配合我们，帮忙抓住张风雨，这事儿才有可能说得清楚。"

你胡说八道，我就陪你胡说八道。这些人，全是一根绳上的蚂蚱。就算你只是个买家，你买这么多干吗？

"葛志杰配合我们工作，到时候我们会跟检察官争取，怎么判、判轻判重，量刑尺度还是能把握的。你这条命要不要，全在你自己。你配合不配合，我们都要抓张风雨，他也一早就是我们的目标，你配合，咱们省时省力，你不配合，费时费力也不影响大局。"

我这是捏着心给黄新做工作，就怕他那手机响。另一头，攥着手机的夏新亮一脑门子汗。

黄新眉头紧皱，他在权衡利弊。

“快点做决定，怎么着？你别拖啊，你要么配合工作，跟张风雨报备收到货了，要么我让队上来人把你带走，直接收监！”

张风雨是约莫40分钟后把电话打进来的，那会儿黄新基本上已经被我劝服了。其实我也没把握让他接那个电话，但不接肯定砸锅。张风雨要是落实了疑心很可能就躲了，他一躲，我们两年多的付出就全白费了。

幸好黄新没让我们失望，他跟张风雨说自己已经顺利拿到货了。听后我悬着的心可算回落到了肚儿里。

张风雨的疑心消了吗？我觉得没有。因为时间拖得有点儿久了，他这种刀口舔血的悍匪城府极深，你听他在电话里沉着冷静，话音儿里还透着点儿喜悦，可就是不能全信。我料定用不了多久张风雨还得找葛志杰，让他去给张德胜送货。一是进一步试探，二是准备自己的下一步。

果不其然，我们刚把葛志杰和黄新押回宾馆，张风雨的电话就跟来了。

张德胜也肯定得抓，他事儿比黄新大，跟张风雨他们走动频繁，把他控制住，张风雨也会更松懈。

抓张德胜的时机比抓黄新要好，准备也更充分。那会儿时间已经很晚了，路上没什么人，约那地儿也狭窄背静。张风雨这回没有反反复复，想来是黄新跟他报备顺利取货有了效果。

我们让葛志杰去跟张德胜交易，来了个人赃并获。张德胜还没搞明白怎么回事，就让我们铐上了。

由于是人赃并获，张德胜就不来一问三不知的套路了，直接选择闭口不谈。无论我们怎么问，他就是不开口。

我们给他做工作，让他明白利害关系，他现在被我们抓获，抵赖是抵赖不掉的。而且我们还给他出示了早前跟踪他拍下的照片、视频，明确告诉他情况我们都已掌握。就算他什么都不说，坚决不配合我们工作，我们照样儿可以把他移送法办。明智些呢，他就应该选择配合我们抓捕张风雨，将功折罪，这样法官在考虑量刑的时候，我们还能帮他争取一下。

还是那个中心思想，在张风雨贩毒的种种环节中，每个人都有各自负责的事儿。大家是一根绳上的蚂蚱，但有主犯从犯之分，我们的主要目标就是张风雨，至于他们的罪责，只要能戴罪立功，都有商量的余地。

反之，如果由于他们不配合工作，导致张风雨逃脱隐匿，案子总归是要有人顶的，是谁谁心里清楚。张风雨就算跑了我们也有机会再抓，把他绳之以法是迟早的事儿。抓得早了，就早消除社会影响早结案，他们戴罪立功都有机会争取宽大；抓得晚了，社会影响就更大，造成的影响更恶劣，到时候他们一起见阎王爷，谁他妈都别想跑。

跟张德胜做工作用了差不多半小时，张风雨的电话也是40分钟左右追到的。张德胜告诉他拿到货了，我从电话里听见张风雨说好我知道了，语气中透着沉稳与放松。

把张德胜押回宾馆，我算是小松了一口气，这一天折腾下来，我们一直精神高度紧张。虽然葛志杰、黄新、张德胜仨人被我们摁了，我们说服他们配合工作，让张风雨打消疑心，等他回京，但也只能说我们离抓住张风雨更近了一步。一天没把他真正抓到，就一天不能掉以轻心。这仨人我们暂时还不能送回局里，因为张风雨搞不好还会跟他们联系。所以最后思来想去，我跟局里请示，人还得跟宾馆押着，以防后手儿。

没多久，张风雨又给葛志杰来了电话。葛志杰接电话，我们在一旁听。张风雨说他打算明天启程奔广州，这回来票大的，多弄点儿货回来。葛志杰按照我们的指示稳住他，一切听他吩咐。临挂电话，我听见张风雨说：也不知道怎么回事，我这右眼皮老跳。葛志杰说，哥你是紧张吧？毕竟这回要搞大的。张风雨说不是，就是有点儿不好的预感。葛志杰说，那我明天上雍和宫给您烧两炷香？都说雍和宫求财最好。张风雨笑了。

张风雨是谁？张风雨本身就是个在逃犯，4年前昆泰大厦，200人对50人的一场械斗，他持枪伤人，跑了。说他是悍匪也好，是狂徒也罢，都是因为他身上本就背着大案，横竖都是一个死，他贩毒，就是死上加死。

不好的预感？有时候，人的第六感真的挺奇妙。

对他来说不好的预感，却正是我们的好兆头。

这回一定要把他摁了。两年多了，我们一帮兄弟为这案子有家不能回，全身心扑进去，就为尽早将他抓获，早一天就早制止毒品流向社会更多一分。多少家庭因为毒品家破人亡？我看过的、听过的，太多了。都知道毒品不好，害人害己，但总有人吸毒，有人吸毒就有人贩毒，反反复复，野火烧不尽，春风吹又生。这背后，存在的就是巨大的金钱利益。人为财死，鸟为食亡。

钱这个东西，特别奇妙。没有它万万不行，你生存不下去。有了它，你满足一个欲望，又会滋生下一个欲望，无穷无尽。有人能掌控自己的欲望，有人不能。而人一旦被欲望所驾驭，往往就会做出愚不可及的事来。譬如，犯罪。爱因斯坦说：有两样东西是无限的，宇宙的浩瀚和人类的愚昧。

“这卫生间还真豪华。”李昱刚洗了把脸出来，咂着嘴说，“顶咱单位公共厕所那么大了。”

噗，蹲在那儿的葛志杰倒是心大，居然还能乐出声儿。

“笑什么笑！好好儿蹲着！”李昱刚虎着脸吼。

“你看你，吼什么。”

我站了起来，把大床上那摞靠垫拿了仨，扔给地上蹲那三位一人一个。

“咱们是人民公仆，法官没给定罪之前，他们也都是人民。你们上课没给你们讲什么叫犯罪嫌疑人啊，这概念你回去再温温，温故知新。哥儿仨，对不住，就得铐着你们，凑合垫垫吧，软乎儿。”

有人唱红脸，就得有人唱白脸。这都是手段，毕竟还用得上人家呢。

正说着，夏新亮拎着两大袋盒饭回来了，我打开一看，米饭炒菜，还真丰盛。我问，你搞这么复杂干吗？他说刘哥今儿是你生日，你是不是查案子太忙，懵圈了？

嘿！我一拍脑门儿，可不是嘛！怪不得媳妇儿今儿给我来了好几个电话呢。可我忙案子，根本顾不上接。她准是要祝我生日快乐。

我给蹲旁边儿那仨都拨了点儿，让李昱刚把他们手铐前头来，方便他们吃饭。

我说："都吃点儿吧，也算不上啥好的，凑合凑合。等张风雨抓着了，到局里，我掏钱给你们弄点儿好的。"

一伙儿人低头饿狼似的扒饭，看得出来，都饿了。我瞧葛志杰吃得快，又夹了点儿扣肉给他，今儿他没少奔波。

他忽然抬起头目不转睛地看着我，"刘警官——"他的嘴角抽动，欲说还休。

我等他说。

"你抓老张，小心。"

我屏气凝神，等他接着说。

"刚才你也听老张说了，这回他有种特别不好的预感。其实……他这趟临走之前，就很不踏实，老觉得不安生。他这趟回哈尔滨，不仅仅是送货，他还搞家伙去了。"葛志杰说着，沉吟了一会儿，"他真敢干，今天我给黄新送货迟了，他指挥我东西两头跑，又让我给张德胜送货，就说明他疑心又重了。这疑心，没那么容易消。所以我估计，他这次回北京，绝对会带家伙。你们要抓他，他绝对往死了干！"

这情况先前我们不知道，葛志杰现在说了，我反而安心，信任，达成了。

不得不说，张风雨的第六感很灵验，他这也算是有备而来了。

仰仗这第六感，张风雨行事果然缜密。他一清早就来了电话，让葛志杰去酒店给他开房。我也是头疼，你说我们押着他们仨，来回来去这么折腾，就跟手里攥着拉了环儿的手榴弹似的。酒店这事儿办完了，张风雨又支派张德胜去租了台车。

他就这么颠来倒去地整事儿，弄得我们老得带着他们仨满城跑。也是反侦查意识强，或者说，他十分相信自己的预感。怕出事儿，可怕还得硬着头皮上。吃这碗饭，注定吃得踏实不了。

这期间通过张风雨跟葛志杰的联系，我们掌握了他的行踪。他从哈尔滨出发到广州，订了一批货，随身带了860克样品。他不敢坐飞机，也不敢坐火车，到哪儿都怕查，所以他只能倒来倒去。大巴车是首选，人口流动大，身份证核查不严格，他很清楚我们难以布置警力在这样的地方实施抓捕。张风雨身上背着毒品，一路辗转到河北，最后直插北京。

这天半夜，张风雨进京了，目的地就是他让葛志杰开的这个酒店。

我们已经四天三夜没合过眼了，囫囵觉都没一个。你说仨犯人跟我们手上，又是在酒店这么特殊的地方，谁敢合眼？

由于提前就知道了张风雨的计划，我们在酒店大堂做好了布控，基本全是我们的人,包括服务员都是我们派人假扮的。特警队也出动了。我呢,跟李昱刚、夏新亮我们仨押着葛志杰、黄新、张德胜他们仨，算是远离一线。就等抓了张风雨，然后收网。

为这案子，我又是小半个月没回过家了。媳妇儿发了火，一开始还微信追着我骂，后来就压根儿不搭理我了。这说明是气急了，生日这天给我来电话，可能是要缓和，但我因为抓人也没顾上接。唉，也赖我，出门就说了一句我上班去了，然后就再没露面。这么些年，她跟着我，过的那日子啊，有我没我全一样。也不能说全一样，没我她还不用去伺候我们家老头儿呢。有我更倒霉，这是她原话。

“刘哥，这案子结了，咱得喝顿大酒。”李昱刚坐在沙发上，跷着二郎腿，眼神透过玻璃注视着这座大都市的夜景。

“你怎么老喝大酒，刘哥得回家，再不回家师娘就得打到队上来了。”

夏新亮坐在椅子上，旁边儿是那仨倒霉蛋，他们一个个儿垂头丧气，怕也知道这是跟监狱外面儿看的最后一次夜景了，甚至往更坏里说，是最后一次活着看的夜景。贩毒是什么概念？提头买命，折了就是全完蛋，但偏偏还都抱着侥幸心理。

我接触过的这类人真不算少了，从八九十年代那帮高干子弟，到新世纪有组织的犯罪团伙。无一例外，他们都认为自己折不了。究竟是什么让他们怀揣着这种侥幸心理我不知道，我只看见了他们的白日梦，弹指间，灰飞烟灭。

“喝！是得好好喝一顿，反正回家也是跪搓衣板儿，我就甭上赶着去了。”

我们仨闲聊着，就等着步话机来消息通知我们收工，结果，我听到了门外“咚咚咚”的敲门声。

瞬间，房间里鸦雀无声。

我门上挂着免打扰的牌子呢，酒店的人知道我们的安排也不可能来，这是其一。其二，队友们要联系一定是通过步话机，谁也不可能缺根弦儿似的就这么上来。

那外面会是谁?

我打了一个手势，猫腰靠近门镜。往出这么一看。坏了，是张风雨！他不是应该在大堂就被摁了吗？更他妈让人崩溃的是，张风雨不是一个人，旁边还有个高个儿马脸男。

一瞬间，我的脑袋嗡一下就蒙了。思维高速旋转，几秒钟的时间好像什么都没想，却又好像什么都想了。而先于自己的性命，先于妻子父母，首先在脑海里翻腾的是我的遗憾。在这些遗憾中，我不知道为什么自己想起了那起儿童绑架案。十来个警察天罗地网地布控，却眼睁睁瞧着绑匪拿钱跑了。那次失败是我永远忘不掉的伤痛，而现在，我是不是又要迎来一次失败?

意识回到当下，我眼前只浮现出一个字。

干！

放跑了他，就全白搭了。

可是现如今的情况简直不能更糟了。屋里，我们仨，再加葛志杰他们仨，一共六个人。那仨都铐着呢，铐得结实不结实？到时候会不会逮着机会冲上来搏命？再者，我跟李昱刚、夏新亮我们仨，仨人就一把枪，在我身上，一把破64。

我犹豫的这几秒钟，猫眼儿里的张风雨掏出了枪，隔着门我虽然听不见，但他拧上消音器的瞬间，我心里“嘎哒”一声响。

这是个什么人？他是持枪伤人在逃犯，是毒枭，是悍匪！他打算干吗？情况不对谁出现干谁。不是你死，就是我活。

我把身上的枪掏出来递给了李昱刚。论拳脚功夫，李昱刚比夏新亮灵，但考虑到夏新亮性子沉稳应变能力强，我觉得我的决定没错。而且李昱刚年纪小，经验少，夏新亮比他早来两年，年纪也要长几岁，刑警队有个不成文的传统，一定要保护好小同志。现在我们没的选择，大家拧成一股绳得上，我选择相信直觉。

“你听我说，一会儿无论发生什么情况，你保你自己，别管我，保你自己！该开枪千万别手软。”

然后我就开始跟夏新亮用手势布置。我在下边，你在上边，昱刚拿着枪，不成就开。

开门的瞬间，我跟夏新亮分别行动，张风雨也是身经百战，瞬间把枪给端起来了，看见我们，他条件反射就扣了扳机。

咔咔，没响。

子弹卡壳儿了。

夏新亮已经扑倒了马脸男，马脸男都没来得及掏出枪来。我也不含糊，摁！

我毕竟是搞摔跤出身的，当下就去下边抱张风雨腿了，一抱腿就顺势把他放倒在地。按地下背铐的时候，他特别顺意地把双手背在后边了。我心想他是服了还是怎么的，结果铐上铐子的时候，地上掉出一把枪来，64。

“咔嗒”，铐子铐上了。我压在张风雨身上，吼开了：“李昱刚！你个小丫挺的！你他妈这时候给我掉枪？脑袋不要了吧！”那动静儿，给边儿上摁着马脸男的夏新亮都吼傻了。

“我操！刘哥这不是我枪啊！我枪我举着呢！”

也对啊，要不是李昱刚端着枪，就夏新亮那烂身手，马脸大汉能坐以待毙？

像是挨了迎头一击，我感觉眼前一黑。这他妈孙子！这把64是张风雨的！这才是最关键的一把枪，因为前边那把枪是能让人看见的，也让人有了防备。

后边这把枪就搁在这儿，一点儿反应防备都没有。没想到，我任何时候都没想到还有这个可能性。也就是说，如果刚才张风雨拔枪拒捕，那真是佛挡杀佛，我早就被他崩了。

后面儿乱糟糟的，李昱刚联系了一楼布控的同志们，一大帮子人呼啦啦全来了，现场无比嘈杂。我打听了一下才知道，这酒店有直通房间的地下车库，熟客才知道。

怪不得张风雨让葛志杰给订这儿的酒店。

妈的这个葛志杰，他不可能不知道，搞不好他就等这出儿呢。张风雨给我们崩了，他们就全逃了，楼底下的队友连带着特警队全成了摆设。

我还真小看了这个干干巴巴的葛志杰。他能长期给张风雨干活，不是没道理啊。

但比这些案情分析更先进入我脑海的，是我差点儿死了这一事实。就在分毫之间。

生和死，往往都在分毫之间。

“你怎么都是一个死，把事儿撂了吧。”

询问室里，我盯着他眼睛说。张风雨人铐在椅子里，脚上也上了镣铐。之前局长他们一帮人都来了，来收这些个东西，上面高度重视这个案子，因为这是这些年来鲜有的特大贩毒案。我们不是沿海城市，之于内陆城市来说，这个规模确实前所未有。我们在他包里缴获了 3.1 公斤毒品，其中有 860 克是冰毒，剩下的是麻古。

除了毒品，还有三把枪。张风雨手上一把，腰后别着一把，马脸男拿着第三把。也就是说，当时，张风雨跟马脸男两人持枪三把，而屋内仨警察，仨人就一把枪。我的天，要不是我们反应快冲上去，不迟疑，配合紧密，全得被干死。真行，真可以，我这俩小徒弟，靠得住！

而这个马脸男是谁呢？是张德军。张德军何许人也？也是一挂号的悍匪，不比张风雨弱，也是大哥级人物，主要是以凶狠出名，杀人不眨眼，身上背着的案子哪一件都不是小事。他藏匿许久，这回等于搂草打兔子，一股脑全给逮了！

我们通过对张德军的审问得知，他与张风雨两人是老相识，这回张风雨到了河北，左思右想怕出事儿，就叫了张德军跟他一起行动。别看都是土匪流氓，可他们讲义气，兄弟叫，必须上。张德军认识张风雨多年，知道张风雨是悍匪，但并不知道他贩毒。张德军原话是，要知道小老哥干这个，我他妈就带一帮兄弟灭了你们丫挺的，全他妈突突死！杀人杀红了眼的人，最不怕杀人。这也算实话了。

“你牛逼什么啊！”张风雨情绪很激动，“也就是当时我手软，没给你开枪崩了，你现在才能站在我面前说话！”

“你为什么手软啊？”他情绪很激动，我跟他对话，也算不上平静，“今天你横竖都是死，第一持枪三支，第二这么多毒品，第三这里是首都。你肯定是死。现在我就是给你一把枪，我告诉你，你也不能开，为什么？我是猫，你是鼠，你看着我都害怕，你要有侥幸心理，你肯定怕。”

他瞪着我，就是不愿意承认他怕。

“实话告诉你，我抓你，也害怕，但是我心里有底，我心里有什么底？枪我没你多，你又是持枪伤人罪在逃，你不要命，但是我必然要抓你，我是猫，你是老鼠，我不信你不怕。别跟我耍狠，我比你狠。你端两把枪，我赤手空拳，我没躺酒店地上哗哗流血，你倒是坐在我们审讯室里吹起牛逼了。”

这是继抓捕现场后，我俩在讯问现场的又一次针锋相对。

其实他也知道，事情到了这一步，横竖都是死，这事儿说也得死，不说还是死。我反复对他说，你把这个事原原本本给我交代了吧。

僵持不下了一阵子，我又对他说，既然都是死，死都要死了，你干了这么大事儿，你把它带进坟墓，谁也不知道，你图个什么呢？名留千古你没机会，遗臭万年也比默默无名来得有意思吧？他抬眼皮看向我，嘴角露出了一抹狡黠的笑。

我知道他肯定得说，他都已经满盘皆输了，早说晚说也是说，不如趁早全说了。我的工作就是让他在最短时间内，把一切倒干净。

这期间为了让他开口，我甚至骗他说，张德军说了，你坑他，他不知道你贩毒，要知道，他绝对不跟你来，把自己撇得干干净净。张风雨看着我，朝我喊了声：你放屁！扯他妈什么犊子！张德军能跟你说这？他那性格，准叫嚣着要突突了你们！

我有些讶异。

张风雨死盯着我，又说道："他确实不知道我贩毒，我叫他来，是我有预感，不好的预感，所以我才叫上他。他跟贩毒没关系。这都我的事儿，你别往他身上搁。"

然后，他才开始交代情况。他反反复复地跟我说，我就知道要坏事儿，我就知道，我那右眼皮跳的，没那么跳过！

在审讯张风雨的过程中，我负责讯问，夏新亮负责记录，张风雨滔滔不绝地吹嘘着自己的"光辉事迹"，我却在想葛志杰的事儿。他到底知不知道张风雨会从地下车库上来？我一度以为自己掌握了他，实则我也被他所掌握。这其实挺让我后怕的。我是猫，他是鼠，道不同不相为谋，哪怕有共同的利益，也是为利而来，利尽而散。我是猫，他是鼠，我遵守诺言是理所当然，他背信弃义又何尝不是天经地义？我早已过了天真的年纪，我也从来不幼稚，但葛志杰以命换命跟晶晶姑娘的爱情似乎麻痹了我。他也许是个好男人，但这不代表他是个好人，或者说，他想在生命的最后一刻选择当个好人。有的人，注定要过刀口舔血的日子。

听张风雨把事儿撂清楚之后，我媳妇儿来电话了，在此之前她已经好一阵子不搭理我了。我离开讯问室走到大院儿里，听见她跟我说：我怀孕了。下一句是：你生日那天，我打电话给你，就是想把这消息当作最好的生日礼物送给你。

一瞬间，都不知道为什么，我像一只泄了气的皮球，整个人都软了。抓人时候的临危不惧也罢，审问时候端着的气魄也罢，全都像几个世纪前发生的事儿了。整个世界忽然没了声响,像被抽真空后压缩的扭曲状态。这具体是为什么，我不知道。是犯人归案了吗？是我要当爸爸了吗？

包括后来我们局长和那帮厅里的领导过来跟我握手，包括夏新亮来，说叫我去接受媒体采访，我都还在那个状态里。

我说算了，采访你们安排别人吧，我不知道为什么没劲儿了。

夏新亮问我，是因为搞案子搞这么些天没睡觉吧？

我也没接话，径直往休息区去了。

我还在想一个问题，这究竟是双喜临门，还是我儿子给我救了？我甚至想到与张风雨隔着一扇门面面相觑的那一刻，想到他手上的黑家伙端起的那一刻，我回忆起那件绑架案，儿童绑架案，竟有种冥冥之中的迷信感油然而生，它多么像一个启示。可能那一刻，我与我尚未出世的儿子心灵相通了，他也许是借着我记忆中的孩子之身影鼓励我要坚强，鼓励我要不留遗憾？

往沙发上那么一躺，我就像一具行尸走肉，太阳照在脸上都抬不起胳膊来遮，整个人都处于一种废了的状态。

我累了七天七夜，为这案子我两年没怎么回家，就这么搞，最后拼命的，眼都不带合的，就上去干了，就是不敢合眼。从警以来，我都在思考一个问题。我是个警察，我也是个人，是个人就有妻儿老小。当警察我敢拍着胸脯说咱没愧对过人民，可回到做人这个层面上来，这胸脯还能拍得起来吗？

我一直想知道，是人性重要，还是说我这个名声重要，工作重要，抑或是家庭更重要些，现在又有了新问题，我未来的孩子，他该有多重要。

其实我到现在都有点儿不敢相信，我要当爸爸了。因为我们要孩子要得很艰难，有先兆流产，有胎停育，为了这个孩子真是折腾了很长时间，终于有了，肯定兴奋，可是这个当口给我打电话……

你说别人媳妇，哪个不是丈夫陪着上医院做检查的，就算没陪着，下班回去也当时就能听说吧？我呢，可倒好，活不见人死不见尸，从打结婚就不着调。

这几年过下来，我们聚少离多，还是长久地见不着。现在，孩子来了，我意识到，在我的警察生涯当中，该有所改变了。但是我又不愿意放弃，我觉得我的灵魂和肉体在那儿，干别的我也不会。我觉得搞案子是一种乐趣，那种乐趣，不是其他东西可以替代的，那是我一生的成就感。说真的，如果有一天等我老了，白发苍苍了，我抱着我孙子，孙子问我，爷爷你干吗的？我就跟他说，我当警察。他问，那你当警察抓过几个坏人？我就笑着对他讲，我告诉你，爷爷抓的坏人很多，我给你讲，讲到你20岁都可以。这就是我所谓的成就感了，就这么简单。

“刘哥，您怎么躲这儿清闲呢！”李昱刚解着衬衫扣就进来了。

“清闲个屁。累得都合不上眼。”

“那您也得先把眼睛闭上啊！”

“闭不上，美！”

“美什么呀！”我瞧着他拿了毛巾出来，不用说，准是要去洗澡。

我躺在沙发里，翘着脚晃来晃去，“我儿子，肯定是老天爷给我派来的福星，知道他爹昨儿个抓人，他保护我来了！两枪没响，就是保护我来了。我这个儿子真是我的福星，当时那两枪要是开了，我一准就over了。”

李昱刚那表情，极其丰富，愣了几秒钟才张嘴：“刘哥，你怎么还没睡着就说胡话呢？”

“你师娘，怀孕了！”

“靠！真的啊！”

“这他妈能瞎说啊！”

“哎哟，您看您，怀孕不满仨月不让说！”

“迷信。”

“不是，而且怎么就是儿子呢，你怎么知道不是闺女啊？”

“就是儿子，我就是知道。我一会儿梦里就能看见他。”

李昱刚懒得和我掰扯这些，小年轻表情严肃了起来，突然郑重其事地给我鞠了个躬。

这可吓了我一跳，险些从沙发上蹦起来，“你这是干啥，你师娘怀孕了，你给我鞠躬干吗！”

李昱刚直起腰来的时候，脸上又有了笑意，他说：“刘哥，咱们抓张风雨的时候，您为啥要把唯一的那把枪给我啊？”

我瞥了他一眼，重新坐了回去，“那是规矩，你们师爷教我的。到了危急关头，保护小同志也是我们这些老家伙的义务。”

“可是夏新亮也是您徒弟啊，您怎么不给他？是不是您比较稀罕我？”

“我没那么多弯弯绕绕，小夏比你入队早两年，所以我把枪给了你，就这么简单。”

李昱刚挠了挠头，“刘哥您说的简单，可我当时……真的是吓傻了。说出来我都嫌丢人，都给您当徒弟好几年了，关键时刻还是犯怵。”

我没再打击他，“这是人之常情，我第一次拿枪那会儿，比你强不到哪儿去。如果不是你们师爷，我隗哥一直护着，估计我能让那帮犯罪分子活撕了。这也是咱们刑警必须有师父带着的缘故，直到你能独当一面了，才能真的出师。”

李昱刚点了点头：“刘哥，师父，下回再遇到这种情况，您把枪给夏新亮吧。”

“为啥？”

“他身子骨比我弱，抓完张风雨之后小脸煞白，也吓得不轻。以后再有这种情况，我护着您俩，或者咱俩护着他就行。我不想当累赘。”

“谁说你是累赘了？”我心里说不出啥滋味，“你和小夏都是好警察，是我带过的好苗子。”

李昱刚被我逗笑了，又恢复了以往臭屁的模样，“那您再说说，是我比较好，还是夏新亮比较好？”

我瞪了他一眼，骂道：“滚蛋，还洗不洗澡了！”

小徒弟“嘿嘿”笑了两声，然后果断拍屁股溜了。

第九章
CHAPTER 9

慈不掌兵，善不从警

都说好人当不了好刑警，这话是有些道理的，你行得正站得直，但不一定对付得了邪门歪道。

“刘哥，结案报告怎么写啊？”

我刚把脚搭在窗台上晒会儿太阳，就听见李昱刚问我一个如此低级的问题。

在此之前我正缓解情绪，我这人脾气不好，容易激动。用领导的话说，点火就着。我刚被人放了把火，就半小时之前。这还要回到张风雨的案子。

抓捕张风雨及其团伙到案，收缴毒品 5.3 公斤，截留赃款赃物数额巨大，这件案子我牵头跟了两年多，可以说大获全胜。最让我欣慰也最让张风雨懊恼的是，他被我们缴获的毒品仅仅是部分样品，他订的大货打水漂了。一个贩毒团伙被摧毁了，一个贩毒网络塌陷了，一段时间内，社会治安又可以恢复平静了。

禁毒是个漫长而艰辛的历程，这里面牵扯到太多东西。我见过青少年为毒品斗殴抢地盘手段凶残不亚于黑社会，我也见过从业多年的优秀缉毒警在工作过程中被毒品俘获进而以贩养吸，我还见过千百个家庭由于毒品家破人亡流离失所……我见过很多，而我能做的，也仅仅是破获案件、抓捕毒贩，仅此而已。

清点赃物是在市局进行的，我跟李昱刚、夏新亮以及队上其他几个参与案件的同事着手参与。你还别说，他们的好东西真不少。别的也就算了。好几台笔记本电脑都是高配，李昱刚咂巴着嘴说：刘哥，这本儿可比咱队上的强多了，咱队上给配的，真该更新换代了，忒耽误我工作，我带自己的来还不能安装内部系统，巨不方便。

我笑着说，那咱把这些笔记本全抱走，充公！夏新亮一边记录一边敲锣边儿，那我别给你们填上了，快抱走造福于民，登记得我手都酸了，奢侈品还真不少呢。

由于这起案件受到上面的高度重视，破案成果又喜人，我们队来了个集体二等功，孩子们都挺高兴，觉得自己工作受到了肯定。我跟他们说，要感激咱大领导，没他们的支持咱没机会办这案子。真的，这是实话，赶上好领导那真是如虎添翼。我干这行这么些年，接触过不少领导，真有欠不蹬的，能把你气死那种。

让我挺意外的是，没过两天，上面找我过去，说我个人还有个二等功领，过两天就公示。

可谁也想不到，公示后的俩礼拜居然出了一码子特别给我添堵的事儿。

我们这儿从评个优秀到发个奖章，都喜欢搞公示这一套，旨在收集群众意见，做到公正公平，不偏不倚，其实也就是走走形式。让我没想到的是，这个走走形式，走出事儿来了。

你说，拿个二等功，也不给你涨工资，也不给你发奖金，说白了就是书面表扬表扬你，怎么还有小人见不得呢？

大领导约我喝茶，我就知道准有事儿，这事儿也真叫我哭笑不得——有同志匿名举报你贪污收缴赃物。

我看着大领导，大领导也看着我。

就别说啥匿名不匿名了，那天统计整理清单拢共就那几个人，是谁我知道。

领导问我什么意见。

我说您查吧，当时也不是我一个人，清单、物品都规规矩矩移送的，求您查。这二等功我要不要无所谓，真无所谓，我们有个集体功劳我觉得就特别好。我不赚房子不赚地，我别惹这身臊我就阿弥陀佛了。

嘿我这个气啊。对于泼脏水这人，我真是拜服。你说你多大个人了，你能拿我跟孩子们的玩笑话去举报。

回来我越想越来气，你说我啥啥不图，要二等功也屁用没有，我这是碍着谁了？可就是有些人看我不顺眼，人家不要房子不要地，人家想要仕途。我这边领了二等功，说不定就是他升官发财道路上的绊脚石。

隗哥那话还真没错——人的思维还是有一定界限的，比如你在一个岗位上，你要专心致志做这件事情，你肯定没有时间做那件事情，就算做那件事情你也肯定做不好。你把业务搞好了，肯定会放弃一些人际关系和仕途方面的东西；如果你搞你的仕途了，你的业务也就肯定不会强悍。每个人都是一个脑袋，关键看你选择的是什么。

我最终选择还是搞案子，为什么？刺激。被小人举报，我觉得也挺刺激。哪儿都有小人，干什么也都会遇到。就像我一开始干刑警，我以为我走到了食物链顶端，这么多年的案子搞下来，我才明白，其实我他妈在食物链底端还不自知呢。

“拿笔写。”眼都没睁，我告诉李昱刚。

困着呢，昨儿晚上抓黄折腾大半宿，回来跟宿舍猫着睡的。实打实猫着。媳妇儿怀孕后，我把宿舍铺盖全撤了。虽然当不了“隔壁老王”，我至少得做到晚上回家睡觉，这是自个儿给自个儿立的规矩。但显然，立也是白立，我媳妇儿怀孕跟坏人出来不出来没关系，每天照样儿是那么些案子。

回不去家怎么办？赶上有空铺就算捞着了，没有就跟小孩儿们挤着呗。昨儿跟夏新亮挤了一宿，还让他嫌弃得不行。你二十啷当岁你折腾到大半夜你有劲儿洗刷刷，我没有，我是老年人了。他撇嘴白眼回我：那您跟李昱刚挤着去啊。我一不小心给说秃噜嘴了：不成，我嫌他那猪窝硌硬。

“我用笔记本儿！”

臭小子还跟我要贫，要知道，当初我因为不写结案报告可挨过隗哥的揍，我看这小子也离挨揍不远了。

“我就应该抽你一顿，松松筋骨你就会写了。”

“刘哥！”

“时间、地点、人物、起因、经过、结果，作文儿六要素你没学过啊！”

打个盹儿都不能，嘿我这暴脾气。在椅子上坐正，我瞪着李昱刚，“你这样。你那结案报告先别写了，回头让夏新亮来。你今天开始写周记，每周交给我看。”

“别啊刘哥，您这不是要一个理科生的命吗？”

“等我把你打半身不遂了你再说我要你命！”

“我真后悔没去技术部！我图啥啊我！”

图啥？图你自己高兴呗！这小兔崽子我还不知道？整个一多动症，你让他搞技术，他能无聊到给技术部来个底儿朝天。你自己要当超级英雄的，不能光飞出去拯救世界啊，你也得把你自己的事迹落实到笔头。我给他举过例子，我说你看超人，多牛逼，钻电话亭换个衣服就干大事儿去了，干完照样儿回到编辑部写稿子，这是命，得认。

李昱刚哭号，我懒得搭理他。我能怎么办？我不能回回叫夏新亮替他写吧？这俩孩子也是有意思，对比特别鲜明。李昱刚跑外勤比夏新亮好，沟通能力强，身手儿不错反应快，入队没多久就搞杀人案，不适应也就那么一会儿。夏新亮跟他正相反，更像个高才生吧，内务比外务好，写个这那你都不用操心，反倒是外勤差点儿意思，斯文的性子再加上身手稍弱，真不如李昱刚。但这很正常，你不能要求他们五项全能啊。就多锻炼呗。多叫李昱刚写文书，多让夏新亮跑外勤。

一个安静的午后，就被李昱刚这么给我毁了，我也拿茶缸子沏杯茶去吧，提提神，还一堆事儿等着我呢。

好嘛，这才一脚跨出门儿，就瞧见落汤鸡似的夏新亮匆匆跑进院儿来。

“你什么情况？”我也是懵圈。刚他接警，是一盗窃案，又不是片儿警，有人在辖区内跳河他下去捞人！

“我操！你这是上哪儿洗浴去了？”李昱刚蹦出来看热闹了。他就不是那坐得住的人。有个风吹草动，心就飞了。

“滚！”

他俩掰扯的这会儿，我接了个电话，是队里打来的，“大刘儿，六里桥抢劫那帮孩子线索上来了。”

“哦？”我把手里的茶缸子递给了李昱刚。

这帮崽子在当地流窜作案有些日子了，持刀抢劫伤人，性质很恶劣，如果不尽早解决，犯罪很可能再升级。我们对他们的情况掌握得不多，是多起报案引起我们注意的，受害人都是单身走夜路遇上的抢劫，持刀、骑摩托，均描述抢劫的有仨人，蒙面，说话声音听着岁数不大。我们也调取过监控，不全面，有的探头根本没拍着，拍着的也就看个大概，蒙面也拍不着脸，是个三人犯罪团伙儿，每次都两辆无牌车，抢完就飞车逃跑。

“刚来了个大妈，居委会的，他们小区整治乱停车，有辆摩托车停在特背静的夹道里，还盖着特脏一防雨布，揭开车倒是挺新，也没牌子，保安就跟居委会反映了。老同志警惕性高，就没让保安挪车，怕是谁偷的车，嘱咐他们安保的同志注意下儿有没有人来取车，结果半夜有俩人骑了个电动车进来，有门禁卡，刷卡进来的，出去时候变成了仨人，其中一个就骑着那辆摩托车。你猜怎么着？”

我说：“我猜第二天那摩托车又停在老地方了，上面还盖着那块儿脏了吧唧的防雨布，而且这仨人年纪还都不大。”

电话那头说：“那小区还挺复杂，不是说大，是居住人口复杂，好么些隔断房出租。”

“那我这就带着夏新亮去看看。”

“刘哥，我也跟您去吧。”李昱刚插嘴。

“你不用，你写周记。”我还就得磨磨他这性子。

夏新亮开车，我坐副驾，直接奔着那个小区过去了。

路上我问夏新亮他跟只落水狗似的回来是怎么一档子事儿，听完我没绷住，乐了。是个盗窃案没错，但属于监守自盗。老婆的金项链跟玉镯子不翼而飞了，她就问老公见没见着，老公说没动过，是不是被偷了，可家里也没来过贼的迹象，老公就说也不见得，都不知道啥时候丢的，没想到，老婆真就报警了。报警了夏新亮就去了，还有辖区派出所的俩民警，这男的一见警察来了，当时就害怕了，说首饰没人偷，是他拿走送小三儿了。老婆当时就炸了，追着老公打，他们上去劝，女的打急眼了，不管三七二十一拿什么拽什么，最后不顾劝阻拿卫生间投墩布的水桶就要往她男人身上扣，夏新亮控制她啊，哗啦，结果一桶投墩布水全折他身上了。

说真的，遇上这种事儿，你还真没啥好办法。你说这老婆算报假警吗？显然不算，她是真丢了东西。那你说这老公算啥呢？也就只能说他缺德。当警察，归根结底是给老百姓办事儿，你怎么也得出这趟警，是挺耽误警力，但它是老百姓的事儿啊，你赶上可不就赶上了，只能批评教育一下。毕竟人家也不是存心耽误你时间耽误你精力。

夏新亮不是生气，也不是懊恼，他说刘哥这都没啥，就是我洁癖啊，那可是一桶投墩布的水，还有地板清洁剂的味儿呢！

哈哈哈哈哈，我忍不住笑了出来。你说人也是一堂堂博士生，高级知识分子，无缘无故被个家庭妇女倒了一桶投墩布水，上哪儿说理去？

我还挺喜欢这小伙子，别看外勤跑得也不咋地，但心挺正，做不好他学，还特拿你当榜样，不怕苦不怕累。世道不同了，像我们这些糙汉子，拿着书本就睡觉，就这你还想平步青云？门儿也没有。以后啊，就都是这些有学问的年轻人的天下喽。

夏新亮比李昱刚大两届，刚来时候一股子书生气，不像李昱刚那么讨人喜欢。这么说吧，格格不入。刑警队都是啥人？你譬如像我，我是搞体育的出身，后来去当兵，再来转业到的刑警队。当时啥人去当兵啊？顽劣子弟。学啥学不会，家里管不了，得，那你当兵去吧。

那时候有句话，说做刑侦的好人干不了，太老实的人干不了，特殊的岗位需要特殊的人，因为你首先面对的是坏蛋犯罪分子嘛；太坏他也干不了，他对这个职业不忠诚。那会儿我刚参加刑侦工作啥也不懂，就觉得警察抓小偷，天经地义，于是就当警察了。再加上我摔跤练了十几年，认为自己有一身本事，当警察抓小偷没有什么问题。

刚当警察那会儿我特别瘦，就跟现在的夏新亮似的。因为参加体育运动要控制体重，一直控制在52公斤，104斤。你超过那个公斤级，你就废了。拳击选手也跟我们一样，你说你打羽量级，你超重？你就进轻量级了，那你跟人体能体形就没法儿比了。当了警察之后，我一年长了60多斤，又长个儿又长块儿，因为当警察能吃了，让吃了，赶紧吃饱就是好事，管它是馒头还是米饭，吃饱就好，然后就胖了。

我参加这个工作之前，对当警察的想法儿就是好奇。很简单，就是好奇。警察抓小偷。你说我对当警察有多么崇高的理想，我当时确实没有。就想警察抓小偷，很好玩儿，这也是一个正经职业，OK，就参加了。

这跟夏新亮啊，李昱刚啊，这一辈儿小的经历想法那是截然不同的。但我不会对他们另眼相看。夏新亮刚来不讨人喜欢主要是他不怎么会表达自己，就让人觉得他特端着，日子久了，熟了，孩子爱说点儿话了，也挺招人喜欢。还发现这孩子直了，特耿直，有啥说啥。一肚子学问，还孜孜好学，也没那么复杂，不搞溜须拍马派系斗争那一套，踏实肯干。不容易，但这性子，也注定是个搞案子的命。

让我对所谓“高才生”有些看法的，是新一批领导班子里的某些人，那帮人各个高学历，但为人处世可真不咋地。你说你搞个案子，人都不到现场，你搞个屁？就知道坐那儿瞎指挥，还拿不出好主意。隗哥现在也是中层领导了，这还是让他去当高层他不去，他就爱搞案子，那家伙，办案子头一个冲锋陷阵！

羁绊是一种特别奇妙的东西。

现在我也当人师父了，可能永远也不及隗哥，但我只想把我能给他们的，毫无保留地给他们。

就像抓张风雨他们那一伙儿贩毒的，我把唯一的枪给了李昱刚，让他保护好自己，孩子特别感动。我说这没什么，这是应该的，隗哥当时也是这么对我的，谁最小，保护好谁。作为一个刑警，一定要团结，保护团结就像保护眼睛一样，不管面对的敌人有多么强大，如果你后退了，你在这队伍当中就没法混了，这是隗哥进门就教我们的东西。面对敌人，第一个不要害怕，第二个不要吵闹。我也教给了我的徒弟们。

再有就是踏实肯干，业务能力强。刑警队里面，至少我们参加工作的时候，不像现在那么复杂。溜须拍马？没有。一旦发生这个东西，你在队里也不要混了。一个队的领导决定了这个队的灵魂，隗哥的信念就特别正，他说干的就是工作，你不要跟我提别的，你先把工作做好再做别的。你天天把我这吃喝伺候好了，上这儿不工作，那不行的。

那会儿的领导起什么作用？不是赶车的，是拉车的。局长也好，大队长也好，跟同志们一起同甘共苦，每破一起重要的案子，都跟我们在一起，我们没有什么大吃大喝，就煮点方便面，买点羊肉串，那时候让喝啤酒就喝点啤酒嗨嗨，然后回到单位就睡觉了，这就是我们那个年代简单的生活。

到小区，我们去了物业下边儿的监控室。调监控出来，是不是那伙儿抢劫的我们还不能确定，但行迹确实可疑。接着夏新亮发现情况不对，虽然每次都是两辆车仨人出去，但其实这不是仨人，是三个一组分两组。他看得很认真，并详细地给我比画。监控不够清晰，放大后脸挺模糊，但通过身形等细节比对，确实如此。我心里“咯噔”一下儿，这就更可疑了。你说会不会是巧合？但巧合太多就一定不是巧合了。刻意隐蔽的摩托车，半夜骑着车来找人又一同出去，还有组织有计划地分组行动。

夏新亮在这儿查监控，我给李昱刚打了个电话，让他看看受害人的报案时间以加快进程，没想到这小子没跟那儿写东西，他正看之前采集的监控呢。他说，刘哥，我怀疑每次实施抢劫的三人团伙儿，不止仨人。我问你怎么发现的，他说虽然看不清人，但那个人的动作却引起了他的注意，因为他是个左撇子，用左手持刀。

这事有点儿瞎了，现在谁知道这伙人到底有几个呢?

有了时间节点，夏新亮找监控就属于指哪儿打哪儿了。监控是个好东西，以前没有，现在天网工程红红火火搞起来，对破案帮助特别大。以前我们都是地皮式搜索，效率真不如这个。但高科技你也不能过分依赖，你高科技，坏人也高科技。你能拍他能躲。激情犯罪不掩藏，有预谋的它可是有防备。这也就显出结合经验的好处来了。我们老同志高科技不灵，但我们有经验。

打开手机地图，我看了下附近红绿灯的位置，然后跟交通队联系了一下，我估计这帮孩子抢了人又是骑着摩托回来，搞不好会闯过红绿灯，而闯了探头就会拍下来。拍下来的时候他们肯定不会蒙面，你就是能蒙面骑一路，回小区可不能蒙面，小区有门卫室。不蒙面，高清探头就能照下来他们的模样。有了模样，可以让居委会的人试着辨认辨认。

双管齐下，傍晚时候我们终于有了比较清晰的嫌疑人的面貌，门卫处有个小伙子认出了其中一个，说知道他，住 8 号楼 1503，因为他有时会来取快递，取快递需要报门牌号以便查找收发记录。刚好，现在门卫处就有他的快递。这人总是晚上七八点，买外卖的时候顺道取快递。

夏新亮除了查用监控捕捉的嫌疑人的样貌，还查看了他们出入前后的变化。但说实话并没什么意义，他们抢劫的都是现金、手机、平板电脑等，这些东西小，都可以随身携带。又不是杀人藏尸要带大包裹。

夏新亮看着我，问我怎么着，毕竟不能确定他们是不是飞车抢劫的，案发现场的录像不清晰无法比对。但我有种直觉，我觉得他们就是那伙人。虽然很多时候我们靠直觉办案，但你没权利乱抓人。抓错了，你就惹上了麻烦；不抓，如果他们再犯案，人民群众就有生命财产危险。

“刘哥，这包裹里面应该是电子器械。”

“你透视眼啊？”

“不是，这儿贴着易碎请勿倒置的标签呢，杯盘碗盏没这么轻薄。”夏新亮说着，还晃了晃，“看这个大小，很像 iPad。”

“要不咱拆了？里面儿要是赃物，咱就给他们端了。”夏新亮看着我。

“要不是呢？再说了，有病啊，自己给自己寄赃物？你要说他发快递还有可能。”我一口否决。

自己给自己寄赃物。说完我觉得有哪儿不对，可又说不上来是哪儿不对。

难道是，销赃？

抢了现金合适，可拿手机和平板电脑就有点麻烦了，到手你无法解锁，甚至不敢开机，毕竟有个“找回我的手机”功能。那是寄出去给专门的黑店去解锁？没必要，不需要这么麻烦，大可以直接带去店里，甚至可以一条龙出货。

这么想，是个死胡同。但如果假设它就是个赃物，就是台平板电脑吧，反着想，怎么能把不合理变作合理呢？

我执迷于办案的快感就在于此，抽丝剥茧，守株待兔，围猎是有莫名的快感的，“小夏，你说……会不会这是个挺有组织的犯罪？”

“是有组织啊，团伙儿作案啊。”夏新亮果断点头。

“不不，我意思是，既然你看，刚咱们确定他们是仨人一组，有两组，那会不会……其实在别处，还有别的组？”

夏新亮看着我，一拍大腿，“刘哥我明白你意思了。你是说，打个比方，这儿是个巢穴，里面儿是头头儿。其他组抢了东西也是要上缴的对不？现金好办，转账就可以，物品就不能转账了，又出于安全考虑，怕被盯上，不现身，就通过快递传递。”

夏新亮的说法听着扯淡，但你要考虑，受害人都一致反映抢劫的是青少年。青少年不像成年人，逞凶斗狠起来无法无天，但服从性可是成年人无法比拟的。如果他们受人控制呢？或者说，有人指挥他们呢？

“刘哥，我们学犯罪心理学的时候，有专门的侧写课程，我觉得他们之中如果有个成年人，就很说得通。就像蜂巢，所有工蜂都为蜂王服务。”

想了很久，我决定先确定一下这包裹是什么东西，里面到底是不是赃物。

我俩去了地铁站。说起来有点儿可笑。我空手没包儿顺利过安检，过去往安检那电脑屏幕侧面儿一站，一脸我等人的神情。夏新亮跟我隔了几个人，包裹通过安检，我在屏幕上清楚地看见了那一团阴影。

没事儿人似的从另一条通道出来，我跟夏新亮对视一秒，快步往站外走，边走边拿钥匙划开了包裹。

里面不仅有部平板，还有三部手机，都是某知名品牌的。

夏新亮说联系手机制造公司，我说你甭那么麻烦，人家也不一定配合你，咱也没时间走流程，咱俩回车上，把手机开开，没电咱有充电器，我倒要看看这手机都是谁的。

李昱刚跟队上配合我们，平板电脑和其中一部手机分别对上了俩受害人。对，都是抢劫案的受害人。

我俩都很激动，但激动的同时问题也来了。我和夏新亮，就俩人，身上有一副铐子，除了车上有根警棍，其他一无所有。取快递的一直没露面，这都九点了还没露面，也不知道今天会不会来取。而且，我俩对他们的情况没什么掌握，几个人、多大岁数、除了他们别的同伙儿都在哪儿等等。

队上除了李昱刚也没人能过来帮忙，本来就人手不足，案子还多。你这事儿八字没一撇你叫特警？门儿也没有。

缓缓？我们能缓，犯罪分子不能，谁知道今儿我们撤了晚上会不会再发案啊？

“刘哥，要不我回队上跟局里申请把枪来？”

我打鼻子里“哼”了一声。

小年轻他们不懂。我们一般情况下不敢申请枪，人多，北京嘛，首都得稳定，一申请批枪局长就特别反对。什么案子拿枪？贩毒。除此之外？那别拿了。贩毒也分具体情况，你譬如我们抓葛志杰，前期的时候没有拿枪。后来他们有枪了，我们说赶紧请示两支枪过来吧，这才拿枪的。就这都费劲，我说张风雨那孙子那儿有几杆枪，还杀人在逃。你这儿都火烧眉毛了，那边儿还来请示这一套呢。

老百姓老觉得我们威风，以为我们天天挎枪，那是电影美剧看多了，其实根本不是这么回事儿。我们平时不配枪,就是案子来了觉得需要,跟领导来请示。有的局长批,有的局长不批。我们有时候嫌麻烦干脆就不申请了。局长怕什么?拿枪走火，打到别人，又是首都，担不起这责任，所以局长不爱批。老不爱批，我们也不爱拿枪了。急的时候,现场比较紧,想抓这个人,再请示拿枪,人早跑了。

怕走火儿也不是没道理，我们枪法特别不准。说真的，当刑警枪法准的没几个，基本上子弹打完了，也没有几个能上靶的。因为练得特别少，一年一次，十发子弹，练谁啊？枪法非常不准到什么程度呢？举个例子，打环的话，十环，我们只要打上九环，就是好枪法。

所以呢,面对各种穷凶极恶的歹徒,我们基本上赤手空拳,或者拿一根警棍,这就是我们的状态。

我告诉小徒弟:“别申请了，申请不下来，平时都申请得肝肠寸断，这又涉及青少年犯罪，想也别想。”

“哦……”

“你去旁边儿那小超市买几副鞋带吧。”我跟夏新亮说。

“鞋带？”夏新亮不可置信地看着我，从上到下，最后落在我的脚上，“您鞋带坏了？”

取快递的来了俩人，一人提着一摞盒饭，门卫挺机灵，按照我们教他的，说快递太多不好找，让他们等等，然后就给我手机来了信息。我俩直接把他们俩摁了，摁完把大拇哥捆上鞋带就把人塞进了车里。夏新亮说我服了你刘哥，我说你慢慢儿学吧，这都是战斗经验。

楼上还有 5 个人，这跟两大摞盒饭相互形成了佐证。这俩孩子，对，只能说是孩子，一问就竹筒倒豆子了。一个 14，一个 17，姓谁名谁多大哪儿人，审问起来那是稳、准、快，楼上还 5 个等吃饭的呢，久了难保说不起疑。

我把这俩货交给夏新亮，孤身一人直接去了楼上。李昱刚正开辆大家伙过来，我们这车押不下这么多位。

我手里攥着警棍，对面五个人，还都是青少年。青少年犯罪是很棘手的事，你不能小看了他们，他们冲动起来，战斗力爆表；你也不能高看了他们，其实越胆小越胆大，没不怕事儿的，你得从气势上就压制住他们，说白了，你得让他们服，让他们觉得逞凶斗狠自己还不是个儿。

那俩孩子嘴里的涛哥应该就是我们推断的头头儿，今儿不在，跟女朋友出去了。房子是那女的租的，俩人什么时候回来不知道，就说肯定回来。我急着上来也是因为这个，再来俩，那就没法弄了，先擒住这五个孩子还比较可行。买饭这俩是地位低的，平时买饭取快递就是他俩轮流，今儿人多，就双双出来了。

一对五，我也就是占了先机，那五个听见敲门就开了，以为是买饭那俩回来了，起根儿上就蒙了。说起来都后怕，我说什么来着，青少年好逞凶斗狠，那家伙，给他们制服了，屋里搜出来的凶器真是五花八门，从三棱刮刀到大砍刀一应俱全，包括两支仿真枪。

我合计下回我也弄俩仿真枪得了，至少瞅着吓人，我也不开，不存在杀伤力。

还是鞋带的功劳。

李昱刚到得挺快，还拉了队上另外俩回来的队友，以及我们急需的手铐。我在楼上蹲守那个所谓的涛哥跟他女朋友，夏新亮、李昱刚跟另外两个同事一起加急讯问逮捕的这帮人，我们决定连夜全给他们端了。

其间我媳妇来了好几次电话，但这事儿太紧急，我实在没法接电话，只好把手机给关了。

一直到天都大亮，我们一共抓了16个人。除去“涛哥”跟那女的，其他都是小孩儿，最大不超19，最小的才13。

情况比我们以为的要复杂得多。

这个“涛哥”叫陈涛，去年年底出来的，进去是因为盗窃，进去之后接受了“再教育”，技能升级了，出来不仅盗窃方面的知识一条龙了，还能组织抢劫了。

监狱这个地儿，说实话，光劳动行，改造不怎么行，你进去时候可能还是单一强项，出来基本十项全能。有多少出来能走正道的？说出来你都不信，低于百分之二十。再就业难是一方面，奸懒馋滑惯了也很难树立起劳动意识。那干吗啊？还是走老本行，或者就像陈涛似的，干得更红火。

陈涛这个女朋友也不简单。以前因为扫黄打非进去过，岁数不大，组织卖淫，也就是俗称的老鸨子，现在还操旧业呢，这属于搂草打兔子了。现在还真是时代不一样了，你不服老不行，人家这组织卖淫都互联网化了。

这帮孩子就比较复杂了，有本地的，有外地的，本地的还有在校生，上家抓人父母都疯了。外地的有离家出走的，也有社会闲散青年。

整体来说，他们的犯罪手段十分复杂，各司其职，几个人组成几个小组疯狂抢劫，赃款赃物由陈涛统一管理，赃物也就是电子设备由其中一个孩子负责处理，先抹数据再通过二手网站卖出，最终也转变成现金回来。孩子们的吃住等一应事宜都是陈涛包办，属于你要什么我给什么，但现金没有，也就阻止了孩子们离开，以达到彻底控制他们的目的，弄得跟传销似的。

这次抓捕很成功，不仅成功制止了犯罪，还有效地防止了犯罪升级，就那些家伙什儿跟他们的胆大包天，指不定能干出什么大事儿来。

“绳之以法。”

我眯瞪了一觉起来，听到李昱刚这么总结我们这次的行动真髓——好么些鞋带绑回来的。

“你甭白话儿了，周记写得怎么着了？”

他不言声儿了。

“周记？什么周记？”夏新亮好像就没睡，这会儿支在计算机前头黑眼圈都出来了。

“我不是不会写结案报告嘛，刘哥就让我写周记，练练作文六要素。”

夏新亮乐了。

“我掌握不了啊！”

“我教你。”夏新亮一边儿喝水一边儿说，“我给你打个比方。时间——今天早上；地点——菜市场；人物——我；起因——我妈让我买菜；经过——市场上的菜很多，我挑了一把芹菜，一捆菠菜，一块冬瓜，付了 20 块钱买下；结果——高高兴兴地拎着菜篮子回家。”

“我抽你！”李昱刚咬牙切齿。

“别闹了啊，你们注意抽时间休息会儿，我得回家看看去。你们师娘可能要咬人了。”

“给师娘说说鞋带奇案。”李昱刚说。

“欸刘哥，”夏新亮插嘴，“您怎么想出来拿鞋带捆人的啊？”

“你师爷教的。”

我想起了金笛的那个案子，那已经是好多年前的事情了，那次隗哥也是用鞋带绑了好些人。时隔多年，现在我也成了“老”刑警，带着俩徒弟。可是遇见类似的案子时，我用的依旧是这一招，这就是刑警代代相承的东西。

开车回家的路上，我给媳妇儿打了好几个电话，她也学我，把手机关机了。生气了呗。

想想也挺无奈，立了半天规矩，结果权当放屁了。

普通人的印象之中，刑警是警察里边最高级的，是力量与智慧的代表。一般的人不能当刑警，肯定是层层选拔以后，非常优秀的人，才能干刑警。以前是这样，我们参加工作的时候确实是这样，但是能坚持下来做刑警的，没有几个。

那么，我呢?

继续，就是这样的没日没夜；放手，放手太难做到。因为那份好奇心，那份最初从事刑警这个行业的好奇心至今都没有消失。

每破一个案子，哥儿几个在一起，煮一锅方便面，弄几瓶啤酒那是相当舒服的，就跟绿林好汉吃肉喝酒似的，那是我们感觉最好的时候了。因为，一个迷解开了，一些你可能一生都不认识的人，被你解救了。

到家的时候媳妇儿已经睡下了，我洗漱上床，动作很轻，但婷婷还是醒了，嘟囔了一句你还知道回来，翻了个身，就又睡了。我把手搭在她的肚子上，想着下月就是预产期了，心里不免有些激动。我曾想，我可能应该换份工作，调动到别的部门去，争取朝九晚五上下班，反正刑警这个职业很多人到我这个岁数也退下来了，没什么不行。

但我现在不这么想了，这个世界上坏人这么多，每分每秒都有犯罪发生，干刑侦的人又这么少，那我娃以后活在这个世界里，谁保护他？谁保护他我也不放心，只有我能保护他。师父说的真没错——只有社会安定，小家才能安全。以前我觉得，我确立了猫跟老鼠的关系，坏人就是坏人，坏人一定要抓，抓坏人是我应该干的事业，这个事业让我感到很自豪。现在我要当爹了，也不想说我是超人天天夜里飞出去拯救地球了，我就想当个爹，保护好我的娃娃我的太太，这世界坏人太多，太多。

尼采说，当你长时间凝望深渊，深渊也会回望你。我不怕，我反正已经在深渊里了。我只希望，我娃的世界能多一丝光明，一丝也好。我付出得再多，帮助的人再多，把这个社会维护得再安定团结，也不及我这样亲自披挂上阵为他打造一个更好的世界来得更实际。总有一天，他会知道，我就是以这种方式全心全意地爱着他。总有一天。

我可以当一个好父亲，因为我是一个好警察。

一个刑警的日子

第十章

CHAPTER 10

爱恨之间使人疯癫

爱极容易生恨，而就在这爱恨转换的瞬间，一个人最容易失去理智，做出遗憾终生的事情。

“你帮我把项链摘了。”

“啊？”我推开车门刚要下去听见婷婷跟我这么说。

“让你摘你就摘，一会儿上楼我妈看见又该问我要了。”

“那你戴上干吗呀，好好儿收盒儿里不就完了！”项链细，跟头发丝缠一起了，扥着她准喊疼，我又没什么耐心，语气就有点急躁。

“你嚷嚷什么啊！是不是外面有人了，看我不顺眼了！”怀孕的女人脾气难免有些暴躁，思维也是天马行空，想到哪儿是哪儿。

“不敢不敢。”看着她那西瓜似的肚子，我心想吵什么呢，图什么呀，休息半天儿陪陪她不就想她高兴嘛，她高兴我孩儿也高兴。

扶着她等电梯，从那把人照得扭曲变形的门里，我看着我们俩，忽然有种这俩人也不知道啥时候开始竟然都老了的感觉。老了，是真老了。你看呀，我直不起背来，她挺着水桶腰。哪还像刚结婚时候的那俩小年轻儿，别提神采飞扬了，不说无精打采都是照顾这两张老脸。嘿，真是一眨眼儿就这个岁数了啊，遥想当初结婚时候，那真是……

七年了，这是我们结婚的第七个年头了，你说这日子快吧，这七年间的点滴那要是从头细数，说上个几天几夜都说不完；你要说这日子慢吧，怎么好像结婚还是头两天的事儿似的。

当时热恋的时候，我们都抱着对爱情的幻想，她嫁给我磕巴都没打，那时候她在安全局，穿个制服好看得不得了，我呢，要啥啥没有，老爷子生意失败，一家人都是勒紧裤腰带过日子。她也不图我什么。我记得非常清楚，她嫁给我的时候，我就 5000 块钱的存款，其中还有 2000 是我姐支援的。

我们照完婚纱照我就抓瞎了，好家伙，5500，算下来还差人家 500。这牛逼有点儿吹大发了那意思，你说她也没别的要求，就想照个像样的婚纱照，说以后就挂卧室，要看一辈子。我说照，你找最好的，钱不是问题。还能怎么办啊，借吧，最后我管朋友借了 500 块钱，她一个劲儿问我怎么还不走，吃不吃饭了，我也得走得了啊，硬装没事人跟她插科打诨，我说你急啥，你坐会儿，你看这布景多好看啊，你就假装咱俩在法兰西。

她狠狠白了我一眼，说，假装个屁，咱俩一会儿大地餐厅装俄国人好不好。那天晚上是婷婷请我吃的饭，大地餐厅。她肯定知道我没钱了，但她没拆穿。

这些年，我俩为了一个共同的方向奔波着，那就是好。我们创造自己的家，我们创造自己的幸福，一直在奔波着，马不停蹄。老实说，挺不容易的。负担重啊。她们家，她爸爸是工人，每月就那么点儿退休金，她母亲在办事处，挣得也不多。

我的负担比她要重，我爸事业失败身体还不好，我妈不是城镇户口，等于俩人都没有退休金，那生活自然需要我照顾。我姐呢，离了婚，自己带个闺女，我能不帮衬？种种难题。而我又要工作，大多时间是婷婷两边跑来跑去地照顾。

有一段时间，我们的生活是非常拮据的，非常艰苦，房无一间，地无一垄，真得靠挠刺。可以说那几年，我们物质上的东西，全都是挠刺来的。后来是因为拆迁，生活得以改善，也算是北京特色了，毕竟这座城市一直热衷于拆了建建了拆。现如今，该有的全都有了，差个孩子孩子也来了，我觉得就知足吧。

手摸上媳妇儿肚皮，孩儿可能睡着，一点儿动静也没有，手上一阵温热，是婷婷的手叠上了我的手。这种温暖的传递，我想，也能传递给孩儿吧。真是迫不及待想看看他长个啥模样，像我还是她，最好像她，她好看。

回她家吃中午饭是婷婷临时决定的，她妈让她上家给瞧瞧手机怎么就打不出字儿了，那会儿我跟婷婷才从商场出来，她就说跟我在一块儿呢，一起回去吃饭。跟商场孩儿的衣服没少买，不知道男女，就买了浅蓝色，男孩女孩都合适，我还给婷婷买了条项链，她说喜欢戴着也好看，有点儿贵，咬咬牙也买了。因为要上家来，又去超市买了点儿米面粮油。

有时候看电影，看见里面的角色有坏警察，我就特不乐意，总感觉是给我们抹黑，你说我们风里来雨里去，搞案子废寝忘食，老婆孩子爹妈全扔下，就为了给别人的爹妈老婆孩儿有交代，那苦那累，真都是咬牙干。然而，一个坏警察角色出来，就又成了老百姓茶余饭后的谈资。

有没有坏警察？有。但少。走入歧途的原因倒是如出一辙——钱。穷啊，当警察可不是穷，一没奖金二没加班费，我们搞刑侦的还爱倒贴，搁婷婷嘴里：咱家那车你就是给单位买的吧？我拢共没坐过几回。男的都喜欢车，以前没车，开单位的破车，自掏腰包给维修，办事儿开开挺过瘾，下班儿照样骑那辆破28。身边的朋友发迹的也不少，有时聚聚说些家长里短，净是劝我的，他们是真知道我苦。我也认真想过，我要不要当个坏警察，毕竟这社会现状是笑贫不笑娼。

然后我就想，一、咱也不是那高官，没人贿赂；二、咱也不是那卧底，没有被腐化的机会；还有三四五六多了去了。最后我发现，我当不成坏警察，你看我给自己找多少辙就知道。打心眼儿里,我还是想正正经经当个警察,抓小偷。

“小刘你可是大忙人啊，这么卖力你们局里啥时候提拔你啊？”

才一进门放下东西，下马威就来了。

“妈，瞧您说的，您这不是寒碜我吗？是我不好是我不好，老不来看您来。”

“我不要紧啊，别看我一个老太婆，身子骨还挺硬朗，就是我们婷婷，这岁数才怀上孩子还没人照顾。甭管大热天三九天儿，自己挤着地铁去产检。”

“哎，你嘴里怎么那么多有的没的，来来来，吃饭吃饭。”承蒙老丈杆子搭救及时。

“洗手洗手。”婷婷把我往卫生间推。

“我怎么就有的没的了，婷婷表叔家那建军，头两天刚提干，嚯，每天小轿车来接，建军媳妇天天可不是自己挤公车上班喽！”

“你甭理我妈，她就那样儿，小市民一个。”

婷婷把洗手液给我挤手上，朝我挤眉弄眼。她跟她妈关系一直不好，嫌她妈嘴碎爱占便宜，当初我们结婚老太太也不乐意，嫌我们家不行，我俩都正式登过门了，她还骗婷婷去相亲呢，气得婷婷哭着跑队上找我。隗哥喜欢婷婷，说姑娘不仅漂亮还温柔，以后会是个好老婆。

婷婷是个好老婆，但贤惠温柔久了，不免就烦了，我又不靠谱，三天两天吵架也是常事，好在，吵也吵了闹也闹了，日子总算过下来了。你问我还那么爱吗，我觉得爱，但这爱里更大一部分是熟悉与亲密，她就是我的一部分，骨肉相连。

一顿饭吃得我挺不自在，别说我了，婷婷爸都皱眉头，老太太一会儿说建军，一会儿说她们邻居老李家姑娘嫁了有钱人出嫁多风光，一会儿说单位同事的儿子叫单位外派出国了。简而言之，就是“隔壁老王”那一套，连我带婷婷一起弯酸。

后来婷婷急了，怼回去说：开保时捷怎么啦，我地铁不比它贵？8000 万一辆！这说话就要急眼，我把她架出来了。她跟朋友约了一起看电影，我给姑奶奶送去，听她骂了一路她妈，我说你别生气，你生气娃也不好受。她掉转矛头朝我来了：你倒是长点儿出息啊！你看看书考考试成吗？多大个人了，你职称是什么啊！

正忙着哄媳妇的时候，李昱刚打过来一个电话，那边儿哭丧着喊了声：刘哥！救命啊！

之前队里来了个案子，颇为棘手，但我因为婷婷怀孕，所以这段时间大多数时间都用来陪媳妇了。那个案子也就交到了俩徒弟手上，看看他俩能不能在没有我的情况下把案子解决喽。

没想到，臭小子还是没忍住，上我这儿搬起了救兵。

我无奈地看着婷婷，她果然翻着大白眼，显然十分不满，“天天忙活，天天忙活，案子没完没了，人都折腾成什么样了！”

可能是受到隗哥影响太多，我一张嘴就喜欢讲大道理：“我也不单纯是为了别人，我当刑警也是为了自己。”

婷婷打断我说：“社会安定一分，你的亲人也就安全一分，对吧，我听得耳朵都起茧子了。”

我一脸为难。

沉默了大半天，婷婷忽然笑了，她说：“去吧去吧，我也不希望我孩儿出生之后，治安乱七八糟的，连让他去楼下玩都不放心。”

我用力地抱了一下婷婷，“多谢领导理解！”

半小时后，我回到了队里，发现李昱刚和夏新亮应该也是刚回来——李昱刚扛着笔记本，夏新亮背着大背包。

他们遇上了一起连环杀人案，还颇有戏剧性。

“我们跟着蔡老师出现场，在马驹坊，一个花圃地里头，一个女的死了。”李昱刚继续介绍案情，“那女的赤身裸体，嘴里还插一根棍儿，被发现死在花圃地的一口枯井里了。现在地下水资源紧张，都用自来水灌溉了。那井没水了，也就废弃了。报案人是花圃地的老板，他怎么发现的呢？还是因为这口井。”

“井废了，但也没特意拆除，毕竟回填什么的也要花钱，没必要。那井高于地面，井口也窄，花圃老板好下棋，就废物利用，跟上面架了个木板，天气好的时候，跟伙计们下下象棋。这不是天冷了嘛，他们就不怎么出来了。恰巧事发那天，天气特别好，阳光普照的，老板巡视花圃走到井边，拎起木板拍拍土想着找人抽两袋烟杀两盘，结果木板子一掀起来，他下意识往里看了一眼，隐隐有白花花的东西，他定睛一看，得，尸体就暴露了。”

“死者多大岁数？死因是什么？”我问。

“从年龄分析上来说，应该是 25 到 30 岁之间。死因是机械性窒息。”

“也就是说，到目前为止还不知道受害人的身份？”

“嗯。还不知道。”

“你接着说。”

“当时我跟夏新亮我们俩跟着蔡老师出了现场。没想到，没过一礼拜，花圃老板又来报案了，还是那口井，又发现一女尸。”

“也是同样的情况？”我比画嘴里插根棍。

“对。死得如出一辙，显然是同一个人干的。”李昱刚答得坚定，“等于说，这一口井里死了俩。”

“有点儿热闹啊。”我点了支烟，“另外，他怎么又去看枯井了？这人的嫌疑排除了没？”

“百分之一百排除啦。他也是倒霉催的，他左思右想寻思这井不吉利，惦记等我们处理完，找人给填上。这可倒好，是真他妈不吉利了。”夏新亮苦笑，“当时花圃老板一脸惊慌，说这个地儿不对啊，撞邪了吧，说你们干脆再翻翻别的地儿看看还有没有尸体。谁能拿这话当真啊，他这也就是抱怨。可万万没想到，这厮竟一语成谶了！我们在勘探现场的时候，在距离那口井将近 15 米的地方，打开一个下水道，又发现一具尸体。还是女尸，和之前情况一模一样。这下儿好了，等于在这花圃地里，死了三个人。我们赶紧就封锁了现场。这事儿大了，市局都震动了。”

“你等会儿，我有点儿乱。”我说着，手不住地捏眉心，信息量略大，“等于说，头一个死了，你们去调查了，没拉警戒线？没安排人手儿驻扎？死者是被抛尸还是说那儿是第一案发现场？”

“抛尸。”夏新亮把烟灰缸给我推到了手边，“就现场情况来看，没有打斗痕迹，没有死者遗留物，死者是机械性窒息。法医把尸体拉走鉴定去了，现场痕迹也都收集走了。当时法医根据尸僵程度初步判断受害人死了三天左右。做完工作我们就撤了，一方面要寻找第一案发现场，一方面要知道被害人是谁。当时什么头绪还都没有，这个地儿也荒僻，不等我们重视起来，谁能想到，凶手又来了，这敢情是他固定的抛尸地点。”

“没道理啊，尸体你们都拉走了，他再来抛尸，他会不知道这地儿暴露了？”我打断他俩，“这人啥情况？后来又抛了俩？先后抛的还是一起？后俩死者死亡时间都鉴定出来了吗？”

“您老着急，您听我接着说呀。”夏新亮截断我的话头，“后俩死者的死亡时间相隔了两天左右，至于是一起抛尸还是分别抛尸这个不好判断。您提出的疑问我们当时也提出了，也特意调查了。那口枯井很深，白天你往里细看能瞧见尸体，夜里黑黢黢的，真看不清楚，这我们都考证过。”

“哦。等于说他再度抛尸的时候，没发现自己的罪行已经暴露了，这才接着往下扔，直到后来你们封锁了现场。”我点点头。

夏新亮也跟着点头。

“所以你俩找我，是连环杀人案遇上瓶颈了？”

“对。死者都是谁，至今一无所获。花圃地并非第一现场，第一现场在哪儿还不清楚。花圃地也没有监控，紧邻的国道也没有可调取的监控。附近我们也都走访了，没人见过死者，更别提认识了。”

“有现场照片吗？”我问。

“我带了。”夏新亮说着打开背包，取出了文件袋。

这个花圃地在国道边儿上，防护栏也就是一层铁丝网早已破败不堪，随便谁把车往路边一停就能出入。死了仨姑娘，机械性窒息，赤身裸体，嘴里插着棍儿。把烟碾灭，我问他俩：“被掐死那仨，生前都有性交痕迹吗？”

“对。都有。”夏新亮点点头，“尸体这个样子就很明显与性犯罪有关。”

“这不废话嘛！”李昱刚拆夏新亮的台，“嘴里都插根儿棍了，还能再明显嘛！”

夏新亮白了他一眼，“但无法判断是不是性侵，没有明显撕裂伤。另外，凶手使用了保险套，阴道内没提取到精液。”

我看着三位受害人的照片皱眉。仨姑娘都很年轻，二十啷当岁，一个黑发，一个把头发染成了栗色，还有一个自然棕。看来凶手没什么特定偏好。

“不对！”我忽然想到了一种可能，“你们出现场，查看尸体的时候，有没有闻到痱子粉的味道？”

“啥？”

“有！”夏新亮拳头砸手掌，“嘿！刘哥！您这么一说……我说呢……我说那个奇怪的味道是怎么回事儿呢！”

“这就对了。”我说，“你们那连环杀人案的受害者应该是从事卖淫活动的，这些女孩属于高危人群，很多居无定所，除了鸡头没人知道她们的动向，即便她们失踪了也没人上报，怕惹事儿。所以你们比对失踪人口也找不到这些姑娘的信息。你们联系队上广泛走访起来吧，不仅要找到这些姑娘的信息，还得告诉鸡头他们的姑娘现在极其危险，不要再接活儿了。”

“痱子粉跟小姐有啥必然联系吗？您是怎么判断出来的？”夏新亮不解地问。

“这个是老经验了，小姐们由于从事性服务行业，下体总是湿的，很不舒服，所以她们喜欢扑痱子粉，凉爽干燥。”

李昱刚吹了声儿口哨，夏新亮脸涨得通红。

“另外，你们在现场都提取什么物证了？她们随身携带的手机还在吗？”

手机基本是现代社会最重要的工具，出门不带钱包身份证也不可能不带手机。

“要在就好了，我早如有神助了。”李昱刚苦着脸说，“都赤身裸体了，什么都没有。”

“啧。现在招嫖好多都是在线的了，不好办呀。你们尽量找吧，李昱刚你网络这方面厉害，能通知到多少通知多少。一礼拜死仨这架势，现在抛尸地还被控制了，鬼知道凶手接下来干吗。”

“刘哥，眼下我做了个大概的侧写，您听听，帮我想想就目前为止有什么落下的。”

“你说。”我看着夏新亮。

“凶手男，20 岁到 40 岁之间，有私家车，时间供自己自由支配，行为表现健全，有交流沟通能力。”

我想了想，“嗯嗯，目前也就是这些吧，信息还是太少。当下，还是得全力侦查广撒网。这不是捋出点儿头绪了嘛，先查清楚被害人都是谁。知道了被害人是谁，口子就撕开了。”

花圃地紧挨国道。好多年轻人从市里下班，为了抄近道都那么走，这是由于红旗村的位置蹩脚，本来通的车就少，赶上镇政府盖新办公楼，还把红旗村的路给占了，那路窄，卡车、水泥车来来回回，公交车就绕道走了。那许多人在城里务工，回来就只能到附近，譬如国道边儿上，这些人就爱穿花圃地。只是再晚，也就是九点来钟，更晚就没人了，都害怕。花圃地嘛，树影婆娑，又没路灯。

更郁闷的是，花圃地挨着的那段国道，仅有一处有交通监控，还是坏的。

我也亲自走了一趟花圃地，都不用找路，原本也没路，走的人多了生生踩出一条路。入口处当然拉着警方的警戒带，我猫腰钻了进去。当时是正午两点左右，阳光挺灿烂，并没有警员在场，我大摇大摆走在乡间小路上，都差点儿忘了是来查案的。

从头走到护栏，从护栏走上国道，偶有大车呼啸而过。油罐车、货车、挂车、水泥车，私家车也有，挂什么牌照的都有。走累了，我蹲路边儿抽烟。

已发现的三具女尸均赤身裸体，嘴里插着一根棍，死因是机械性窒息，我们推测她们均为卖淫女。如果情况成立，很有可能是杀人凶手招妓招到了这里，然后杀人弃尸荒井。可是事情到这儿，就又断了线索，接下来就只能等待消息了。

没多会儿夏新亮给我来了电话，说刘哥，有情况了。

之前我不是让他们发协查通报嘛，情况头两天返上来了，张家口、大同、银川、鄂尔多斯等地都来了回馈，我一寻思，这不是京藏高速沿线嘛。我就让俩孩子顺着这方向查。

李昱刚说，夏新亮发现了重要的一点，这些城市，都在大兴土木工程，包括北京，包括发现尸体的花圃地，相邻的红旗村就在修镇政府。

我说那你俩还等啥啊，奔工地去吧，重点排查运输车辆，拉渣土的车、运建材的车，我一想，还有水泥罐车，这些车我跟花圃地外的国道上都见过。这些车都频繁出入工地，而且会在大兴土木的城市反复出现，流动性强，沿着国道、高速跑，接各种活计。

这案子最后破得还颇有点儿戏剧性。我为什么这么说呢？因为成了一个胡同逮耗子两头堵的情形。

发协查通报找类似受害人之前，我推测出受害者的身份是卖淫女，就让李昱刚往这方面查，也通知从业者包括小姐、鸡头提高警惕。夏新亮跟李昱刚去工地查运输车辆时，有一个鸡头叫杨凯，杨凯报案，说有个小姐被一个水泥罐车给带走了，现在还没有回来。

他先前接到过李昱刚提高警惕的提醒，当时有一定警惕性，把车牌号多少给记下来了。那李昱刚跟夏新亮去工地调查，也是有辆水泥罐车不见了，李昱刚就调监控查，还真找见了，这水泥罐车倒车来着，因为他倒车，车牌号上来了。好，双管齐下，最后把这人给逮了。

这个人抓到后，供了全是他杀的。京藏高速沿线的案子，都是这人干的。他这回来北京，也是跑活儿，就是红旗村那块儿盖镇政府的活儿，头仨小姐都是通过附近摇一摇或者楼凤贴的卖淫贴找的，都是叫她们上车，干完给掐死的。选花圃地的原因特别简单，离工地近，还荒僻，用他的话说，那口枯井简直是为他度身打造。

后来花圃地暴露，他发现那口井有点不对劲，貌似有人动过，于是就把第三具尸体换了个地方扔了。

这男的为什么杀小姐呢？其实并不是对小姐有仇恨，只是单纯因为小姐是高危行业，容易接触到，他是仇视女性。

对女性仇视是由于他媳妇跟他同事跑了，他报复社会，认为女人没有好东西，见一个杀一个，前后总共杀了 13 个。他寻思来寻思去北京不能待了，决定跑路，跑路途中路过昆仑饭店，昆仑饭店经常有小姐，路上全是小姐，站一排一排的，没忍住，就叫了一个上车，就杨凯报告失踪那个，人也给掐死了，还没等抛尸就让警察给抓了。

这一系列案件落下帷幕，我不禁想起了刘铭妻子那个案子，我是想不通，明明姻缘是个好东西，怎么到头来却变成了最深的愁、最怨的恨。唏嘘不已。

李昱刚说我无聊，他还不是陪我写了张明信片吗？问他写了啥寄给谁，他不告诉我。我决定挤对挤对他，便问他你那明信片是写给谁的啊，是不是小姑娘？他扭脸看向我，笑得十分爽朗，就回了我俩字——你猜。冬日阳光洒在他的脸上，那上面有我遗失多年的神采飞扬。

到单位都四点多了，夏新亮刚写完凶杀案的结案报告，见我进门直接给我了。难得见他脸上挂笑，我问他你小子怎么瞧着挺高兴啊，他说：刘哥，我今儿生日。呦，怪不得桌上大大小小几个盒子呢。我这记性。怨不得他今儿非叫我来一趟呢，我硬是没反应过来。

“都谁给你礼物啦？”我故作轻松地问。

“也没谁，就李昱刚他们几个。”

“嚯，行政室、总务处的小姑娘们是不是要哭啦，精心准备礼物还成了你嘴里的他们几个。”

夏新亮脸红了。我就说这孩子耿直吧，藏不住事儿。

“您就拿我打镲吧，尽说些没影儿的事儿。”

“嘿，这怎么能是没影儿的事儿呢，你是咱们队……那词儿怎么说来着？”

“说什么呢？”

我寻音儿回头，李昱刚手指头上转着车钥匙进来了。

“没说什么。”夏新亮撇嘴。

“正好儿你来了，那天你们说那词儿叫什么来着？”

“哪天？哪词儿？”当啷，手指头上的车钥匙直接飞李昱刚办公桌上了。

“说夏新亮长得精神，咱们队上数一数二。”

“颜值担当。”李昱刚拽过椅子反骑上，笑嘻嘻地说。

“烦人不烦人。”夏新亮缩回屏幕前，一脸我躲事儿。

“欸，不对，你今儿上队上干吗来了？”我记得李昱刚今儿也休息。

“给夏新亮过生日啊！”

“礼物呢？”我见他两手空空，问。

“他桌儿上啊。最大那盒子，我送他一副 beats 耳机。刘哥，你礼物呢？”

我一闭眼，“我礼物啊，我请你们大家伙儿吃饭。”我都佩服自己急中生智。人孩子平时鞍前马后跟我跑着，一嘴一刘哥，你这忘了人孩子生日实在不像话。

“嘁，没诚意，你是忘了吧？”李昱刚吐舌头。

“你说夏新亮那么多优点你不学，你怎么光学他耿直？”我从桌上捞起根儿笔朝他扔了过去。

李昱刚反应快，一闪身躲过了。

“刘哥，您说他老捎带我干吗啊！”夏新亮一脸哭笑不得。

“欸，”瞧着笔我想起来了，“李昱刚，你这礼拜周记呢？”

我感觉瞬间李昱刚的脸上浮现出仨字儿——完蛋操。

晚上我请大家吃了顿饭，还喝了不少酒，饭局到了最后，人也走得七七八八，就剩下我和俩徒弟。李昱刚喝得迷迷糊糊，已经找不到北了。

我和夏新亮有一句没一句地聊着天，因为喝得有点多，所以有时候说话不着调。

我说：“你家里条件应该不错吧？”

“刘哥你在意这事儿干吗？”

“咳。追张风雨的时候，我说考验你车技，你说我那破车排量不行。”

“事实上也是啊。”

“我车再破我充公啊，你啥时候也贡献贡献。”

夏新亮斜眼儿看我。

“这年头，没点儿家底还真干不了警察，光奉献不索取。”

“刘哥……你快仇富了。这心态不好。”

“我是好不了了，你也甭帮我诊断了。我倒是好奇，你当初怎么不当个大夫，或者留校当教授也不错啊，干吗当刑警啊，这环境，一对你不宽容，二来工作危险也大，三还穷苦。以你的条件，总不会是没出路才来干刑警。真就为了搜集学术资料，搞犯罪心理那一套研究？这你也干了这么久了，高大上的案件真不多，净是鸡毛蒜皮。”

“那刘哥你怎么最终没把调动报告拍上去啊？您这资历，往上走也不难啊。调动到其他部门还能朝九晚五，也方便照顾家里。”

我挠头憨笑时，听到夏新亮说：“我一刻也没后悔过自己的选择。干刑警苦是苦，但对我来说，很有意义。我坐在诊疗室也许能帮助一些人，我做刑警，能帮到更多的人。我做讲师也许可以启发到很多年轻人，但我都不来干这行，我的学生凭啥来做这一行呢？就像刘哥您，以身作则，我才能在您身上学到东西，我才对干刑警这份职业有了新的认识。至于我自己的私事，我不觉得不光彩，谁要拿这事来为难我，不是我品行有问题，是他。人人都是彼此的照妖镜。”

“照妖镜。这比喻真好，就冲这个，咱们再干一杯。”

说实话，人们总说事业是事业，爱情是爱情，两者不能混为一谈。事实上，我也没有把它们混为一谈，但却避免不了两者之间互相耽误。就像是我结婚那天因为通宵破案，差点错过了婚礼，也像是度蜜月的时候被一个电话拉了回来，害婷婷独自一个人守着新房。

这些事情让我觉得，军人值得尊敬，军嫂甚至更让人尊重，因为她维系着一个家庭的运转，让丈夫能够在前方毫无顾虑地履行保家卫国的责任。放到刑警身上，这个道理同样适用。

刑警很苦很累，刑警老婆更苦更累。我对婷婷的内疚是掺不得半点虚假的，我也不止一次地扪心自问，这么做到底值不值得，婷婷会不会有一天真的受不了我，离我而去？

尤其是后来婷婷怀孕了，我的家庭观念变得更加朴实，越来越想陪伴着家人，而不是面对着一具具死状凄惨的尸体。

我忽然想到已经好久没和隗哥联系过了，于是借着酒劲给他打了个电话。

我跟他平日里很少交流，有时甚至一年半载都不会打个电话。可是一旦我给他打个电话，还没来得及说，他就知道我要干吗。就像今天我刚给他打完电话，说媳妇怀孕了，我心里想的，我自己都不知道该如何表达的，他用一句话就给我答疑解惑了："子承啊，我也有过你这种阶段，家要紧还是工作要紧。我告诉你，只有社会安定，小家才能安全。那你说，该怎么抉择？"

不知道为什么，一听到隗哥那熟悉的声音，我的情绪就有点激动，我把手机攥得很紧，说："肯定是先让社会稳定了。"

隗哥叹了口气，"我不是这个意思，我也没法告诉你什么是对的，家要紧还是工作要紧，需要你自己反复琢磨。如果你一门心思全在工作上边儿，可能你的家庭就会出现矛盾，到时候后勤出了问题，你破案也破得不利索。可是如果你把全部心思都放在了家里，那也必定会影响你的工作。"

我一手捂着脸，"隗哥，那你说我该怎么办？"

"求个问心无愧吧。"他说。

我默不作声。

隗哥的情绪也很低落，他说："刑警的存在是为了让普通人过上安稳的生活，可在这个过程中，有谁想过刑警过的是什么日子呢？我在外面手上沾了很多血，回家洗了百八十遍也不敢碰孩子，我嫌自己脏，可我也觉得，我在努力让孩子活得干净。我在外边见过太多人情冷暖的东西，但回到了家里还是要强颜欢笑，我不想让家里人跟我分担外面的那些事情。子承，你要走的路还很远，也很难。”

可是没办法，这就是刑警的日子。半边烤在火里，半边泡在水里，处处都是矛盾。

第十一章

CHAPTER 11

生死之间有大恐怖

生死之间有大恐怖，张风雨不是心怀善念没有开枪，而是不敢开枪，因为他想要活下去。

这座城市每天都有人失踪，每天，甚至不止一人。既有离家出走的小孩儿、带女友私奔的青年、犯案逃跑的罪犯等等主动失联；也有抛尸、绑架、贩卖人口之类的被失踪。以数据来看，数字之庞大，令人咋舌。据不完全统计，我们这个国家，每年将近有近千万人口失踪，其中不乏儿童。

把犯罪嫌疑人押解上车，我脱了身上的防弹衣扔在副驾，人往椅背上一靠，被撞得破破烂烂的车竟还能发动起来。不得不说，队上这辆老破车还真禁造。德国佬儿的技术确实很可以。

警笛声吵得我头疼，特警黑压压一片列阵也叫人压抑，十几分钟前还不是这样。那会儿绑匪正拿车撞我们，我跟夏新亮，他们开着车一下就撞过来了，要跑。我迅速开了枪，让夏新亮低头掩护好自己的同时开好车。帅小伙儿很给力，避让得轻巧，比我那糟烂瞄准技术贴谱。

单手点了支烟，我深吸一口，在一片嘈杂中寻找一丝内心的宁静。人要搞起案子来，到一种境界当中去，一时半会儿是出不来的，即便这案件已告破。

被绑架的人是北京某出版社社长，六个人绑了他一个。要钱。人被困在这阎村。家属报警及时，上面高度重视，几个部门配合，案件告破极快，保障了人民群众的生命财产安全，大概就是这么个情况。

但我不是特高兴。虽然案子破了，人给弄出来了，我方也没有伤亡，犯罪分子被绳之以法,俩字儿——完美。搁平时我肯定是特高兴的,然而,今天,并不。

回队上我打了个招呼就奔家走了，到家是午后，婷婷带着儿子午睡刚醒，见我进门吃了一惊，问我怎么忽然回来了。我说案子结了，问她有没有吃的。她说你进门除了吃和睡，还能有别的事儿吗，真成大车店了？我也不想跟她吵，就去了小屋儿。才坐下她就进来了，说，既然你回来了，你儿子你自己看会儿吧。把儿子塞我怀里，婷婷就要走，我问她你干吗去，她说我回我妈那儿一趟，你儿子那玩具熊上回落那儿了我去取回来，又说冰箱里有饭菜，你自己拿微波炉热热。我说你别自己去了，我开车带你过去。她说算了，你去我妈又得絮叨，你歇会儿吧，眼睛里都是血丝。

我抱着儿子送她到门口，看她把领口的飘带系成蝴蝶结踩上小方跟鞋走了。那副背影跟她二十几岁的时候并没有任何区别。孩子一岁半了，揣着孩子时候那水桶腰伴着孩子长大不翼而飞了。

丧偶式抚养。这是头些天婷婷给我科普的一个新词儿。这个我得承认，孩子从在她肚里安家到呱呱落地再到咿呀学语，整个过程，父亲的角色是缺失的。我总在搞案子，没完没了的案子。婷婷一直没能去上班，自己又当妈又当爹。她有怨言是一定的，头些日子我爸又住院了，我去过几次，大多数时候是她替我照顾。她跟我吵过几回，吵也不解决问题，弄得我也挺绝望。我爸三天两头进医院，我姐带闺女自顾不暇，我也只能麻烦她还有她爸妈。

把儿子撂在客厅地板上让他爬着玩儿，我把冰箱里的剩菜热上了，还得时刻瞄过去看看他有没有爬出儿童毯。

饭是三口两口扒拉下去的，匆匆吃完我把儿子抱起来，逗着他玩儿，小火车小画册铺了一地，钓鱼玩具的鱼线把儿子胖胖的手指缠在一起，他咯咯乐着用小手拍我。

下午夏新亮给我来了个电话，说了下案子的后续，说受害人家属制了面大锦旗送到队上，太太哭着感谢泣不成声。我嗯嗯听着，没讲几句就收了线。

有人可以被挽救，有人却与光明失之交臂。在我心里，永远沉着一些案子，或许已结案，或许至今石沉大海，它们以同样的重量压在我心头，那重量是失败的分量，一旦企及，痛定思痛。

绑架案尤其如此，会让我整个人无比紧张，一次次回想起那些丢失的面孔。那里面，最让人无法承受的，便是儿童绑架案。

张风雨拿枪指着我的时候，我想到了这起案子，曾以为它是启示，以为它是遗憾；而今，我再度遭遇绑架案，又一次忆起自己当初的失败，除了懊悔，除了铭记，还生出一股悲凉。我也为人父母了，今时不同往日，儿子坐在我腿上，所谓感同身受再也不是个空洞的说法。比悔恨更真切的，是惋惜。为人父母，才悟出这么两个字。

“咚”，我走神的工夫儿，儿子笨拙地走走跑跑爬爬，这会儿跌了一跤。我把他抱起来，要哭没哭的当口，我拍着他的背胡噜，给他学蛤蟆叫，眼泪都含在眼眶里了，他又一抿嘴咯咯笑了出来。给他揉着膝盖和小腿，我不知道怎么又想起前些年的烦心事儿了。我记得那会儿我没有孩子，但是也有特别悲痛的感觉。现在我有了孩子，又一个感觉。有时，我老不停地在回想这个案子。小孩还背着书包呢。如何当好父母，这很是个问题。

我是个好父亲吗？我不是。因为我没能做好陪伴这一角色。但我没有办法，我想活在一个我理想的世界里，但这个世界始终不来，我只能亲自披挂上阵去创造，为了我，也为了我儿子，我老婆。但与此同时，我竟和他们渐行渐远。

手机在茶几上嗡嗡作响，吵，我拿过来一看，是李昱刚。

前天他就给我打过电话，说张风雨行刑前想见我。他贩毒的案子司法程序都走完了，结果是死刑立即执行。当然这里面还有他杀人在逃、走私枪支等等一系列的事儿，所以拖得比较久。

我对张风雨的印象很深，不是因为他是个悍匪还差点儿一枪崩了我，是因为抓捕他的那一天，我得知我有儿子了，戏剧冲突很强。大难不死必有后福的真实写照。

给婷婷去了个电话，婷婷必须没好气儿，我一有事儿就不回家，我爸还在住院，儿子送去了丈母娘家，她只能医院孩子两头跑。

监狱方面负责接待我的工作人员等了我挺久，我迟到了嘛，挺不好意思的，连连跟人致歉，小伙子挺爽朗，说不碍事，咱这儿远，不好掌握时间。

再见到张风雨，我觉得他跟我记忆中的模样似乎有些偏差。怎么说呢？不是胖了瘦了，也不是精神亢奋抑或萎靡，是他身上透露出一股平静。你在悍匪身上，永远找不到的就是这个东西。

我俩隔着一扇铁栏对望，四目相交，我审视他，他注视我。

“听说你混得不错。”

他率先发问。

我不想回答他的问题，让他占有话语主动权，我只是看着他，听听他接下来想说什么。他肯定想说点儿什么，不然干吗非想见我呢。

“刘队，我特别想知道，你要是早就知道干刑警这一行人不人鬼不鬼，出了事儿还要背锅，当初还会那么豁出命去抓我吗？”

“我还是会抓你。”我笑了笑，并提前截住了他的话头，“我知道你要跟我说什么，我很清楚。现在你回答我一个问题，咱俩现在，如果时间倒回去，你敢开枪吗？你跟我说实话，你敢开枪吗？”

他也不回答我。

我接着说道：“你这种暴力型选手，在哈尔滨开枪打人，一枪没打死在逃。你背那么多毒品来，你肯定是死罪。你为什么带着枪？因为你知道你肯定是死，碰上就死了，没活路了。你有机会拿着这枪开，为什么没开，我就想知道这个答案。你是不是也会害怕？”

张风雨有两次打死我的机会。第一次，枪没有打响，那是天意。第二次，他手搁背后了，那会儿我们没发现他还有一把枪，他背后这把枪一旦扣响了的话，我们仨就全搁那儿了。因为楼道特别窄，谁都跑不了。

张风雨笑了，仰天长笑，“你还自欺欺人我怕你呢？怕你们警察？老鼠怕猫？”他笑得毫不遮掩，“快别抬举自己了。”他朝我摇了摇食指，“我会害怕，但我怕的是死。我不怕你们死，我怕自己死。门打开这么一个阵仗，我就知道你们跟酒店屯兵了。我就是把你们全干死，循着枪声那帮特警就得来把我干死。”

我看着他，那笑脸里平静全无，反倒透露出他以往的那种丧心病狂。想必判决书下来他准歇斯底里了。只有彻底疯狂后，才会有我先开始见他时候的那种平静。那是一种由绝望引发的平静。不是真的平静，不是 rest in peace，他安息不了。他还是他，所向披靡的另一面隐藏着贪生怕死。

“老哥我这辈子是玩儿完了，但我也想通了，头落地碗口大一个疤，我现在啊，连死都不怕了。十八年后又是条好汉！我今天叫你来啊，就想看看你现在混得怎么样，咱俩不是就谁牛逼争论过嘛。我看，一点儿没错儿，还是老哥我牛逼！”

瞧着他那副虚张声势的样子，我都替他心酸。

他怕死极了。

现在我找到曾一度让我困惑的答案了。他没有开枪，他还是心虚了，他认为他死不了，侥幸心理。如果有一线机会，人还是不会选择死，面对生死谁都害怕，多活一天是一天。眼一闭脚一踹，那真是啥都没了。

人真正面对生死的时候，甭听他们说我拿枪我干谁去，就拿我来说，你让我拿枪对着他脑袋开一枪，说实话我也下不了这狠心。而当时没有枪我就敢干，为什么？因为我有一个信念，或者说，我有一个责任。他就是一只鼠，我是一只猫，我必须干。

跟他最后谈完这场，我发现一个问题，我俩都是侥幸。他有侥幸心理，我又何尝不是？他铤而走险，我又何尝不是？命运的天秤其实不会因为你是好人还是坏人而倾斜，它是随机的。就像抽生死签，我比他走运而已。我只愿意这么去想，不敢再往深了想。因为再往深了想，我就不禁有些害怕了，因为我发现，最后到了这一步，我与他针锋相对，拼的是运气，拼的也是狠。就是狠，就是到狠这个状态。我比一个悍匪还狠。搁谁明白过味儿来，谁不害怕？

更深一步来说，我与他最后的这场对峙，输的人，是我。他追问我早知现在何必当初，我回答他坚定不移——我还是会抓你。这是气势，不是实话。他输了气势却说了实话——我怕死。而且，他现在奔着安息去了，而我在现实里受折磨的同时，他还要提醒我——你没我诚实，比我凶狠，你更不堪。

看，深渊不仅在回望我，还向我抛出橄榄枝了。

也许，我真的该激流勇退了？

见过张风雨，我一个多礼拜后还处于情绪低落状态。然而，福无双降，祸不单行。年底婷婷单位例行体检，半个月后拿到报告，她被大夫约谈了。她肝上有一处阴影。可能是囊肿，也可能是肿瘤。

我陪婷婷上三院做了检查，并没有带给我们期待中的好结果。肿瘤，切除，再做病理确定是良性还是恶性。恶性的别称为——癌。

婷婷情绪差极了，发脾气，哭，闹。说怎么什么倒霉事儿都叫她摊上了。这个倒霉事儿还包括：嫁了一个随叫随消失的我、她刻薄的妈、我病弱的父亲，以及我单身带个孩子的姐姐。

我说你别折腾了，对身体不好，咱们治，砸锅卖铁我也给你治好。我说你别上火，不就是钱嘛，大不了咱把房卖了。我不说还好，一说她更歇斯底里，说要卖就卖要给你姐闺女那套。我跟她急不得恼不得，别说她病了，她好着我也不想跟她撕，为同一个问题反复撕。

家里拆迁分了四套房。我爸妈住一套，我姐住一套，剩下两套落在了我名下。我跟婷婷说过，这两套房，一套给咱儿子，一套给咱外甥女。她蹿了，不干。说咱俩睡大街啊！我说现在这不是有地儿住嘛。她说这什么破地儿啊，也就是现在随便住住，以后我老了我不住，做个饭都转不开身儿。

她反反复复跟我吵，吵得没接没完，我也扛不住她跟我吵，我说好好好，好好好，我不动，不动，给你，全你的。那些年北京房价还可以，没起来呢，我就又贷款买了套房，稍微远点儿，但是大，想着这套将来给外甥女。婷婷知道又不干了，偏说这套大的好，我也依着她，我说那就这套写你名字，拆迁那房以后写外甥女的，行不行？就这么着，这事儿才算完。

可你以为完了的事儿，吵架时候有九百九十九条命能复活。

看，这不是又来了。

我能怎么办？我也很绝望。她是个病人，我平时让着她这会儿更得让着，她哭得稀里哗啦，我一张张给她递纸巾，我说不卖房，你别激动，怎么着我也给你治这个病，想都不用想，咱俩是夫妻，哪怕肝我给你换了，也得让你活着，咱儿子不能没妈，没爹可以。

她踹了我一脚，说你瞎说什么，谁没了也不行，说着扎进了我怀里。

摸着她的头发，我心里像压了块石头。这些年我挺亏欠她，当人家丈夫三天两头不在家，家里事儿又多，全指着婷婷。我上有老下有小，老的她给人当保姆，小的她自己丧偶式抚养，人家也不容易。为姐姐的事儿我都没少跟她吵。不是我向着自家人，不是我恋姐，只是我姐真太不容易了。

谁都不容易。

我托朋友关系马上给婷婷联系了手术，推她进去之前，我跟她说你别怕，咱们先把手术给做了，等病理出来，良性的咱们皆大欢喜，恶性的咱们就治，怎么好怎么治，你还有我，我管你一辈子，你给我坚强点儿，点点还等你带他看冰灯呢！

婷婷哭了，我也想哭，硬憋着。我跟我爸妈我姐生活了前半辈子，婷婷跟我生活后半辈子，轻重，是一样的。她是我媳妇，我儿子的妈，没人能代替。

这几年北京建设快，到处都是工地，随之而来的就是工地盗抢案。婷婷住院期间，还发生了一起规模不小的案子，弄得我焦头烂额。

这工地盗抢案破起来难度不小，问题出在哪儿呢？参与人员多，证据不好固定，流动性太强。因此，到底如何打击，到现在也没有一个具体的办法。

领导是这么跟我说的：你办起贩毒案来井井有条、抽丝剥茧，但是这后勤工作也不能放下，工地老被盗抢，且不说国家财产流失，耽误了建设进度也是顶大事儿了。你这么厉害，你来试试吧。

那我能说什么？我就说好吧，既然组织信任我，咱就把活儿给干好了。

接了这起工地盗抢案，起初呢，我就先深入思考。任何一种案件它都是需要追根溯源的，也就是说任何一种案件你要先找到它的入口之所在，你才能搞这起案件。什么案件都是如此，抢劫也好，杀人也好，缉毒也好，盗窃也好，无非是手段不同，但破获它们最终是一样的——你要追到它的源头。

你偷也好，抢也好，工地上这些东西你弄出来，最终目的是要变现，得变成钱花。怎么把废铜烂铁变成钱呢？卖废品呗。那我就规划走访一个个收垃圾、收破烂的点儿，化装进去就是看它什么情况，看它的状态。最后在来广营这边一个点儿上，观察出来了。

每天凌晨到五点左右，黎明破晓前，许多人蹬着小三轮车往这儿来。他们这三轮车与众不同，上边架着钢梁，下边用钢筋三脚架系好了，而且有个小发动机，或者两人或者三人，不管是多重的东西，你譬如钢筋，它能装两吨，吐噜吐噜骑着就来了。这些人把钢筋、铜线，弄过来在这儿出手。收的人也专业，都带设备，你譬如铜线进去，噌噌噌就给剥皮了，哗啦这边儿线铜就出来了，卷巴卷巴，盘成一团，再加上你有多少钢筋，称完重量，它就能卖。不一会儿，这些处理好的铜铁就装满了几辆大货车。车满之后，拉着就走。动作非常快。

就是这么个流程：你偷完以后卖给收的，他收完拉走，不知道再卖给谁去了。但我估计还是卖给厂家之类的，他们再倒着来一遍，加工成工地耗材，再卖给包工头，出现在工地上，循环往复。

这就出现了个什么情况呢？你抓这些收废品的没用，你抓到人了，你没有办法证明这些是赃物，白搭。再说你以为这些人好抓？真不好抓。抓他们条件特别坎坷，他们走的全是小路，如果在行进当中，一旦发现生人，他们就跑了，你根本抓不到。

这事儿你硬来肯定废，得巧取，你得先能进入到他们当中去。

这回搞工地盗抢案，我把自己打扮了一下，往民工的那个方向。花点小钱买通了工地的一个人，然后帮忙把我介绍进了组织内部。就这样，我借了一辆平板三轮车，成宿成宿地当收破烂儿的。

后来李昱刚也没跑了，跟我一起干。夏新亮长得太白净，实在是混不进来，就没他份儿了。我们都是一个打扮，头戴雷锋帽，身披军大衣，人手一副劳动手套。他们所有人，三四百人，都是一样的，统一着装，类似于制服，就露一眼睛。这么打扮也自有道理——你根本就认不出来谁是谁。他们组织并不严，零散结伙儿，就靠制服彼此相认。借一平板车呢，我们一开始是蹬着，跟着他们，后来发现不对，为什么他们比我们跑得快啊？一想，人家有马达。违法改车，那也得跟着改，就图整齐划一。

这些都有了，就还差破烂了。我们得找东西卖啊。就在各个派出所转悠。你们那儿有破铜烂铁吗？有有有。那给我们来点儿。就这么搞来两车废铁。每天出去还得少卖点，两车都卖了就没法跟人接近了，横不能也偷去吧？

我呢，白天还有白天的工作得干，夜里就混在盲流队伍里。一来二去，逐渐地看他们规律，逐渐跟他们混熟，一点一点就摸清门道了。

由于是零散结伙儿，那好办，我们就自来熟。

在来广营东湖那儿有一个大的十字路口，每天晚上一点来钟将近凌晨两点钟的时候，零零散散的，所有这种等着从工地上扒点儿这扒点儿那的，骑着小车咔咔全来了。就是我骑一个车来了，跟那儿一等，过来两三拨人，互相打听。今天去哪儿知道吗？其中有一人说，今天去那个东湖湾啊或者什么什么。你不打听不知道，因为目标地点是变化的，去哪儿扒或者说去哪儿抢你不能光捡一个地儿，你得流动着。大家都是互通有无的，谁去过哪儿，看守松懈不松懈，是不是有机可乘，这都得靠交流才知道。谁摸着了，大家串一串。也许今天我没踩着点儿，兴许你踩着点儿了，咱俩之间都不认识。但你一打听，林大姐今天去哪儿啊？东湖湾。那好，这五六个人，定了，再等其他人加入。

这就是源头。我所谓的源头。一帮人是怎么偷工地的源头。

随机组团。

他们不是固定地趴在哪儿，好比你我他咱们约好干什么，不是。是我想干这个，我觉得这个有利可图，我就随机加入，随大流，大家一块去干，再一起去卖。

我们骑着破三轮，等着，一会儿过来点儿人，一会儿过来点儿人，等聚上三四十人，聊差不多了，确定了目标工地，走你，出发！

一进去工地大家分工非常明确，有爬墙头的，有凿洞的，有放哨的。别看是草台班子，办事儿讲究。大家配合很默契，都知道怎么干这套活儿。

爬墙头的干吗？比如说整盘的电线，他们就背着越墙，扔过来，这边有人装车。

凿洞的呢？这钢筋啊，拿着沉，里边有人抬，外边有人顺，从这洞里就出来了，省时省劲。

放哨也特别有必要。如果有看门的来了，他们发现要制止，好办，四五个人上去，拿着板砖拿着棍子，跟门口那儿你丫出来就打你，简单粗暴。你想打电话通知老板或者报警也不行，也揍你。

全这歪门邪道。有时候你不服集体智慧都不行。说真的，这活儿必须要团队协作，一个人干不了。

从这个分工配合也能清楚地知道，实际上他们就是偷钢筋和电线，还有那种电气焊。这是啥玩意儿呢？街边卖氢气球的就用它，一扎一个气球，在工地上主要是完成焊接业务。这氢气罐一个也能卖二三百块钱。卖钢筋呢，分长短不同，长的按长的价儿卖，短的按短的价儿卖。电线就是剥皮弄里头的铜，论公斤卖。

我跟李昱刚虽然跟着起哄架秧去了，但我们不能真干啊，就找地儿猫着观察情况。越看我越觉得这事儿不着调。第一，你没法儿固定证据，就是盗窃A工地的这30个人是谁，由于随机性强，B工地就不是这30个人了。第二，要想取证就得录像，我们真录了，但是夜里啥也录不出来，录的东西都他妈一片黑。

我们俩就这样跟了好几场这种大型盗抢。毕竟已经摸到这儿了，就得彻底地进入团伙当中，他们去哪儿我们去哪儿，只一点，我们回回走到半路都得遁，然后远距离观察，摸它这个规律，或者趴在草丛里，或者隐藏在什么地方。大冬天儿，给我们冻得跟狗似的。每回去还都得扮上，公安局这学科叫化装侦查，用现在流行语就是——戏精。

这真的需要时间、需要精力，因为你白天还要搞别的案子，每天每天案子多了去了；晚上你要成宿成宿跟他们组团儿，你跟他们拼的是体力，而且他们真特别能走。

销赃的脉络清楚了，盗窃规律也掌握了，那接下来得摸这个居住地。得知道这帮人住哪儿，要不你抓他怎么抓啊？我们在不断的跟踪当中，发现他们住的地方有的集中有的分散，其中突出的有两个院子，将近住了有四百多人，小五百人，全干这个的。

到了收队的时候，当时几乎全北京的警力都出动了，把这些人该抓的抓，该绑的绑，倒也不是说他们犯了多么大的罪。但是在咱们国家，违法就是要付出代价的，赔偿损失加上批评教育那是绝对少不了的。

这群人当中有个小胖和我关系一直不错，也是他当初牵线把我和李昱刚弄到了盗抢大队里头。说起这孩子我心里就不舒服，他喜欢偷井盖，不仅是他自己，他家有哥仨，都喜欢偷井盖。偷了井盖干吗去呢？卖废铁。

出乎意料的是，小胖居然没被抓，我估摸着他应该是逃回老家了，在河南那片。本着批评教育不能少的原则，我和李昱刚去了趟河南。毕竟小胖之前和我关系好，把家里那点事儿全都抖搂得干干净净，找到他还挺容易的。

结果我们去河南抓人，到他们家一看，当时就愣了，家里就老两口。老太太见我们来，上来就是一句——你们北京还这么抓人呢？整村的人都让你们抓没了。他们家那房子真是啊，露着天，老太太白内障，这一家子，六口人，三条被子。

老大老二，全在北京给抓了，就老三小胖跑了回来。看着他们家的处境，我真的是下不去那个手。我偷摸给小胖塞了六百块钱，当时婷婷要做手术，我手头也实在是不宽裕。

我嘱咐他说，你千万别偷鸡摸狗了，全折进去家里没人照应，我说我给你点儿钱，你哪怕收收废品呢，老人真需要你在身边照顾着。

小胖扑通就给我跪下了，哭得跟鬼似的，他说大哥啊，你人好，你人真好，我也不想当贼啊，但我没办法啊，你也看了我们家那地了，什么也种不出来，大队发的油菜籽儿就没谁家给种出来的。我们真吃不上、喝不上，只能上北京弄点铁，弄上我们就能吃上喝上，可是偷铁也是犯罪呀，犯罪我不想啊，可我也没别的办法啊。

说实话，我心是碎的。你说不偷不抢，你让他怎么活？我把他抓了，解决问题吗？绝对不解决。

钱这个东西，真的是王八蛋。

穷人犯罪，十有八九都是因为缺钱。这种人犯罪只会让人觉得无奈，深深的无奈，他们可能因为缺几十块钱就去偷去抢，甚至害了其他人的性命。我可以抓到这些人，但并不能解决根本问题。

如果他做的只是小偷小摸，拘留他反而让他更高兴，就像有些人巴不得住在看守所里。但是放出去之后，这人迟早还会重操旧业，甚至变得更坏。监狱是个大染坊，人一旦进去了，就很容易结识一些渣滓，从而学到更多东西。

所以我从来不喜欢把这些人抓起来完事儿，这不负责任，而且迟早我会再抓到他。但我也不是圣人，我不能保证所有罪犯被我抓住之后，就能改过自新了，我没那种本事。

但我虽然同情这些人，却并不认可他们的世界观。我也见过很多穷人，不偷不抢，活得比谁都有志气。这些人值得我们敬佩，就算是那个卖淫供子女念书的林苗苗，说实话，我也敬佩她！

我敬重的不是妓女这个身份，而是母亲这个身份。

这个世道，对于有些人来讲，想要活下去真的不容易，更可贵的是他们到最后也在坚守着做好人的信念，没有选择伤害他人。

和穷人犯罪比起来，那些吃穿不愁的人，犯罪就显得尤为可恶。

他们的人格是畸形的，或者说，他们是永远不知道满足的。张风雨为什么要贩毒，钱不够吗？手底下的小弟还不够吗？或许他就是喜欢刀口舔血的日子，也或许他就是享受贩毒赚钱的快感。但不论他为了什么，他都直接或者间接地害了很多人。

有人说，在北京，每个家庭都受到过毒品的侵害，就算你的亲人没有吸毒的，但你亲人的亲人，或是朋友，可能就被毒品戕害过。然后犯罪不断发生，最后影响到了你自己。

拿我举例吧，我姐夫吸毒导致家庭破裂，我现在就要花更多的心思去照顾我姐。

这才是犯罪的本质，它不是单纯地害了某一个人，而是在祸害一群人。

后来队上给集资，弄了点儿钱我交给了小胖，这小伙子也是真不坏，听我的，就搞收废品去了，还真叫他搞起来了。他挣了钱，弄了面大锦旗给我们送来，来了一见我们，吧儿吧儿掉眼泪。

我看这孩子觉得欣慰，也觉得辛酸，但我相信只要坚持走下去，总有守得云开见月明的时候。

这句话放在我的身上同样适用。

有天，我到了医院婷婷还睡着，我把买来的鲜花插进花瓶里，看着她渐渐红润起来的脸颊，恨不能一会儿她醒来就下地蹦蹦跳跳。我不能失去她，儿子也不能没有妈。

这天婷婷的病理报告终于出来了。

听到是良性的脂肪瘤，我差点儿没变蹿天猴儿把病房的顶儿给掀了。婷婷直拉我，小声跟我耳边说：你冷静点儿，我是没事儿了，隔壁床是恶性肿瘤。

一床之隔，颇有点儿阴阳两隔那意思。

运气这种东西你说不上来。

那时候我无比感谢上苍，觉得自己当了这么多年刑警，就为了给亲人积点福气，看来还是有用的。

一个刑警的日子

第十二章
CHAPTER 12

没有人是死有余辜

杀人凶手总说他杀的人是死有余辜，可这世上没人是死有余辜，没人生下来就活该被杀死。

“晚上你去我妈那儿接点点吧。”婷婷在玄关的穿衣镜前一边涂唇釉一边说。镜面唇釉，这是她告诉我的，起因是头两天我看她口红没涂匀提醒了她一下，她扭头说我土老帽，曰：这叫镜面唇釉，不是那种能来回在嘴上涂的，要保证涂完是镜光效果，就不能涂匀了。

“听你这意思，今儿要加班？”我给点点穿外套，他肉嘟嘟的小手儿从袖子里钻出来，攥成个小拳头，无意识地挥舞着。

“我们有个同学聚会。”

我看向她，有点惊讶：“你不是好儿年都不去了嘛，说他们俗不可耐。”

婷婷最后一次参加同学会还是四年前，那会儿她刚怀孕，挺着四个月的肚子去的。去了回来老大不高兴，说这帮人脑满肠肥，不上档次，不是吹嘘自己如何发迹的，就是秀孩子秀老公的，再要不就是谁跟谁搞破鞋的花边儿新闻。

“这你就不懂了吧？我这是去狠狠抽他们脸的。”她说着，对镜笑出了闭月羞花那劲儿，“我不是那个臃肿妇人了，我儿子上幼儿园了还是私立的，我健身又是S曲线了，我美容我回到十八岁了，你说我该不该显摆一下？”

我皱眉，她怎么越来越在意这些东西了。一提这我就头疼，自从病好了之后，她就变得越来越……怎么说呢，算是虚荣吧。相应的，放在点点身上的精力变得越来越少，而且花钱也大手大脚起来。弄得我都快债台高筑了，那天我又厚着脸皮跟朋友拆兑，他一脸狐疑瞪眼问我：你不是养小三儿了吧？怎么花钱如流水啊？

“那你早去早回，注意点儿安全啊，有事儿给我打电话，我接你去。”

“榆木疙瘩，一同学会能有什么事儿啊！”婷婷披上披肩拎过包开了门，“记得啊，你下班去我妈那儿接点点。”那披肩就是她上回勒索我买的，真是勒索！一条披肩，拢共就能围住脖子跟胸脯，什么啊，就一万多！！！

这是个什么妈。我也是愁，“你没跟点点再见呢！”

“点点，拜拜，妈妈去上班了！”

我叹了口气，站起身来穿外套，而后拿上车钥匙领点点出门去上幼儿园。点点还差俩月才三岁，幼儿园能收是我姐给帮的忙，她一个朋友的朋友去了私立幼儿园任教，我们托关系给办的，收费还给打了折。对此婷婷说：真不容易，可算占上你们家人点儿便宜。

就冲她这个妈，以及我那个刻薄丈母娘，我也得能早一天送点点去幼儿园就早一天，少受这熏陶教育。

婷婷大病一场之后跟换了个人似的。她跟我说：子承，我收到病理报告就在想，人就活这一辈子，我不能再这么浑浑噩噩下去了。由此，穿衣打扮这类年轻姑娘在意的事儿被她重拾了起来。她还报了健身班儿，那么懒一个人硬是动起来了。我先开始觉得这是好事儿，生命在于运动，健身就是保持健康的良药。后来我就发现婷婷过犹不及了，不仅仅是健身，她还去打美容针，她本来也不显老，可就闹妖儿似的去，说等老了再打就来不及了！打就打吧，齁儿老贵就齁儿老贵，她高兴就行。但这也不算完，护肤品噌噌花钱，那么小一瓶就上千。更别提人瘦了变美了衣服买多了还得搭配买鞋买包了。

花钱这事儿就不说了，主要是，婷婷的精力从点点身上转移到自己身上，孩子就基本没人管了，我平时工作忙，点点就老在他姥姥那儿，真挺不是事儿。要不怎么死活托我姐给解决入园问题呢。

给点点送到幼儿园，我跟点点再见的时候接到了队上的电话，李昱刚打的，说来案子了，盘古小区发现了一具尸体，高度腐败。

我直奔案发现场就去了。

盘古小区有个市民报案说，他们单元一楼中户闹苍蝇并伴有恶臭传出，凑近防盗窗往里张望，地上趴了个人，他登时就腿软摔在了草地上，醒过闷儿来就报警了。而负责出警勘查情况的正是我们。技术部的同事已经先行出发了。

李昱刚已然十万个不乐意了，他说："刘哥，我这紧张症又要犯了。"他有没有紧张症我不知道，但我知道他有后遗症。小伙子刚到队上就跟我去办了一起杀人案，人死在屋儿里一个来星期，也是个盛夏，那味道促使他当时就吐了一个稀里哗啦，肠子小肚都快倒出来了。

"我建议你把身上那三叶草还有脚上那椰子鞋都先换了。要不也是个扔。你想想啊，都被苍蝇围绕了。"

李昱刚脸绿了，骂："怎么这倒霉差事老轮不上夏新亮！老天爷都照顾洁癖是怎么的！"

他可能是背了点儿，总是赶上高度腐败的尸首。夏新亮早上跟大领导去公安部汇报总结去了。谁让人长得精神，文书工作又好呢。人是耿直了点儿，但这几年工作干下来，细致有条理，能力又强，成果卓越，一不小心就成了组织上重点培养提拔的对象。更尤其，他还那么高的学历在那儿摆着呢！也就是我们不兴拍广告，要不他绝对是对外宣传的头号人选，活招牌呀！

李昱刚跑回宿舍迅速换了一身儿打扮，大背心、黑短裤、懒人布鞋。我看着他："你这……是不是忒随意了些？"

"反正都得扔，就它吧！"

12 号楼 1 单元门前拦了一道警戒线，前面围着一些群众，议论纷纷。这肯定是有实锤了，否则也不会拉起扎眼的警戒线。跟值守的同志出示了证件，我俩抬高警戒线先后进去。

102 室的房门关着，门前空空荡荡，比尸臭味道钻入鼻腔更先引起我注意的，是墨绿色的房门上趴了两只苍蝇，绿头蝇子，个头都不小，若不是它们爬动起来，几乎要跟深墨绿色融为一体了。

我把兜里揣着的口罩递给了李昱刚一只。

李昱刚拨浪鼓似的摇头，“刘哥，这违反规定……”

“事儿是死的，人是活的。你本来就对尸臭味儿紧张，你进去再吐了，技术部招你惹你了！”

我们是有规定的，进入现场不能戴口罩，不能封闭嗅觉，因为你要通过嗅觉判断许多东西，譬如有没有汽油、酒精、特殊刺激性味道等。第一反应、第一直觉，现场什么样，这得知道。但我判断，以群众报备闹苍蝇为基础，里面趴着那位指定是高度腐烂了。高度腐烂的那个臭味一出来，你就甭想闻见别的其他什么了。那味道，蹿脑门。再说了，还有我呢，我的鼻子就够用了。李昱刚要是再吐了，才真是跟技术部过不去。

今天先我们一步出发的是技术部第二小队，队长小钱比我小五六岁，虽然年轻但经验丰富，工作一贯尽职尽责。现如今，随着科学技术的不断进步，技术人员是非常有必要的配备。小到一个衣物纤维。一个刮擦痕迹，都很可能是我们判断破案的关键。

技术人员专门勘查现场，收集各类证据，给我们提供好多有利的东西。而我们侦查人员，把这些情况全综合起来之后，就能更快地抽丝剥茧直指凶嫌。这方面比从前不知道强了多少倍。法律要靠证据说话，而我们的技术人员就是最佳的证据采集者。通过精准的证据采集，我们曾攻克过不少心理素质极强的罪犯，让他们认罪伏法。

我敲了敲门，来开门的是第二小队的现场技术员小秦，姑娘朝我点了点头，让出路来方便我们进入。这股子尸臭唉，真不是乱盖的，太臭了，直冲脑门。我回头看了眼李昱刚，他拧紧的眉头告诉我，戴口罩也没什么用。但他还是很坚强的，跟在我身后坚定不移。

这是一套两室一厅的公寓，客厅大，主卧也大，还带个卫生间，次卧小一点，放着一面也不知道是什么的什么，就是一个架子，挂了好多钟，类似那种钟楼大钟的缩小版。

溜着墙根往里走也是我们的工作习惯，尽量避让痕迹、避让证物，但这回我看必要性不大了。死者面朝下趴在卧室中央，顺着卧室流出来的黄水几乎淹没了客厅。他的尸体，肉已经没有了，基本上就是一个骨头架了，身上的肉呢，变成水了，流得满屋都是，全是黄水，除了黄水就是凝固干结的黑色血迹。蛆都没有了，只剩蛆壳。尸体上应该长白蛆，比如说一个月、半个月长白蛆，白蛆都没有了，这下面全是蛆壳，整个屋里头全是。不闹蝇灾才怪呢！

这都不仅仅是高度腐败了，这是完全腐烂。勉强能分辨像出来他被杀时穿着背心裤衩，整个身体就在那儿趴着，旁边的床头柜上有一个烟缸，里面的烟抽了半截儿。

由于是这么一个情况，等于现场的基本东西全被破坏了，什么足迹、纤维就别想了，化水的尸体把一切都淹没了。我们，沉浸在一片尸水的海洋里。我干刑警这么多年，这场面也真不多见。说不震撼，那是假的。

这屋子，谁一分钟也不想多待，我都恨不能窜出去一会儿等技术人员来跟我说明情况。但咱有职业素养，咱不是光听情况就能破案，还得观察。

卧室里有个东西极其不合时宜。是个洗衣机的箱子。正常人谁也不会把这玩意儿立卧室。我伸手去推，在一旁取证的小钱隔着口罩说："背后是血迹。"

跟着，一墙的喷溅血迹映入眼帘。我看着血迹，又回头看看尸体趴的位置。怕不是一刀抹脖子吧？目测像。

从背后被人一刀结果，这说明啥？什么人你能放心背对？你至少要认识他，并且熟悉到对之没有防心。

但是这跟屋内的现有情况形成了反差——屋内有明显的被翻动过的痕迹。

你说要是熟人作案吧，除了伪装现场，没必要把屋子翻腾得这么乱。伪装现场也不是不可能，转移警方注意力嘛。但现在已知情况太少，还什么都判断不了。

首要目标只有一个，先知道死者身份。是谁，死在这间屋里。是不是房主本人，如果不是，租住的人是谁，为什么死了这么久才被发现。案发现场是两室一厅，究竟是合租还是独居。

还有一个问题也很困扰我，那个洗衣机的大箱子，因何摆在那里，还刚好就遮挡住了血迹。

法医的尸检报告出来时，我们也确定了死者身份。

这位死了八个月的先生，是中国音乐学院的教授杨开新。年龄是60岁。这个人还是一位非常重要的民乐家。他所教授的乐器叫作编钟。编钟兴起于西周，盛于春秋战国直至秦汉。用青铜铸成，由大小不同的扁圆钟按照音调高低的次序排列起来，悬挂在一个巨大的钟架上，用丁字形的木槌和长形的棒分别敲打铜钟，能发出不同的乐音。因为每个钟的音调不同，按照音谱敲打，可以演奏出美妙的乐曲。简单来说，是打击乐器的一种。

杨开新教授的身份特殊在，他是现有编钟演奏家里的权威人物，可以说，没有他，这门乐器的传承就会遭受巨大的打击。他个人天赋异禀是一方面，代代相传的技艺又是另一方面。

我跟李昱刚看完并没什么用的尸检报告，丧气得不行。

你把它总结下来即是，因为尸体高度腐烂，皮肤、肌肉、脂肪层、内部器官等的流失，仅剩一副骨架子，无法判断致命死因，也就是说，到底是让人掐死的、勒死的、捅死的、淹死的，都没法推论了。死亡时间也极其模糊，参考尸体腐败程度与季节性温度、湿度的变化，推断为六到八个月左右。说白了，啥结论没有。

在此之前我们走访过杨教授的家人，他们家在和平街，跟杨教授死亡的盘古小区特别近，走路一刻钟就能到。两套房产的房主都是死者。我们也很奇怪，老杨一人住两居室，而他的家人——太太、闺女、儿子，仨人挤在一个一居室里，这很不靠谱。对此老太太说，因为老杨要带学生，经常有学生来找他讨论学术问题、练习演奏技巧，所以他用其中一间教课，我们就给他让地儿，一居室也是大一居，仨人住也还可以，再说了，小女儿在南京读博士，一年到头也不怎么回来。

老杨有两个孩子，一儿一女，凑成一个“好”字。但俩孩子都没继承他的编钟艺术，儿子是公务员，在机关单位任职，女儿尚在南大社会学院求学。

我们上家去，只见到了老太太，女儿还不知道自己父亲遇害的事儿，儿子还沉浸在悲痛中不愿见人。这个我们也不能勉强。

和和美美的一家人，老头子却横死在了自家。

当时我们初步确定死者身份就请老太太去认过尸，她一见法医出示给她的老人的内裤就蒙了，说这是她先生的，跟着就晕了。我们把她架出去，又是掐人中又是拍脸好半天她才醒来，问她有没有心脏病，她“嗷”一声哭了出来。等情绪平静了，才跟我们说明情况。

原来，老爷子一向回家不规律，有时候在学校，有时候在另一套房里带学生或者搞论文，他不喜家人打扰，都是想回来就回来，不回来也不会特意打招呼。这也是大学方面同样没发现老人失踪的原因，这样的专家，带研究生很随意的，有时在院里，有时就在自家。

老太太说最后见到老教授是年三十儿一家人吃团圆饭；学校方面更早，说是学期末。

杨开新教授一个人住，他的身份是教师，被人杀死在自己房内，死因尚不明确，最可能是一刀割喉，现场有被翻动的痕迹，抽屉里的钱不见了，但其他金银细软包括存折、卡之类的全没动过。

是谁、因何把他给杀了？

目前来说，全没线索。

李昱刚摊在椅子上，标准的北京瘫，夏新亮支着下巴看窗外，一声高过一声的蝉鸣烘托着仲夏的苦闷。

我拿起油性笔，在白板上写下：独居、大学教授、嫌疑人，这么仨词儿。

夏新亮起身，走到我身边，拿过我手里的油性笔，在空白处写：董春妮、杨燕、霍思聪、李立新。

这是杨教授生前带的学生，就只带这四个学生。

李昱刚补充道：“再画个 ×，邻居反映有人上门跟他吵架，男的女的都有。”

这是通过我们走访摸排出来的，杨教授这个两居室从来不缺访客，听闻经常有小姑娘出入，时间早晚不一定；也有男的来。争吵也有，临近他死亡时间还有过争吵，但时间太久，人家记不清了，说似乎是男的来找过他。

这个杨教授，平素不怎么跟邻居走动。他的私事邻里之间都不清楚。

“是不是这个叫邱益生的也要写上去啊？”李昱刚补充说，“这位邱教授跟被害人有竞争关系吧，毕竟整个学院里，就他们俩教编钟。杨教授没了，邱教授岂不是就平步青云了。他们这个行当不都快申遗了嘛。”

他们边说，我边写，尽量把情况与想法都汇总起来。

“抢劫杀人我看可以先排除掉。”夏新亮去饮水机接水，看向我说。

“讲讲。”我把笔扔下，坐回到椅子里，摸过烟盒点了支烟。

“首先，现场虽然有翻动的痕迹，但遗失物品只有抽屉里的一点现金，其他金银细软，包括各种存折、卡都在。你说人杀都杀了，事儿闹这么大，不全拿走，或者逼问死者密码，有点儿说不过去吧？其次，回到杀人这件事上来。死者死在自家，谁面对抢劫杀人也不可能说直接给嫌犯让进屋里，自己当待宰羔羊吧？床头还有半支烟，没抽完，显然是边抽烟边跟凶手说话，这表示他很放松，谁可能处于抢劫中会如此放松？”

我点点头，示意他继续说。

“所以，我觉得可以排除抢劫杀人。而一旦排除了抢劫杀人，那么现场被翻动的痕迹必然就是伪造的，这也跟死者身着内衣裤见人的情况相吻合，杀了他的人，一定是他认识并且熟悉的人。也正因为是熟人作案，才需要伪装现场转移视线。从中，我们可以得出这样一个结论，真凶跟死者一定有着紧密的联系。这可以成为咱们的一个方向。”

“嚯！你们这屋儿云山雾罩啊！请神哪！”

一屋子人循声看过去，赵大力戳在我们门口，怀里抱着一摞卷宗。不用说，来还卷宗的，头俩礼拜他从我们这儿拿走一些卷宗借阅来着。

“给你撂这儿了啊。”

“请神？我们都成仙儿啦！”

“你就抽吧，抽死算是不是？”

大力前年就戒烟了，自此见谁抽烟都要贬损一番。他看着我们画得花里胡哨的白板，我以为他又要说——妻子，准是妻子干的。一般来说，夫妻二人里有一人遇害，大力就特喜欢往爱人身上找嫌疑。私下里我们都觉得他至今单身不会没故事。但这回一改从前，只见他眉头深皱，嘴角拉成一道缝，面部肌肉都跟着抖动。

“这年头的大学教授，全他妈禽兽不如，死一个是一个。”

“哎哟，你这是打哪儿来的深仇大恨？”

“我上个月末不是请假去了趟哈尔滨嘛，就为我侄女的事儿，那他妈老不正经的都不仅仅是性骚扰了！猥亵！告他强奸都行！”赵大力义愤填膺。

“找你干吗啊，直接报警啊。等你去黄瓜菜不都凉了。”

“学校压着吧？”夏新亮插话道。

“可不是嘛！要不说我恨死了这帮人面兽心的畜生呢，躲在大学的庇护下，行使着绝对权威，欺压孩子们！动不动就拿学业相威胁，是他妈人不是啊，还鸡巴为人师表呢！”

“谈妥了吗？”夏新亮问。

“没什么可谈的，跟这种老王八蛋谈个鸟儿！他还真以为自己是根儿葱了，就算是葱，我也得拿他炝锅儿啊！我侄女，单纯又老实，明明学习那么好，被他左右为难从中作梗！我到那边儿，找了几个老同学，有跟咱一样干刑侦的，有市里当官儿的，一条龙给丫办了！这种人渣不办，不开除他，不仅仅是我侄女，是黄花闺女都得受害！咱没那么自私，也不受那私了的诱惑，就一个字，办！”

“啪啪啪”，李昱刚也是讨厌，给赵大力激烈鼓掌，曰：“赵老师正气凛然，我等后辈要时常以赵老师为标准研判自己的品格！”

“我他妈抽你小丫挺的，你别又落我手里，我非得好好儿磨炼磨炼你不可！整天耍嘴皮子打油飞！”

赵大力走了，我勺了李昱刚一把，“你别老没大没小的，赵老师案子判得明白不明白，人可是一腔热血。”

噗。这回乐的是夏新亮，“有您这么明褒暗贬的吗？”

我斜了他一眼，他回归正色：“不过赵老师确实给咱提出了一个方向，我们应该调查调查杨教授这方面有没有问题，你看赵老师都恨不能把人拍死了，万一有女学生被杨教授猥亵威胁之类，当爹的、当男友的，杀人也不是不可能，对不对？”

夏新亮说着，再度起身走向白板，把观点标注上，并接着说：“这还真是一个需要重视的问题，我有时候刷微博，经常能看到实名举报的热帖，其中男老师猥亵女学生的不在少数。头几天还有，闹得沸沸扬扬。借助网络社交平台来发声也是走投无路，因为这里面情况远比咱们想的要复杂。从学生方面来说，许多人选择忍气吞声也是不得已，毕竟这关系到毕业、关系到学位，甚至关系到整个学术领域、日后的就职，等等，多一事不如少一事；再者，学校方面也不重视，或者说没办法重视，很多学校开设某一专业，正是因为有某位教授任职才能获取资格，你说这样的教师，学校怎么可能得罪？总之，这里面勾勾连连，我觉得咱们可以着手调查调查杨教授这方面的情况。也算是打开一个突破口。”

这不失为一个好的提议。我们现下最需要的就是打开一个突破口。这学校，还得再去，往深了挖，往透了挖。杨教授之死，疑团重重。

到了中国音乐学院，我们兵分三路。夏新亮去找跟死者具备竞争关系的邱教授了解情况，李昱刚负责查阅学校与杨教授相关的人士的档案资料，我则负责主攻杨教授的四个学生。

刑警的工作，很多时候靠聊。深入地聊、带着目的性地聊、透视人心地聊。这个聊要有技巧、有耐心、有逻辑性。它不是侃大山，它一方面给我们提供必要的信息，一方面帮我们侧写每个人的特点。

我们根据杨教授的社会关系，找张三问李四，找李四问王五，所有人我们都要进行详细的摸排和调查，我们职业地跟他们去谈话，观察会不会有问题上升。什么叫问题上升？就是有没有作案动机。这些人都不会跟你说实话的，谁也不会说我跟死者有关系，不可能。你只能综合所有再去推敲。

就像我分别与杨教授的四个学生谈话。这四个人倒是有一个相同说辞——杨开新不是什么好人。

首先跟我谈话的是李立新。这是个东北男孩儿，耿直率真，穿衣打扮很时髦，与其说他是个学编钟的，我更认为他是个玩儿说唱的。

李立新张嘴就是：杨教授啊，他遇害这事儿我还是从学校知道的。我不怎么爱跟他上课，他那趾高气昂的态度就让人受不了，夸夸其谈，半数时间都在吹牛逼，讲不出什么真东西。他不给你讲真东西吧，你又要过他的课，就得花钱跟他补习，我估计这是他挣钱的策略。

那怎么办，交呗，我们家反正不差钱。说句实话，我不爱学编钟，我想学现代音乐，可我从小搞民乐，我们家不同意我转专业，硬着头皮上呗，反正也就是混给父母看。我平时干吗？跟一帮兄弟玩儿嘻哈啊，我这打扮你还不一目了然？

最后一次见他？记不住了，还真记不住了。噢噢噢，可能是结业考成绩出来之后，我找丫理论来着，我说钱我也交了，课我也补了，你怎么还不给我及格，反正就吵吵了一通。这门不过得重修，我必须得重修，但再约课，这人就找不见了，我跟学校反映过两回，他们也没回我，我就该干吗干吗呗。

你问其他同学跟他关系怎么样？不怎么样！霍思聪可能还行，老跟他问这问那，反正就是好学生呗，他也真心热爱编钟。董春妮跟杨燕老找他补课，燕儿男朋友还跟老杨动过手呢，就因为他老叫燕儿去补课。

不正当关系？这谁说得好啊！都是说不清的事儿，老杨要是没跟燕儿怎么着，我估计她男朋友也不会动手。跟哪儿打起来的？就他们家啊，那天我从老杨家出来，赶上他进去，准保动手了，骂声挺大的。

什么时候打起来的？这我可不知道了。

李立新走了，换霍思聪来跟我聊。在李立新嘴里应该跟杨教授关系尚可的霍思聪，对他的导师评价也不咋地。相比李立新，江西男孩霍思聪要朴素得多，穿着笔挺的衬衫，裤子也没一丝皱褶，人不热情，挺冷漠的。

他说：杨教授啊？杨教授是不是出事儿了？我听学校里都在传。噢噢噢，真是啊？我说怎么一直约不上他的课呢，把我时间都耽误了。对他的印象？就那样儿吧，不怎么正派。

因为什么这么说？他吸血鬼啊。上课时候三言两语带过重点，我们演奏他又挑刺，说我们水平有待提高。那怎么办？跟他补课呗。补课就得花钱啊。我们家条件特别一般，我爸妈就是工薪阶层，说实话，他们供我读研挺拼的。那我也不好意思朝他们再要钱，就得出去打工，给人辅导备考，还给人推销保险，每天累得贼死，最后还得找杨教授去补课。补课就补课吧，除了补课我还得当他碎催，他有个这事那事，经常支派我干，小到去超市买个东西，大到给他编撰学术文章。等于说，我的钱、我的精力，都让他榨干了。

但我比其他几个同学幸运，我考过啦。其他同学都没过？李立新肯定没过。杨燕也没过吧。董春妮不知道，我们不太熟。一起学习怎么不熟？也不算一起学习啦，平时我们不怎么常见的，又不是大班上课。她怎么说呢，就我吧……不好意思跟她说话，她挺好看的，穿衣服也大胆，我一跟这种女孩面对面就紧张。

不不不，我不讨厌她。单纯就是不熟。她跟杨教授有没有不正当关系？这我可不知道，真不知道，不可能有吧，董春妮看着挺厉害的，追她的男的挺多，她要是被欺负，还不得出来一个加强连啊？

呼。我跟这俩男同学谈完，夏新亮还没来跟我会合，我估摸他还在跟她们深聊。一般需要跟女同志了解情况，我就愿意派夏新亮出马。他高冷男神，女的吃他那一套。

抽了两支烟，我给李昱刚打了个电话，他还查资料档案什么的呢，我说那你继续吧。他却兴致勃勃跟我聊了起来，他说：刘哥，你知道嘛，这个杨教授可不是省油的灯，跟他的学生算是倒了血霉。

我问：何出此言？他说：他这些年带的学生，基本没有一次过的，都是补考补考再补考,这人得多刻薄啊？差不多得了呗。这该不是学校伙同他创收吧？我说：学校伙同不伙同我不知道，但我刚跟他俩学生聊完，他确实给自己创收。正经上课不怎么讲东西不怎么辅导，就等学生来找他交钱补课。

李昱刚惊讶道：卧槽！都交钱了还不让人过啊，人渣！怨不得叫人弄死了。您说现在的人都怎么了啊，教师是多么具有奉献精神的职业啊，好么，咋成谁都能干了？

我看见夏新亮朝我走过来了，跟李昱刚说："你慢慢儿查吧，我先挂了。"

夏新亮看着有些生气，"这个死者啊，恐怕事儿还不少。就一伪君子嘛！"

"哦？我听听你摸排着啥了。"

"我这不是找邱教授谈谈嘛，跟他了解了解情况，主要看看有没有问题上升的可能性。找他谈之前，我还特意走访了这位教授的风评，一致地高，学生也好，教师也好，教工也好，都说他人不错。我这么一接触，确实，真就像标准的大学教授那样，儒雅有风度，戴副眼镜，文质彬彬，谈起编钟艺术是藏不住地痴迷与喜爱。

"我跟他问杨教授的事，他皱眉了，犹豫半天吭吭哧哧说，人都没了，还是不评价了。架不住我追问，我说这也是帮助破案早日抓到凶手，他才跟我谈起了杨教授。这个人吧，远不像咱们以为的是个好老师、好丈夫。他四十来岁时候出轨被逮着过，跟大学里的一个女教工，闹得沸沸扬扬，他媳妇老实，也没来闹他，但他俩出轨就跟学校的琴房，让学生撞见了，所以才说是沸沸扬扬。

"但杨教授是编钟方面的权威，学校拿他没办法，只能把那个女教工开了了事。但这也没完，关于他的风流韵事可谓此起彼伏，各种绯闻各种情况，听说，这两年他跟教二胡的女老师似乎瓜葛着，我回头还得找这位女同志了解了解情况。

“生活作风不好吧，业务方面呢，也不是那么光明磊落，他是这编钟演奏方面的权威嘛，一方面他确实有点儿才华，另一方面他头几辈人都是搞这个的，算是有家族荣耀。邱教授本来挺尊敬他，也觉得作风归作风，学术归学术，平素也愿意跟他交流。

“但这个人傲慢，傲慢你倒是把架子端稳了啊，邱教授找他探讨技艺以及论文文献方面的交流，他一边否定人家一边把人家观点写自己论文里了。等于说人家邱教授潜心研究好几年的成果，白白被他拔了头筹。”

我打断夏新亮，“那他有作案动机啊。这不等于自己种的白菜让猪拱了嘛！”

“你听我说完啊。”夏新亮摆摆手，“邱教授是生气，但人家接着弄自己的研究，后来也把论文发表了，在业界获得了极高的评价，当然方向跟上一篇并不同，他不愿意去跟杨教授掰扯。他原话是——既然看清了他的真面目，那这种不择手段的人，还是敬而远之明哲保身来得好。等于说，人家扳回一局，取得了更大的成就，就肯定不屑于再为这事儿杀人了。你要不放心，你再跟他聊聊。真的，我干刑警虽然没那么多年，接触的人也没您多，但这人一见，给我感觉就特别好。真是那种……”

“竹林七贤式的人物，对吧？”我替他补充。

“对对对！隐士！刘哥你说得对，没错儿！”

这么说来邱教授的嫌疑不大，还需要继续摸排其他人物。我隐隐感觉，这起案子没那么简单，从案发现场再到杨教授的风评，其背后肯定隐藏着不少东西。

一个刑警的日子

第十三章
CHAPTER 13

穷不是原罪，贪才是

贫穷是原罪，这其实只是一句托词，你怎么不看看有些人穷到了骨子里但也没有犯罪呢？

还有两个女孩需要问询，但她们都迟到了。由于读研期间不像大学时期还有明确的课程安排，所以一般学生都做不到随叫随到，毕竟他们很可能就不在校内。我们来之前联系过校方，请他们代为通知安排。这其实也是一层筛查，杨教授被杀我们初步判定为熟人作案。这个“熟人”还伪装了现场，伪装的目的就是不把嫌疑引到自己身上。那现在警察来问话，如果这其中有嫌犯，势必打草惊蛇。是背稿子也好，是玩儿失踪也罢，都不失为一种试探。

因为夏新亮长得帅气，对付女孩子有先天优势，所以我把这两个女孩交给了他。

夏新亮坐在校方安排的房间内等了又等，俩女孩儿都没出现，他刚打算给她们打个电话，就从窗口看见了一辆摩托车远远驶来。是辆重型摩托，公路赛那种规制的。夏新亮看着这辆摩托停下，坐在后座的人先下来了，穿了条超短裤，上身是一字肩的雪纺衫，头盔往下一摘，秀发瀑布般落下。接着下来的是骑手，一袭黑色紧身高腰牛仔裤搭配贴身露脐小背心，头盔一摘，是个短发姑娘。

两人拎着头盔一边说话一边往矮楼的大门处走。夏新亮又看了看那辆摩托车，目测是 500CC 的。这骑手得有把子力气，否则这车推都推不动。

两位英姿飒爽的姑娘是一同出现在门口的，夏新亮本来想分开问话探听底细，但一看俩人关系这么好，分开不分开也是枉然，若是想隐瞒啥，一个肯定不会拆另一个的台，干脆就一锅烩吧。如若发现什么端倪，再逐个击破也无妨。

不承想，俩姑娘都落落大方。她们来之前校方都有通知是问询杨教授的事，还特意嘱咐了别乱说话，但显然叫董春妮的姑娘并不当回事，真真做到了我们希望的有啥说啥——什么叫别乱说话？不就怕我们啥都跟你们说给学校抹黑吗？但这种人渣，有什么可替他遮拦的？人在做天在看！什么叫不是不报时候未到？报应这不是就来了吗？

夏新亮跟我汇报说，这是董春妮的原话。

据董春妮说，这个杨教授就是个披着人皮的沙猪，她说我们出来求学，不怕学业苦学业累，要不是真心喜欢，也不会报这么生僻冷门的专业，都是奔着深层次的个人提升来的。我现在最后悔的，就是选了这个人渣的课！

学生可以选择导师，但一旦选定，便不能自行更换，这是规定。这个规定看起来似乎没什么毛病，但细想一下，其实漏洞很大。因为一个学生选择导师的时候，对导师并没有深入了解，只能凭借校方介绍以及个人功绩等这种泛泛的信息做选择。

这也就是说，你一旦遇上挂羊头卖狗肉的，只能认栽，因为这不是选电器，不能七日无条件退货。更无助的是，你若强行更换，校内关系乃至行业内都算上，盘根错节，你得罪了某人，很可能在该领域内都会被边缘化、被封杀。

导师选砸了，对一个研究生来说，再熬头不过。

董春妮对杨教授的抱怨主要在专业上，他在学术上很是有所保留，或者说肚子里就没啥墨水，董春妮一看这不行啊，就只能追着杨教授问这问那，杨教授就给她指了条明路——交钱补课。董春妮心里是不愿意的，一来她念书是交了钱的，二来过错方不在自己，不是她不学而是杨教授不教。可怎么到头来，倒成了她需要额外花钱，更重要的是花时间来买知识？

这时候发生了一件事，把董春妮气得不行。那就是杨教授骚扰杨燕。

董春妮跟杨燕念研究生时才认识，但两人一拍即合，这个合，用姑娘们自己的话来说就是三观合，所以一跃成为了闺密。背井离乡、在这儿都没什么经年好友的两人，马上缔结了深厚的情谊。

杨燕说，我不说闺密。闺密这词儿现在都用烂了，什么人都能叫闺蜜。我们就是情同姐妹的挚友。

至交好友被性骚扰，董春妮怒不可遏，但杨燕深知董春妮点火就着的侠女气概，她说春妮没关系，我跟高捷也说了，他说他出面帮我协调。

高捷是杨燕的男朋友，也是学民乐的，专业是古琴。高捷找杨教授“协调”之后，杨教授非但没有收敛，反而处处为难杨燕，这也是她科目不过的根本原因。

有意思的是，杨教授并不敢对穿着暴露、性格火辣的董春妮下手，而是选择了文静腼腆的杨燕动手动脚。夏新亮说，这很符合性犯罪者目标受害人的选择定律。一般来说，这类猥琐男挑选对象，特别偏爱文静腼腆、相貌不格外突出的姑娘，因为这类姑娘顺从性更强，敢于穿超短裙、露背装，脚踩高跟鞋，目光坚定的姑娘他们反而不会轻易下手，因为这类姑娘更勇敢自信、面对侵害更可能反抗。

杨燕科目考试不过，大家心知肚明是杨教授的刁难，这回董春妮无法坐视不理了，她找了个社会上的朋友去教训杨教授。然而这人啥也没敢干。为何董春妮这么说呢，因为她还特意去围观过“成果”，结果杨教授既没有鼻青脸肿，也没缺胳膊断腿。用她的话说，他都对不起她特意领他去杨教授家补课认门，去了还不止一两次，耽误了她多少时间啊！

夏新亮对俩姑娘的证词没产生任何怀疑，对此他表示——俩人太直了，骂起杨教授来真真直抒胸臆。再者，杨教授骚扰杨燕的证据，包括来往微信、来电语音等，人家都一一拿了出来。一看就是两人正式整理过，董春妮说，她们会一直保存这些证据，一旦结业，马上公开举报。杨燕说：我是㞞，我总得把研究生读完，但我不会缄默不语，这种人你若放纵，受害者只会越来越多。

从她俩的证词里，脱颖而出两个人，一个是杨燕的男友高捷，一个就是董春妮夜店里认识的朋友虎子。前者夏新亮已经让杨燕打电话叫来了，正在来的路上。后者嫌疑上升，为什么呢？这人不见了。他把董春妮拉黑了。

董春妮自己都很惊讶，因为两人平素联系并不多，若不是夏新亮让她联系对方，她还发现不了对方将自己拉黑了呢。夏新亮看了看之前两人的聊天记录，并无不妥之处。没多亲密，也没多疏远，更谈不上有啥聊崩了的可能性。

两人的关系呢，董春妮也讲得很清楚，就是去夜店玩儿认识的，这男的也骑摩托，骑一辆哈雷，两人挺聊得来，一度走得比较近，有过亲密关系，但毕竟文化程度、社会结构都相差太远，慢慢就淡了。董春妮找他教训杨教授是他们关系还比较近的时候，这男的没办成，董春妮也没说啥，之后一段时间两人也还聊天偶尔见面，但关系慢慢淡了。

董春妮回忆是春节后的事儿，过年她回了老家，再回来她就一心扑在学业上，差不多那时候起，她经常偷偷找邱教授请教问题。这事儿邱教授没提及，是董春妮跟夏新亮说的，说觉得这么下去不是事儿，既然跟杨教授那儿没收获，她就转而求助邱教授。据她说，邱教授十分靠谱，不仅帮助她解惑答疑，还经常利用课余时间给她指导，仅一点，让她千万注意别让杨教授知道，两人走动也都是避人耳目。董春妮已经确定读博时跟定邱教授了。

这从侧面也能排除邱教授的嫌疑，那时候杨教授已经遇害了，他还谨慎回避，说明他根本不知道杨教授已经遇害，因此他不可能是凶手。

现在的问题是，这个叫虎子的社会人士为什么把董春妮拉黑了？他会不会是凶手？董春妮带他去过几次杨教授家，董春妮让他修理杨教授他并没动手，最后杨教授死在了自家。会不会是他见杨教授一人独居，又是收入良好的大学教授，起了歹心进而杀了人逃跑呢？

高捷来得还挺快，我们几个在楼下碰情况的时候，一个瘦高个儿的男孩儿匆匆跑进了楼里，没过多久，夏新亮接到董春妮的电话，说高捷到了。那不用想，刚才那个男孩儿准是高捷没错了。

我把手里的烟掐了，“走吧，咱俩上去一起会会这个男朋友。”

“我呢？”李昱刚也回来了，看我不打算带他上去，明显有些不太乐意。

“你歇会儿吧，看看女大学生。”

“哪儿有女大学生啊！这放暑假呢！”

“没女大学生看看校园风景。我俩去就行了，呼啦咱全上去，容易叫人紧张。”

李昱刚撇嘴，“你咋不让夏新亮晒着看风景啊？”

“人谈个话姑娘都记他手机号儿了，你有这本事吗？”

李昱刚死瞪了我一眼，拔腿走了。

“刘哥，我那是工作需要。”夏新亮看着我认真解释。

“你往心里去干吗呀！我这不是挤对李昱刚嘛！还解释上了。”

这傻小子。

我俩上了楼，杨燕想陪着她男友，夏新亮说不用，没几分钟的事儿，就是找他了解了解这个死者生前的情况。

董春妮可能还真对夏新亮挺有好感，揽着杨燕的肩把人领走了。

我们进去的时候，杨燕的男友高捷没坐下，站在窗边往外望呢。

“瞧什么呢？”我以比较亲和的语气问。

“咳！瞎看！一放假就不到学校来了，结果发现仲夏的校园还挺美好的，跟山水画似的有意境，就入迷了。您好您好，您们就是警察同志吧？不好意思啊，接到电话我就奔学校来了，结果叫车老没人应答，耽误了。”

高捷礼貌客气，又很热情，我伸出手，跟他交握到一起。

“你客气了，我们也是突然联系你。”

“杨燕说，是想问问她们教授意外死亡的事儿？”

“对对对。坐，你坐。咱们坐着聊。”

等到我们仨都落座，我开门见山地问：“听说你跟杨教授起过冲突？”

“您问哪回啊？”小伙子答得直爽，丝毫不避讳。

有点儿意思。

“说说最后一回吧。”

“最后一回是燕儿成绩下来之后，他给燕儿不及格。他存心的。”

嘿呦，这情况我们还不知道。杨燕只跟夏新亮说被杨教授性骚扰之后，她男友找过杨教授。

“大概是什么时候呢？”

高捷的眼睛看向空中，“容我想想啊……嗯……她们成绩比我们出来晚……哎哟具体哪天我不记得了，但肯定是节前。我跟他大吵一架，跟他说了等春节过完回来再开学我要跟校方反映要说法，我说你别以为自己能只手遮天，我再怎么着也当过学生会长，我回来肯定让大家联名搞你。”

“噢噢噢。没动手？”我问。我身边的夏新亮也听得认真，有必要的就在本子上记下来。

“没动手。他不配。我这手是抚琴的手，不是用来打人的。尤其是这种人。”

“那你回来联系学生会的人了吗？”我看着他的眼睛问。

他的眼神丝毫没有闪躲，眼底的愤怒之情也不加以掩饰，“找了啊！跟大家阐明了情况，从他欺负我女朋友说起，又说到我找他跟他理论，之后他非但没收敛，反而变本加厉，开始刁难我女朋友，这也不行，那也不行，硬是把黑的说成白的，判我女朋友不及格。大家一听也急了，说怎么学校还有这样的导师呢？联名信、陈情书也写了。全交上去了。但交上去学校没给说法儿。我后来跟进过一段时间，反正就被和稀泥了。说情况他们基本掌握了，肯定会帮我们协调，说一大堆反正就是那一套。”

“这事儿你没跟杨燕说？”

“没有，没说。她本来就不爱争执，董春妮脾气又暴，上回她想找人打那杨教授来着，我拦也没拦住。不管怎么说，咱得遵纪守法，别有理变没理，您说对吧？”

我点点头。

“我不愿意让她知道我又去找那老混球了，所以联名书的事儿也没告诉过她。”

“稍等。”我掏出手机，给李昱刚打了过去，电话很快接通了。

“这么快问完了？”

“你帮我去学校查查，高捷跟我说，他联合学生会弹劾过杨教授。你查查后来这事儿怎么没音讯了。”

挂了电话，我继续问高捷：“你去找杨教授是跟校内吗？”

“没有。我找过他三回。都不是校内。他不怎么来学校，去的他家。”

“嗯。”

“虽然死无对证，但我跟您保证，我都是跟他商谈，情绪激动有没有？有。但从没动过手。只有头一回听说他摸燕儿大腿，我推过他一把。”

“你是学古琴的？”

“对。”

“本地人吧？”

“是啊。我大学也是跟这儿念的。保研。”

“行,小伙子。人死为大。不论这人生前品行如何,他被人杀了,就是受害人。咱们不抨击他，不怨恨他，好吗？”

“我明白您的意思。我也不是传闲话爱背后嚼舌根的人。但有句话，我不吐不快。跟您说说无妨吧？”

“你说你说。”

“您甭听学校说什么他死了是民乐界多么多么大的损失，什么编钟的传承就断层了，好么给他拔多高似的。教编钟的邱教授，我们学校的邱教授，技艺特别好，人品也好。燕儿跟春妮开学后约不上杨教授的课，就自己研习，遇到难点疑点，都多亏了邱教授点拨。我们还一起上他家做过客，还合奏过。”高捷说着竖起了大拇指，“他才是真正的艺术家。”他说这话的时候，有种发自肺腑的惺惺相惜，“姓杨的死了，才是编钟，乃至民乐界之幸事。通过打压别人成功的人，成功大多守不住。”

“听这意思，你知道这两位教授之间的过节？”

高捷点了点头。

“邱教授告诉你的？”

“我是百度知道的，万事百度皆知道。这年头，互联网让什么都藏不住。”

“这事儿……你当面儿拆杨教授台了吗？”

高捷脸上透露出笑意，“我偷偷告诉您，我写举报信了。我才不会当面拆他台呢，这种人只会矢口否认，我又没确凿证据。上回联名状石沉大海我就知道了，学校肯定是包庇他，往学校说没用，得对症下药。不瞒您说，姓杨的一直没来学校，我还以为他被处理了。本来我下一步都准备好了，如果举报信也没用，我就微博实名举报，我豁得出去，我相信邪不压正。做人，我爸从小就教育我，身正不怕影子斜。”

高捷走了，我跟夏新亮面面相觑。

“刘哥，也不是就我一人儿耿直。”

“他那是压抑太久。这条线,也算断了。别说这位同学不避讳杨教授之死了，杨教授要是知道他背后这么搞他，还不定谁杀谁呢。”

“那……”

“咱们找找那个虎子吧，是虎子吧？”

“对，虎子。”

“这人嫌疑本身也比较大。”我拧开夏新亮的水瓶，渴了，喝了一口我又后悔了，我喝完孩子肯定不喝了，他洁癖。

“您喝，您喝。”夏新亮看穿了我的心思，“我一会儿再买。”

“这个虎子恐怕不好找，说白了，董春妮跟他也就算泛泛之交，她连人叫啥都不知道。这年头，姑娘们心也是大，啥不知道都能跟人在床上滚。”

“刘哥您这话就不对了。都什么年代了，您这言论可有歧视女性的意思了。”

“少跟我上纲上线。你也是，个人生活要注意，千万别胡搞乱搞。”

夏新亮白了我一眼，“谢谢关心。我好歹是个洁癖。”

我乐了。

“是时候召唤神兽了，看看有啥办法查查这个虎子没有。”

“神兽？”

“李昱刚啊，不还是您给的封号嘛！说他队上神兽，吉祥物！”

还真是我说的，我们头前办了个案子，李昱刚这小子靠搜集整理旧新闻把嫌疑人给抓了，那家伙，神通广大不得了。

“要查。一定要查。这个人，你看董春妮描述，长期混夜店，没啥正经营生，北漂。属于高危人群啊，真起了歹念、胆儿不小就能干大事儿。”

我们正说着，李昱刚来了电话，说他查得头都大了，又没什么线索提示，感觉被资料海洋淹没了。我说你回来吧，我们找见点儿方向了。

我们俩在车里等了李昱刚半天，这位爷姗姗来迟，一拉开车门坐上来，就说道：“校方确实收到了学生会的联名信。气死我了，这孙子爱打官腔，说话叫一个弯弯绕绕。我查杀人案又不是纪检委，至于嘛。问这么点儿事，浪费多少时间。”

“那他们联系杨教授了吗？”我问。现在死者的死亡时间无法准确推断，这对我们的工作造成了极大障碍，只能靠信息一点点拼凑，若是这个拼凑可以尽可能地接近正确时间，就会对我们有很大帮助。别的不说，至少能判断是谁最后见了他，是谁最有嫌疑。

“说是试图联系来着，真假我也不知道，反正结果是，没联系上。我看，有点儿包庇那人渣的意思。”

“欸欸欸。”我斜了李昱刚一眼，“对受害人，不能带情绪。咱的工作是什么？是破案。甭管这个教授人品如何，生前干过啥，他被人杀了，他就是案件受害人。咱们查找凶手，责无旁贷！”

“咳！您跟我说这个干吗，我又没说不好好儿查案。但是人就有情绪吧？咱是刑警，但首先是人。我表达喜怒哀乐是我生而为人的自由，我也有我的职业素养，不冲突。”

当着夏新亮的面儿，我也不好跟他争论什么。确实我也没法批判他什么。

我们干这行，跟形形色色的人打交道，看人总戴有色眼镜，内心里就会把人划为三六九等。但，这也恰恰是我们需要克服的弊病。或者说，人性需要克服的弊端。有时候我上网，会发现许多群众有一种情绪，那就是缺乏同理心。

你譬如说，一个学生，走夜路，遇上抢劫了。他们会说——小小年纪不跟家学习，谁让你这么晚出来压马路。

你譬如说，一个姑娘，被人强奸了。他们会说——你穿着暴露了，或者说——为什么不反抗，你要反抗了坏人能得手吗？

你譬如说，一个大学教授被诈骗了。他们会说——你不是高级知识分子嘛，怎么还上当？你就是贪！

说白了，他们不谴责犯罪的人，而是去挖受害者的不是。想尽办法地挖，最后得出一个结论：活该你受害。

这是一个十分狗屁不通的逻辑。细想想，绝对是狗屁不通。

我还跟夏新亮聊过这问题，闲聊。他学心理学出身，给我科普了一个名词，叫作“公平世界假设”。在这种假说里，人们生活在一个公正的世界，得到的都是他们理应得到的。不幸的人所遇到的不幸都是“咎由自取”，而幸运的人则收获着他们的奖励。

它的核心是啥？是逃避。逃避这个世界的危险、风险、不可抗力以及确实存在的不公平，进而麻痹自己——他们咎由自取，而我不会。

可怕吗？真可怕。但往往，人们意识不到这种可怕。

反正夏新亮给我上完这一课，我想了特别多的东西。首先想到的就是我自己的有色眼镜，林苗苗的那起案子。这俩孩子现在都不懂这些，等有一天遇到类似的案子，就会豁然开朗了。

回到杨教授身上。随着我们不断的深入调查与挖掘，我们可以判断——他不是个好人。别提是不是好教师了，好人都算不上。但他死了，被杀了，死后躺在自己的房子里约半年的光景，骨头被血水、组织液浸泡。就算他品行不良，甚至存在犯罪行为，他也不应该是这么个结局。你可以把他扭送法院，你可以声讨他，对他口诛笔伐，前者是法律，后者是情绪，但你无论如何不能得出一个结论：他怎么死的随便，他不配得到真相。

寻找虎子是件让人头大的事儿。我们的信息极其有限。这个虎子姓谁名谁都不知道，仅仅有个微信号，再有就是有可能会出没的地点、同样不知姓谁名谁只有绰号的江湖朋友。微信号不是用手机注册的，手机号没有做实名认证不说，还早已因过期被收回了。等于说，虎子是个符号，淹没在苍茫的天涯里。

半个多月，我和夏新亮操起了老本行。在没有高科技的时代，警察破案就靠 11 路。啥叫 11 路？两条腿呗。跑断腿。夏新亮跟着我，讲话脑袋都跑晕了。这海里捞针的程度，并不比李昱刚坐在电脑前处理数据简单。我们基本吃住在三里屯，在无数家夜店走访、摸排，寻找相关联系人以及蛛丝马迹。

夏新亮叫苦连天，我说你知足吧，这就受不了，搁以前你甭干了。小同志，你要珍惜啊，这比你上课还生动呢，真实体验 20 世纪警察生活。

在整个夜店的走访当中，我们没发现虎子这个人。

叫虎子的多了，你说哪一个？我们只能跟他们描述身高一米七五左右，长得挺帅的，眼睛眉毛，仅靠通过这种描述来寻找。包括很重要的一点，他骑个哈雷。董春妮没虎子照片，俩人也没合影过，董春妮说——我不爱发朋友圈。对，现在拍照都是为朋友圈服务的。所以你在小资餐厅看见有人放着美食不吃、搁着好环境不享受，在哪儿咔咔拍照千万别奇怪，对这帮人来说，享受美食美景不是重点，朋友圈秀晒炫才是王道。

一通奔波下来，我们没有寻找到这个人，可是侦查盘古小区的时候，这小子的嫌疑逐渐上升——邻居反映，这小子单独去过杨教授家！

董春妮是带着他去过两次，但现场走访当中发现，这个虎子可能还独自去过几趟，白天黑夜都有。口供都说他穿一个黑夹克，小平头，小伙儿挺精神的，在小区晃过。我们并不知道虎子长什么模样，只能通过体貌特征来判断。也就是说，其实挺模糊，是不是他我们不确定，但我们就认为是他了，可能性最大了。

李昱刚也不好过。由于案发时间太久，监控基本没指望。唯独有个微信号，这微信号李昱刚加了，对方并不理睬。他不理睬，李昱刚加不上他好友，就没法发木马给他，这鱼就钓不上来。那怎么办？又得靠撞库。这个虎子啊，给李昱刚烦坏了，讲话——这孙子给自己微信设置的密码非一般复杂。这我哪辈子才能撞出来啊！我紧张症都要犯了，生怕当机，那他妈又得重新开始，这辈子都别想破译了！奶奶个熊的！

我们兵分三路，多管齐下，半个多月过去了，毫无收获。我不禁怀念起以前的特情，特殊情报人员，大家交了心，人家真是豁出去给你搞情报。这年头，别说上面儿不叫用特情了，也没人白当特情了。你想要情报？可以，拿钱来。

21 世纪，什么最贵？我看不仅仅是人才，还有信息。远了不说，倒回十来年，个人信息是个啥恐怕没几个人有概念。现如今呢？现如今大量个人信息被批量贩卖。你前脚办了张信用卡，后脚就有人打电话诈骗你。由此引发的恶性案件也不在少数，从轰动全国的丁双琴案到徐玉玉案，无一不是因为信息泄露引发。

晚上九点多，我们正被夜店酷炫吊炸天的音乐狂轰乱炸到头疼之际，李昱刚那边传来了好消息。这小子终于解密了虎子的微信，并复制了他的通信录、拷贝了部分聊天记录、观阅保存了一些朋友圈照片。他说：“刘哥，你们别满世界溜达了，快回来吧！我这有点儿吃惊啊！”

我一踅摸，夏新亮人没了。嘿，我就出来接个电话，这人哪儿去了？我急着回队上见李昱刚，小夏这宝贝徒弟咋失踪了？

我这俩眼开始撒抹，人群摩肩接踵，夜晚的三里屯是这座不夜城的心脏，而这些光鲜亮丽的姑娘小伙就是流淌其间的鲜活血液。

打电话夏新亮也不接，我估摸是听不见，得，我先走吧。电话也打了，见了未接还不得给我回电？

步行走出繁华的三里屯，我在一条小路上叫了车。等司机来的过程中，我点了支烟，低头玩儿手机。这时，婷婷给我打来一个电话。

我心底顿时咯噔一下，这都晚上十点了，点点早就睡觉了。她这会儿给我打电话肯定是有急事儿！

婷婷的声音特别冷淡，“你回家一趟。”

我说：“怎么了，家里有啥事儿吗？我在外面查案呢。”

“我知道你查案，你除了查案子还会干什么？”

“你怎么了，心情不好？”

我顺着电话仿佛都能感受到婷婷话里的寒意，她说：“刘子承，我要和你离婚。”

真是当头一棒。要不是日子不对，我还以为过愚人节呢。

在我看来，我俩的日子没啥毛病，儿子也有了，房子、车子、钱样样都有了，为什么啊？俩人一起艰苦奋斗，为了这个家为了好日子，一晃十一年了，为什么啊？

我真是眼前一黑，我说：“你又闹什么脾气啊？这好好儿的架都没吵，什么就离婚啊？”

她不接我的茬儿，一直沉默，我定定心神，问她：“你得有一个理由吧，你离婚的理由是什么？”

“我下午给你打过几个电话？”

我笑了：“这不还是怄气嘛！我下午出现场，接电话不方便。你看你，都是当妈的人了，怎么气量越来越小？这也算事儿啊？”

“是不是女的生了孩子就成了你们眼里的糟糠、贱内，就不是女的是妈了？就应该活得没羞没臊，就应该活得没有自我，就应该理所应当地相夫教子别的全甭想了？”

“我说你小点儿声儿，点点都睡了。我是那意思吗？你怎么老曲解我的意思？我意思是我工作就这么个性质，我从第一天上班就是从事这么份工作，这又不是一天两天了。我没接电话是我不方便接，不是我故意或者我不想接。”

“你这份工作……你就跟你这份工作过吧，跟犯罪分子过吧，跟受害人家属过吧！你一天二十四小时操心这操心那，怎么跟受害人家属交代、怎么尽快控制嫌疑人减少社会损失、怎么挽救生命财产安危，你多大的心啊，你这么大的心怎么就装不下咱们一个小家？你救苦救难你观世音啊！我怀上点点，你不是不能打调动报告，可你偏不，你就这么热爱你的岗位，你爱岗敬业你就自己做你的英雄梦吧。我受够了，这么多年我付出多少，为你，为你们家，为孩子，为这些没完没了的生活琐事！你可以为你的工作付出你的所有，但你不能让我跟你一起付出，我没义务我也没责任，我不能再这么活下去了，我也是人，我也有自我！”

“你这……你这说哪儿去了。姑奶奶，我错了，是我错了行吗？不就是接电话嘛，我以后，无论你什么时候打电话，我都接，成吗？”

“你别再给我打空头支票了！一次又一次！我需要你接电话的时候，你哪一次接过？每次跟你讲，你就来这一套！狼来了听三次也够了！”

“你打电话找我什么事儿？”

婷婷的笑比哭还透着悲伤：“没事儿。是什么事儿也不重要了，有什么事儿你该耽误也全耽误了。我嫁个人，我打电话给他从来找不见人，我这是跟谁过日子呢？空气吗？”

“来来来，别生气了，是我不好，我错了，你说说，我看看我耽误什么事儿了，现在办还来不来得及。”

“来不及了。我爱上别人了。”

“什……什么就……啥啊，爱谁啊，爱什么啊这话酸不酸啊，不是你……”

“他能定时定点给我打一个电话。我知道他人在哪儿，在干什么，我不用提心吊胆想着他安全不安全，我知道他晚上睡在哪儿。”

我没挂电话，拦了辆车就往家里赶，婷婷那边滔滔不绝地吐着苦水。

这些话我都听她说过很多遍，可是这次不一样，我觉得……我是真的要失去她了。

她说，我爱上别人了。

我回到家的时候，婷婷已经走了，常年的刑侦经验在这会儿为我还原了她离开的现场。真是讽刺，她把自己的东西收拾得干干净净，拖着箱子就走了，没告诉点点，没告诉任何人。

唯独告诉了我，她的意思是，以后她不会给我打电话了。

我也不知道当时自己是怎么想的，没有愤怒，更多的是失落和茫然。我手足无措，完全不知道应该怎么做。

我就像是一具丢了魂儿的行尸走肉，大脑完全死机，什么也想不出来。

结婚时她的模样，她怀孕时的模样，患上肿瘤时候的模样，还有病好了之后打扮自己的模样，这些就像是走马灯一样在我眼前晃过。

其实我知道，我岳母几乎每天都在给她打电话，给她介绍一些“高富帅”。哪有这样的母亲，整天劝自己女儿改嫁。

婷婷开始的时候会安慰我，让我不要和她妈计较。后来婷婷懒得安慰我了，因为她觉得我俩都适应了。再后来，我不明白，她怎么就莫名其妙地变了心。

她的离去，早有征兆，只是我没有察觉，或者是隐隐察觉到了却不肯相信。

点点在屋里睡着，我不想痛哭出声，也不想宣泄愤怒。

我完全不知道自己现在应该表露出什么样的情绪，什么样的情绪才能配得上我现在的心情。

第十四章

CHAPTER 14

面具破碎，人设崩塌

每个人生下来都是赤裸裸的，上了社会就有了面具，骗别人也骗自己。面具破碎的时候，人设也就崩塌了。

“刘哥？师父！”

猛地回神，我机械性地扭头看向夏新亮。

“您想什么呢？我叫您好几声儿啦！”

“噢噢噢。走神儿了，晚上没怎么睡。”

“叔叔身体还没好转？”

“咳。什么好转不好转啊，不是什么事儿，他这帕金森，出入医院是常事儿，没事儿。”

“我看您这一天天熬着……师娘怎么没跟您倒班儿啊？”

我生硬刻意地扭转了话题：“你叫我干啥？”

“哦，我是说啊，您要不好好休息一下，我看您这精神特别不好。”

“没有，不碍事儿，熬习惯了。”

“您得注意了，比我得注意，我好歹年轻，不是您劝我注意身体的时候啦？您自己也得拿自己个儿当回事儿啊。”

“当当当。没不当回事儿。”

我去她单位找过她两次，头一回她不见，后一回我发火儿了，我说你他妈还是孩儿他妈呢，你不回家你什么意思，你离婚你孩子都不要啦！她让我吵吵得没面子，推着我从办公室出来，在他们楼下大院儿里对我说：刘子承，这婚铁定要离的，你能不能像个成年人，别这么丢人现眼！孩子我可以不要，我必须跟你离婚。我也跟她吵嚷起来了，后来是让安全局的保卫给我架出来的。

再后来，她连电话也不接了。跟着老爷子又住院了，我白天忙队上的事儿，晚上去医院陪床，也算是逃避吧。我不能相信，过得好好儿的我们俩，竟然到了要离婚的程度。我不相信她有人了，我觉得我们就是需要好好儿谈谈，可她说她就是有人了，比我强千百倍。

这两天我把点点送到了我姐姐家，然后我去医院照顾父亲。在医院我没睡过一个囫囵觉，老想我们俩的事儿，就跟过电影似的，从恋爱到结婚再到要孩子，想我们俩一起哭一起笑，想这些年的每一天每一刻。孩子出生那天，她被阵痛折磨得不成人形，我说不行就剖吧，那么多产妇都是剖腹产也没见谁家孩子痴傻呆茶，她说不，别人是别人，我是我，我娃就得顺产，就得通过那个产道压力，就得天生聪明。

我要陪她进产房，她说死不让，哭得跟鬼似的，鼻涕眼泪一脸地跟我嚎嚎：你别陪着，用不着，谁还不是小公主了，弄这寒碜相儿我不要脸啊！怎么跟她说怎么不让，寒碜啥啊，就跟现在不寒碜似的，都哭脱相了。从夜里到第二天快中午，点点才给生出来，我儿子都没看一眼先看她，看她躺在床上一脸苍白，嘴唇儿都是白的。

她有气无力还跟我打趣：幸亏你没跟着，血里呼啦的，我哭喊得想撞墙的心都有了，大夫说我都失禁了。你要跟着，我还得安慰你，不把我累死才怪。那一刻，我拉着她的手，发誓一辈子对她好。她肝上长了脂肪瘤，起先不知道是脂肪瘤，不做病理不知道，我真是能把自己的肝割下来让给她。

为了给她看病筹钱，我卖房我都干！我不会表达，我嘴笨，我哄她都没好套路，可我在意她，在意我们的家，我不会说但我会干。可怎么到头来，就换来了一句“咱们离婚吧”？

我承认这些年，在这段婚姻里，她付出的比我付出的更多，但我不比她少用心啊。她要好的生活，对物质有要求，我尽力满足，我拼死拼活，我工作性质就是这样，从结婚开始她就知道的，我们都缔结婚姻誓言了，都无论贫穷富贵健康疾病了，这还没怎么着呢就不过了？孩子都不要了？我操，你这叫什么爱啊？你懂什么是爱吗？你不爱你儿子，不爱你丈夫，你爱别人？

说让她气蒙了都不为过。关键是她这个不成熟的做法儿，你要离婚你不能沟通吗？这么大的事儿，你拖着行李箱走人就能解决吗？有矛盾不解决，矛盾就能蒸发了？

我不相信她外面有人了。我毫无察觉。我坚持认为她就是在闹小姐脾气。谁还不是小公主了？你是你是。

正说着话，我手机又响了，掏出来一看，是个陌生号码。

“喂？”接起来，那边儿没动静，停了三秒钟，我要挂了，才听见那边传来一副低沉的男声。

“喂，您好，是刘子承刘警官吗？”

“啊，我是。”

“那个……”

对方吞吞吐吐。

“你说，什么事儿。”

“是这样……”

我一阵烦躁，大老爷们儿干吗呢，打个电话还磨磨叽叽！

“我想跟您谈谈李婷的事儿……”

“你谁啊？”日了狗了，婷婷不会连律师都找好了吧？

“啊，我姓戴，戴天杰。婷婷跟我……一直跟我这儿住着呢……我们吧……”

“啪”，我把电话挂了。脑子嗡嗡作响。

夏新亮是心思敏感的孩子，一早就发现我不对劲，又问我说：“刘哥，您真没事儿？”

我揉了揉发僵的脸颊，说：“没事儿，赶紧看看李昱刚到底有什么发现吧。”杨教授的案子因为我的私事儿耽误了好几天，李昱刚早就从虎子那里摸到了不少线索，而且夏新亮也有所发现。

扎到李昱刚电脑前面，他先给我看了一些这个虎子的朋友圈照片，照片上小伙儿是挺帅，就是不像董春妮给我们描述那样子了。一点儿都不像。哪儿还是平头啊，跟韩国明星那种造型似的，不是说非主流，应该叫潮还是叫啥？反正年轻男孩在意自己外表的，都那么一种打扮，小姑娘喜欢。车也不对啊，他这老跟卡宴合影，没半点哈雷影子了。这些照片还有一个中心思想，那就是——炫富。简而言之，拍照一定带上钱包、名表、豪车、高档住宅等。俨然一副我是富二代那个架势。

“你跟董春妮确认过了吗？”我问。

“别提了。”李昱刚把饮料瓶子往桌上一放，“她起先也蒙了，后来才确定这就是虎子。”

“蒙了？”

“嗯，说换个发型跟整了容似的。而且 B612 拍人那皮咔咔一磨，也确实不容易分辨。”

我点点头，“捋出来什么线索了？”

“是这样。有俩女的跟他聊天特别频繁。一个是这个叫国色天香的，另一个是这个叫维维豆奶的。”

我一看照片，前者是个中年成功女性的模样，微胖，个儿不高；后者是那种典型的白富美，拍起照来秀晒炫得十分高雅，不显山不露水，绝没有用力过度。

“她俩都是手机号注册的微信。”

“查着什么了？”

“您猜怎么着？我还没来得及上移动调查这俩号码呢，其中一个号码倒是在咱数据库里。”

“哦？”

“这个国色天香叫郭蕊，经营一家叫女人蜜语的公司，我查了查，是跟天猫上卖液体避孕套的。她上个月上派出所报过案，说她的保时捷卡宴被人偷了。”

我挑高了眉毛。

“受案回执单上留的就是她注册微信的手机号。”

“车找见了吗？”

“您问到重点了。没几天，她又来撤案了，说是误会一场，是她忘了借给朋友开走了。”

“呵呵。我猜这受案回执单还出现在他微信里了。”

“这就只能是您猜了。他跟国色天香的聊天记录全被删了。只是记录虽然都删了，但互动频率不会因此改变。”

“另外那女的呢？”

“那女的聊天记录倒是都在，都是你侬我侬的情话，他还常给那女的发红包、代付款啥的。”

“我看啊，这俩人咱都找找吧。我估计这个虎子先是傍了这个有钱的中年妇女，然后又认识了更年轻更合乎他心意的白富美，他又追这个去了。反正无论怎样，这俩人里哪个都应该知道他的联系方式。”

这时候夏新亮跟我说：“刘哥，咱俩去三里屯那天，我也了解到了不少信息。”

这孩子心善，看我这两天心不在焉的，所以一直自己处理这些，没告诉我。

他们的善解人意我都记得，而且有些感动。我点了点头，示意他说一下。

原来那天我出去接李昱刚电话的时候，有个浓妆艳抹的姑娘一把拉住了夏新亮。

她问：听说你在找虎子？

夏新亮答：怎么？你知道点儿情况？

她说：我也找他呢！这不够揍的鳖孙儿！他欠你多少钱啊？

这是怎么个情况呢？她跟我们找的还真是同一个虎子。平头整脸，骑个哈雷。这女的是干吗的呢？小姐。她跟这个虎子搞对象。

到现在我都数不过来这帅小伙儿到底有多少个对象了。要说搞对象也是门学问，他可能是专业的。你看，从音乐学院的高才生，到中年成功女士，再到富二代白富美，现在连小姐都出来了。

这个小姐说，虎子跟她谈过一段儿，这虎子也没啥活计，就自告奋勇说帮她撑场子。怎么叫撑场子呢？就是小姐找一个客人座谈，他就从中收五十块钱，那个男的给她一百也好二百也好，他要五十。如果聊完天喝完酒不给钱，他就把那男的揍一顿。

听到这儿李昱刚吹了声口哨："好家伙，还真是生冷不忌啊！开得了卡宴，当得来脚夫。"

"卡宴？"夏新亮看向他。

"你先把你的说完。"我示意夏新亮继续。

"我问了问那姑娘，姑娘说他俩搭伙儿的时间就是冬天那会儿，圣诞节生意尤其好。慢慢俩人越处越好，越来越交心，这个虎子就住到了姑娘的租住房里。结果姑娘过完春节回来，发现虎子不见了，人不见了不说，金银细软、卡里的钱全跟着不见了，手机也打不通了。姑娘给气劈了，就开始四处找他，然而始终没找见，说跟撞上了都市传说似的。"

李昱刚给夏新亮说微信方面获取的情况时，我把白板擦了，画了个人物关系图。

这个虎子吧，喜欢同时交好几个女朋友。

搭上董春妮的时候，他在跟这个小姐同居。号称帮董春妮打杨教授，又号称给小姐撑场子。到头来，教授没打，场子没撑，人消失了。

勾搭中年成功女性时，开着人家的豪车泡白富美，不知道是不是败露了，中年女士郭蕊上派出所报案自己卡宴被盗，后来又撤案，虎子还把跟人家的聊天记录全删了。可能是闹崩了。也就是说，他现在专心忙着勾搭白富美呢。

夏新亮看着白板问："杨教授被杀的时候，这个虎子失踪了。如果是杀人潜逃，也很说得通，都杀人潜逃了，势必得跟过去一刀两断。所以拉黑了董春妮，洗劫了那个小姐。可是他这心理素质够好的，没多久他等于又回京了，改头换面，开始在更高端的市场转悠了。"

我想了想说："咱们现在没法证明他杀人潜逃，毕竟人都还没找见。但我不觉得他是因为杀人潜逃才把董春妮拉黑的。"

"哦？"李昱刚看向我。

"我怀疑，他管董春妮也借过钱。"

"你等我问问。"李昱刚说着拿过了手机。

他跟董春妮发微信的时候，我还在琢磨一件事。这个虎子是怎么做到自我进化的？从前混夜店泡学生勾小姐，咋现在直接对象变成功女性和白富美了？

"刘哥，他还真管董春妮借过钱。5000！"

"董春妮管他要过吗？"

"没有。董春妮说她不差钱，本来也没想跟他要回来，再说还拜托他打杨教授了呢。"

"所以说，董春妮根本没想过让他还钱，因而从来没说过这个情况。"我点点头，"但是，虎子记着这事儿呢，他很可能是怕董春妮催他还钱才拉黑了她。"

"我记得董春妮跟夏新亮说，即便他没修理杨教授，她也没责难他。"

"那只会更让他觉得，董春妮最后会让他还钱。"

"刘哥你啥意思，我不太明白。"夏新亮看着我问。

"没啥。差不多今儿就这样吧，明天咱们去见见虎子的新女友们。"

我没把我的顾虑说出来，怕大家丧气。随着我们调查的逐步展开，我越来越觉得哪里出了问题。虎子真的就是我们要找的嫌疑人吗？如若不是他，还会有谁？

夏新亮下午来跟我会合时，瞧着不精神，不是说萎靡不振，是不像往日那般英气。他上了车，坐到副驾驶，我从他身上闻到了藿香正气的味道。

"中暑了？"我起步上路，随口问道。

"没有。"

“那怎么喝藿香正气了？”

“刘哥您鼻子真灵。”他笑了，“这不是秋老虎凶猛嘛，我喝点儿预防预防。”

我一想也对，毕竟这天儿太热了，不预防一下很容易中暑。

“点点开学典礼怎么样？”

“嗯？”夏新亮的声音将我从万千思绪里拉回到现实中来。

“我说点点，今天早上您不是带他去幼小衔接班报到入学了吗？”

“噢噢噢。挺好的。交给老师了。”

夏新亮笑了，“什么就挺好的呀，交给老师就好了呀？”

“可不是好了嘛，可算有地儿能看着他了，老跟我姐那儿也不是事儿啊。”

“您这孩子养的。”夏新亮咂巴嘴，“可上点儿心吧！这就正式开始学习文化知识了，多抓抓，别输在起跑线上。”

“现在当个孩子也不容易啊。才多大点儿啊，就这班儿那班儿地报着，你不多报俩班儿，你都不好意思跟别的孩子家长张嘴打招呼。我小时候没这那的我也没成弱智啊。”

我这真是有感而发。从前我们可不就是放养长大的嘛。上学还老溜号儿出去野呢。现在的小孩儿就跟填鸭似的，家长老师可劲儿往他们脑子里塞东西。幼儿园明令禁止教授数理化知识，那好，行，弄出一个幼小衔接班，这就不归幼儿园管了，就能教了。除了这，还得有兴趣爱好班儿，婷婷给点点报了个大字班儿还报了个小提琴班儿，我说你这不是瞎胡闹嘛，咱俩祖上三代没一个搞音乐的，到他就突然开窍了？

想到婷婷，想到点点，我内心就特别波涛汹涌。上礼拜我姐跟我说，有天夜里，两点多钟吧，点点睡糊涂了，起来找妈妈，满屋子找，找不见就哭。我听了心都碎了。五岁的孩子，夜里两点起来找妈，只要他妈管他，怎么都行。妈妈、妈妈叫着，那种感觉，谁受得了？很绝望。可我毫无办法。我能说啥？说你妈不要你了？切，归根结底，他妈是不要我了。你让我怎么说？

“您小时候社会上还没这么多坏人呢，还没这么多邪门儿歪道的诱惑呢，还没这么大竞争呢，这您得以发展的眼光看问题啊。”

“科技越发达，社会越进步，人越他妈忙。你说这一通瞎折腾下来，这个号称省时，那个号称省力，你是不用下楼买菜做饭了，叫外卖；你是不用出门逛商场了，网购；你是不用打扫屋子带孩子了，有保姆有月嫂。看起来你好像啥都不用干了，那你干吗呢？坐在电脑前头办公。说到底，你没赚还赔了。你基本 24 小时处于待办公状态。”

我叹了口气：“手机敢关吗？网敢断了吗？咱就像《城市之光》，就卓别林演那电影儿里，咔咔跟那儿拧螺丝的工人，消耗自己维持这座巨大城市的运转。我就想我儿子自由点儿，到荷塘里摸个鱼，到草地上踢个球，到大森林里网个蜻蜓，这还成奢望了。这种我小时候玩儿得都觉得没劲了的东西，对他来说倒是可望不可即的奢侈了。荷塘填了盖楼了，绿化带都压缩压缩再压缩了，森林？封山造林都不让进了。”

“您这么一说都奔着《骇客帝国》去了。最后咱都被机器控制着，当能源使，脑袋后头插一管子，精神世界被机器控制，让咱们以为咱们在假装生活。”

“你以为不是啊？多少人在假装生活？”

“刘哥你有点儿颓啊。”

我把嘴抿成一道线，叹了口气。我状态是不好，可以说很不好，但我还得控制住，谨防脱轨。我很累，累到极致，但还有太多事等着我去办，我不能倒下，我还得站直身板儿迎接这世界铺天盖地的恶意。我是个男人，我是个父亲，我还是个刑警。

我跟夏新亮比约定的时间早到了会儿，前台接待把我们让进了一间小型会议室，倒了茶水让我们等着。

说真的，来之前我没想到这家叫作“女人蜜语”的公司规模这么大，好么，整整一层办公楼都是他们的。朝阳门这地段儿可不便宜。

四点半过一点儿，郭蕊来了。穿了一身合体的职业套装，丰满富态，戴一副无框眼镜，藏在后面的眼睛透露出果毅与沉着。她伸出手与我们握手，力道掌握得恰到好处。

先前我们联系她，一说是警察，她有些惊讶，狐疑地问，案子不是已经撤了吗？我说我们不是因为您报失卡宴的事儿，我们是想问问您开走您卡宴那男的，关于他的事儿。电话那端的郭蕊沉默了一会儿，以极其讽刺的口吻问：他是因为诈骗被抓了吗？显然，她特别乐于这主儿被逮。

大家落座，郭蕊性格直率，她点了支烟，把打火机往桌面上一放，说："有什么想问的就问吧，我一定知无不言。"

她也着实做到了知无不言。

郭蕊说，虎子叫程曦，他俩是在一个酒会上认识的。那时是春天，四月份左右。她失婚才半年，内心空虚寂寞，程曦来找她搭话，两人相谈甚欢，就相互留了联系方式。那个酒会是一家所谓的名媛会所举办的。会所平日经常有交流活动，主要培训礼仪等上流社会规则，像郭蕊这样的成功人士是他们的核心力量，这种白手起家奋斗出来的女人都乐于给自己做包装，让自己看上去更适合交际圈。

也有不少年轻姑娘参加，多是一些外围女之流，花钱包装自己好钓金主。实际上，像郭蕊这样精明的女人，去了几次就瞧出了这家会所的肤浅与虚伪，说到底，就是个巧立名目圈钱的地儿。

郭蕊的原话是——什么是上流？那是有文化积淀的，不是你赚了多少钱再花钱就能模仿出来的。你知道再多的礼仪，你表现得再优雅，你也没那血统，没有那血统赋予你的优渥生活。野鸡变凤凰那都是戏剧性的事儿，我不是说我是野鸡，我就是平头老百姓，这些年费心费力经营自己的买卖，赶上互联网大潮，一下儿发了。

我不是那养尊处优的小姐，我也学不来端架子起范儿那一套，学个四不像还不如不学。尤其我发现，跟我一起上课的年轻女孩，全是那种网红脸，脸上打着玻尿酸，身上穿着上一季的名牌货，背高仿 A 货包那种，你说我跟她们为伍，可笑不可笑？这会所啊，我后来就不去了，不去了再回想，越想越 Low，租个古建办公摆上欧洲家具就真以为自己配叫会所了？野鸡待的地儿，注定是个野鸡窝。

郭蕊参加那次酒会是最后一次参与会所活动，后来她就再没去过了，也没退会费，不在乎那点儿钱。他们给她打过几次电话，都叫她推辞了。反倒是跟程曦渐渐熟络了起来。

“我其实从打一开始就知道他是干伴游的，聊了几次就知道了，他没明说，但我多大他多大，我又不是天仙，人那么哄着你高兴，又是陪你逛街又是陪你吃饭又是陪你飞马尔代夫度假，图啥啊？图你有钱，图你能给他花钱。吃点儿好吃的，住几家好酒店，买几身大牌衣服、几只名牌包，就这些就够了。我那卡宴他也老拿去开，拿就拿吧，我还有辆玛莎拉蒂，那卡宴基本就给他开了。本来我觉得这没什么，也算是明码标价，我出钱他谄媚，我花钱让他哄我开心。结果怎么着？要我说男人都是天杀的！我待他不薄，真挺够意思了，三天两天找各种由头要钱，零零散散也给了他十来万，他可倒好，半点儿职业精神没有，一转脸就勾搭了一个小姑娘。你说这是不是没职业精神？”

我能说什么？我跟着点点头吧。

“我就跟他掰扯，我说你也别跟我这儿装傻充愣了，你择了高枝儿你就去，咱俩就算完了。给你这那也是我愿意给的，你都留着不用还给我，就是卡宴你给我开回来，那车在我公司名下，你别回头给我惹事儿。他就跟我磨叽，说姐你别这样啊，说姐你不喜欢我啦，总之就是没皮没脸那一套。让他还车他也不还。我就火儿了，上派出所报案了，直到把受理回执单发他，这他才把车给我送回来。我本来也没想闹大，觉得没意思，就去撤案了。自此之后我跟他再没联系了。”

郭蕊把事情原原本本给我们讲了一遍，我们让郭蕊给虎子打电话虎子果然也没接。也就是说，我们走这一趟，唯一的收获是——知道了虎子的真名，程曦。就这，也不见得是真的。电话号码嘛，也不知道他还是不是用这一个。

从“女人蜜语”出来，我和夏新亮乘电梯直达地下车库，一边走我一边思索，线毕竟不能就这么断了。

“我觉得咱们有必要查查那家名媛会所。”夏新亮说，“他们老有交流活动，你譬如像郭蕊参加的酒会，好端端的交流、好端端的酒会，怎么就有鸭子跟里头呢？要我看，恐怕这里头事儿少不了。”

“嗯，很有必要。尤其郭蕊说，里头还好些外围女。郭蕊参加的酒会她说那些外围女基本没去的，但作为会员，人家交了会费，他们能给富婆找鸭子，就肯定能给外围女介绍富豪。殊途同归，都是一个套路。”

夏新亮冷笑，“什么叫上流啊？我看这些所谓上流人士，实则下流到无底线。有钱有权缺乏管束，什么都干得出来！”

“那可不是，你以为呢。这钱色交易还是小的，还有各种各样的癖好，在金钱的驱使下，真应了那句‘有钱能使鬼推磨’。”

“我看是‘有钱能使磨推鬼’！”

“还有个事儿我不知道你想到没有。”

“您说。”

“你看这个虎子啊，从前一个德行，现在一个德行，从小姐到富婆，整一个飞跃。他自己凭空可飞不起来，准得有人带他入行。”

“我跟您想的一样。刚把他手机号给李昱刚发过去了，让他查查看看都有谁跟他通话频繁。”

“他那边有啥进展吗？”

“没有，刚还给我发了个哭丧脸。说一点儿没查着那个白富美的蛛丝马迹，这人就跟不存在似的。”

“哦？有点儿意思。”

想要查这家名媛会所，对我们来说略有难度。你亮出警官证直不棱登上门，你也不可能查出来什么。人家傻啊？能干这营生的傻不了。也不是不能抽调个女警过来，但一方面打报告费时费力，另一方面上头也可能不批，因为你是查杀人案，你很难证明查这家会所跟调查杀人案有关系。

夏新亮说，这样吧刘哥，我找我一个同学帮帮忙，看看我俩能不能混进去。我说不妥，首先这事儿有风险性，万一出了事儿咱们没法儿对人家负责；其次你也就是能陪着去，到时候研读课程参加活动你都不能跟着，你不跟着你就不能有现场判断，意义不大。

刑侦工作不仅仅靠信息，更要运用经验去判断，许多关键都藏在微小的细节里，一旦错过就全白搭了。

好在，李昱刚这时候有了收获，他从屏幕前抬头，喊了一声："刘哥，有个号码跟虎子互动频繁。我查了查这号码，您猜怎么着？"

"怎么着？"我把翘着的脚从桌面上拿下来，把烟蒂碾灭在了烟灰缸里。

"这个号码在网上发布过很多条招聘信息。"

"招聘什么的？"夏新亮问，不给他继续卖关子的机会了。

"依我看，是男公关。你听听这广告词儿啊，夜场招聘，我们不在乎您的学历，也不强调您是否有经验，但我们很注重您有没有不甘平庸挑战自我的……"

"你打住。"夏新亮连连摆手。

"你俩应聘去吧。"

我说完，两束视线直射我的脸。

"刘哥您没事儿吧？"

"肯定是你俩去啊，你看我能行吗？看着就没人要不是。"

"刘哥您不能这么说，要对自己有信心！您这块头，一身硬邦邦的肌肉，脸上线条明朗，精神得很呐！"李昱刚嬉皮笑脸。

"我抽你小丫挺的！"我作势抬手。

"问题的重点不是谁帅吧？"夏新亮放下茶缸，"是卧进去干吗，对不对，刘哥？"

"不是找虎子嘛，直接找这人问不就成了！"李昱刚说。

"问个屁！你问人家就跟你说实话啊？干这行的，比猴儿还精！咱们找他不是重点，重点在名媛会所。”我说。

“名媛会所也不开在鸭子窝里啊！”

夏新亮截住了李昱刚的话头，道：“你看你，思维固化了吧。瞧瞧白板，看看咱们罗列的已知情况。虎子先前混夜店，接触的不是小姐就是女学生，一扭脸，搭上富婆了，还勾搭上了白富美。”

夏新亮起身走向白板，敲了敲，“划重点啦。这其中咱们分析必得有人带他入门。李昱刚你查了通话记录，跟虎子频繁联系的号码之一，在网上发布招聘信息，找男公关。招了男公关，往哪儿输送呢？如果只是夜总会，那虎子进不去高端酒会。换而言之，这个招聘男公关跟名媛会所有着千丝万缕的联系。”

“你意思是，咱直接找这人问，虎子啊，会所啊，他不交底儿咱还就不能让他倒出来了？”李昱刚叉腰，“魔高一尺，道高一丈！”看得出来，他是真不想去卧底干这个。

“你别硬撑了。”我发话了，“别说他背后的盘根错节了，即便他只是虎子的朋友，你都得往透里做他的思想工作。不如顺手推舟，卧在他旁边刺探。毕竟咱要听他说真话。只有他说真话，咱才能掌握虎子的动态。”

就这么着，我把李昱刚跟夏新亮发配了出去。

然而，他俩的走向是截然不同的。哥俩儿相携去应聘，待遇简直一个天上一个地下。那是个坐落在一栋矮楼二层里的办公室，负责人就是电话号码的主人，自称叫马凯，他单独面试的夏新亮。

李昱刚呢，坐在大开间跟着其他人由一个中年女性负责面试。说是面试，其实是招聘骗局那个套路，让你缴费。服装费 580，名片费 50，办健康证 30，另外还有培训费 480。有零有整，全没收据。培训时间特别短，基本就是告诉你工作是什么，接着李昱刚就被开车领到了一间夜总会。

夜总会在闹市区的一家大厦的地下一层，有人带李昱刚熟悉地形，然后就把他留在了包厢里。包厢还待不住，有人来就得换地儿，赶上消费高峰，也就是十点到十二点，没有客户叫的男公关们就被赶去了大街上。对，李昱刚就没人叫。

公关部分了两个组，每个组都有一个头儿负责。两个组人数在20人左右，由于每天都不断有新人进去，所以人数一直不固定，据说鼎盛时期，公关部开会，三个大包厢里人都坐不下。

公关部的“男公关”在公司内有一个名字——“野鸭”。没有固定场所，没有编制，不签任何合同，公司与员工之间是一种松散的合作关系。

经过几天的观察、调查，李昱刚终于揭开了夜场招聘的内幕：不论长相、年龄、学历、经验，只要交相关费用，基本上就不再管你了，除非你真的有做“男公关”的潜质。有生意更好，公司可以有大把的收入，没生意公司也不亏，每天几千元的招聘费收入，一个月下来就有10多万。

而且由于不开收据，不给工作牌，不提供任何能够证明员工身份的东西，即使这些求职者发现上当受骗后报警或者到劳动部门投诉，提供不出证据，也奈何不了他们。但李昱刚有备而去，该采集的证据半点儿没落下。他待了一个礼拜左右，见天儿问：刘哥，能撤了吗？

夏新亮是让马凯领走的，没有车拉他去夜场，他被马凯带去了一家五星级酒店，顶层有间套房，据马凯说是他们长期包租的。里面可谓富丽堂皇，摆了好么些展柜，里头基本都是大牌奢侈品，从钱夹到手表一应俱全。里面的东西可以随便借用，一次只能取用两样，每样都需要押金，拿走去房间里，就有摄影师给你拍照。对，跟这些奢侈品拍照。不仅帮你凹造型，还帮你细心取景。拍出来的照片夏新亮看了看，跟虎子朋友圈那些秀晒炫的如出一辙。

换衣服的时候马凯还批评夏新亮了，说你买条爱马仕的假腰带就买吧，怎么还买个logo在里侧的，这谁能看得见啊，钱不是白花了。夏新亮鼻子都气歪了，他那腰带真是真的。

拍完照，照片马凯给了夏新亮一份，说你拿着自己也可以发发朋友圈，记得打开"附近的人"功能,确保人家能搜到你。夏新亮问,那您拿着是干吗用呢?马凯一把揽住他的肩膀,说:帮你推广啊。小伙子,我很看好你,你这么英俊,干这行将来会有大出息。到时候可别忘了哥哥我带你入行,做人要讲义气。

夏新亮跟马凯身边儿卧了半个月多,这小孩儿确实走哪儿都讨人喜欢,除了耿直没别的毛病,而且你耿直,其实会更让人放心。其间马凯带着他东走西串,见见这朋友,看看那朋友,也不是单独跟人见,马凯全程跟着,夏新亮就像个商品,经常让客户摸摸手、摸摸脸,可把他这洁癖折磨坏了。这些"朋友"也就是客户,多是些女大款,出手阔绰,夏新亮没少见马凯收钱。马凯收了钱,夏新亮本来也不是出来干的,当然从来不多嘴,也不开口要,马凯就更喜欢更看中他一些。

夏新亮很明白卧进去侦查的意义,也积极配合工作,但绷不住还是跟我咆哮了:刘哥,再没下回了,这都什么事儿啊!我好言规劝:小同志,卧底调查也是咱必修项目,你就别挑肥拣瘦了,这要让你抓个毒枭,你还得跟着去嫖赌抽呢。他就差给我掀桌儿了。还是太嫩。

后来这桌儿倒是没掀了,但他离掀桌真不远了。那天晚上他杀回队里,怒目圆睁,怒发冲冠。因为什么呢?因为马凯给他搞培训。还是在那家五星酒店,但不是那间套房了,是靠里手的一间客房,夏新亮一进去,马凯就坐在里面,还有个围着浴袍的姑娘,姑娘见他进来,直接就把浴袍脱了,给夏新亮雷坏了。敢情马凯要亲自指导他床上功夫。夏新亮那脸红得跟熟透的柿子似的,好说歹说害臊得不行,马凯就反复给他做工作,夏新亮说什么也不能干啊,当然也确实干不了,他情况特殊嘛。俩人闹得有些不愉快。

我一听有点儿揪心,得罪了马凯,线一断,那就全白搭了。揪心之余,我想不行算了,证据也采集差不多了,不怕撬不开他的铁嘴,干脆收网得了。不承想,没过两天,马凯又联系夏新亮了,这回他还带他见了虎子。

马凯介绍虎子让夏新亮叫喜哥,说下礼拜让他跟着喜哥去一个酒会,那儿猎物特别多。至此,可算是找见活人了。在此之前,夏新亮曾经刺探过虎子的事儿，问马凯有啥成功案例，求分享经验，马凯多次提及的就是虎子，看过照片，夏新亮很确定那个成功人士就是虎子。

接下来的几天，夏新亮跟着马凯和虎子参加了一阵绅士培训，培训内容跟名媛会所高度相似，譬如刀叉的使用方法、如何品酒、跳交谊舞的诀窍、爵士乐赏析入门等等。参与的男士有些是像他这样的年轻男孩，还有些是像郭蕊那样的成功女士。

夏新亮私下里跟虎子打听，虎子说，你这是搭上了成功的顺风车，这里的男的非富即贵，人家上这儿来学礼仪是花钱的。夏新亮问，那咱怎么不花钱啊？虎子说：废话，你是来挣钱的，你挣了钱，公司就跟着挣钱。夏新亮问：那这些男的花钱就是来学礼仪啊？礼仪这么重要啊？虎子说：当然重要，人家是大老板，出门谈生意，必须有范儿！而且他们这钱花得不亏，有人给他们介绍交际花儿。

至此，线索都串了起来。这个马凯还不是核心人物，充其量算个中层，在他上面，还有更高级的运营者。

夏新亮去参加酒会那天，我们调动了一部分警力，把一帮人全包抄了。从夜总会到招聘公司再到名媛会所绅士学校，一锅端。这案子我移给老蔡了，我说我就是抓个嫌疑人，不承想搂草打兔子弄出这么一套事儿，后续你接了吧，让夏新亮跟李昱刚把材料也都整理好交接了过去。

至于虎子，也就是程曦，我们给提走了。

第十五章
CHAPTER 15

缘来缘去

丧偶式育儿，守寡式婚姻，刑警式生活。我和她终于还是走到了这一步，缘来过，缘也去了。

抓他的时候，动静挺大，现场挣扎非常厉害，他梗着脖子嚷嚷，表情十分狰狞。

我跟夏新亮提审的他。虎子不给夏新亮好脸儿是一定的，要不是夏新亮，他们一帮人不会陷了。用他的话说——你长这么标致,你干什么不行你干警察!明明能靠脸吃饭，非要靠卖力气！夏新亮白了他一眼：我这是靠才华。就让他生气去吧，我就需要夏新亮坐在这儿刺激他，他越不冷静，对我们越有利。

“说说吧。”我看着虎子。

“说什么呀？”虎子低头不看我。

“你说说什么。”夏新亮小刀眼儿一瞪，可算解恨了。被这帮人吆五喝六带着当猴儿耍，他也是受够了，反击的时刻到了。

“还有什么可说的。”虎子说着，斜了一眼夏新亮，恶狠狠的，“这不被你逮了嘛，人赃并获。”

“身上还有别的事儿吧？”

“什么别的事儿？”

“郭蕊的事儿你不打算聊聊？”

虎子明显迟疑了一下，“她不是撤案了吗？”

“那郑晓萌的事儿呢？”郑晓萌是那个小姐，被他卷了包袱那个。

夏新亮说完，我明显感觉到虎子的脸僵了。他是真想不到我们如此详尽地掌握他的情况。

换我接着上："人家积蓄可全被你卷了。你说你小子也忒不厚道了，人姑娘坐台供养你，你招呼都不打一声就跑出来当鸭子了？"

虎子不吭声了。

"还有董春妮，学民乐那个，骑个摩托，你管人借那钱打算什么时候还啊？"

"欸你这样儿财色兼收日子倒是过得滋润啊。"

夏新亮打鼓我敲锣。

"你们……你们这到底……"虎子一脸懵逼地看着我俩。

"董春妮给你 5000 块钱让你修理她导师，你收了钱咋跑了？"

"没……没这事儿啊。她是借了我 5000 块钱，但她没说让我修理她导师啊。"

"没让你修理她导师，她带你去她导师家干吗？"

"没有的事儿！"

我跟夏新亮对视了一眼。这小子嫌疑必须是上升了。他承认认识音乐学院的董春妮，但他不承认去过杨教授家，说她根本没带他去过。这就是明显说瞎话了，董春妮说带你去过，邻居各种证明你去了，你说你一趟没去，想都不用想就是你了。

至此，我们还没有跟他谈及杨教授之死。人是不是他杀的，我们不能确定，他有嫌疑，也只是嫌疑。贸然跟他摊牌，可能会给他造成更大的心理压力。你只能旁敲侧击，你只能去试探。

虎子很紧张，我看着他就知道他对我们很设防，有所保留。他坚称没去过杨教授家，更没有哪个字儿提及杨教授死了。他不说我们也不说，他就是不承认我们怎么办？我们的办法是把这些东西都堵上，让他逃无可逃。

我和夏新亮跟虎子周旋的同时，李昱刚开始围绕他做工作。走访，去他的暂住地进行搜查。他住在一高层公寓里，在这间公寓进行搜查的时候，他们发现了刀，刀上面有血迹。

得知这情况，我们一伙人一下子兴奋感又起来了，认为这事靠谱了，当时就把刀上的血迹做了DNA检测，可结果出来我们一看，是动物血。

问他怎么回事，家里为何有刀，刀上为何有血，虎子解释说我也不知道为什么有血，他自己也不知道，就一问三不知那个套路就上来了。你满嘴跑火车，我们可不就跟你较上劲了吗？可凡事得讲证据啊，没有证据是不行的。到头来你还是拿他没办法。

拉锯战就这么开始了，经过好几天，人人都疲惫，虎子基本没合过眼，原本挺精神的小伙儿眼神都无光了。

大约也是实在扛不住了，他问："你们到底想知道什么啊？直给行吗？我真是让你们搞糊涂了。来回来去就那几个女人的事儿，情况你们不是都掌握了吗？对，我是拿她们钱了，但我没骗她们啊！她们花钱我哄她们高兴啊，给她们办事儿啊！说真的，我才是受害人。你们问我被捕为什么激烈反抗为什么精神紧张心理压力大，我也不怕丢人了，我实话跟你们说了吧！我被人骗了！你们把我关在这儿，我没法儿找人了！"

这口，就算是松了。扛不住了，受不了了，把底儿全撂了。但他撂的，跟杨教授被杀案全无半点关系。

常在河边走哪有不湿鞋？这虎子常年吃软饭，仗着长得精神身材棒一路走得用他的话说顺风顺水。姑娘们也基本没有翻脸报警的，一是脸面上挂不住，二是损失也真没多大。后来虎子搭上了马凯，马凯就把他往高端圈子里带，他弄钱马凯抽成。

渐渐地，虎子就开始膨胀了，当然他自己不说自己膨胀，他说他是觉得自己出力马凯还拿大头他不平衡了，正好这会儿他搭上了郭蕊，就不怎么爱跟马凯混了，专心傍着郭蕊。郭蕊对他不错，这不是一锤子买卖，马凯也没法说他什么，俩人就渐渐拉开了距离。

有一天，通过摇一摇这个功能，虎子发现了一个叫维维豆奶的白富美，俩人一来二去就撩起来了，跟着就双双约见直奔热恋。据虎子说，这个姑娘叫钱维维，吃穿用度都很奢侈，她自己说家里是做买卖的，温州人。谁不知道温州人有钱啊？虎子这心思就活络了，心想，自己年纪说话也就大了，干还能干几年啊，要是娶个白富美，那不就平步青云了吗？

因而他就假扮高富帅很热烈地追求姑娘，平时都是开着郭蕊那辆卡宴送姑娘出入，他说他真没想到这女的是个骗子，她明明住豪华别墅区啊，家里还有佣人啊。姑娘喜欢这那虎子也不含糊，买。反正郭蕊给他钱，他就把钱都花在这个维维姑娘身上。不仅买买买，红包也是经常发。

其间郭蕊发现了他的异常，闹出了那起报失案，之后他把车给郭蕊送回去了，继而又去租车公司租了一辆豪车充门面。结果，上月底，维维姑娘失踪了，家里人去楼空，微信也再没回复，电话永远关机，消失前，还管虎子拿了十万块钱。这钱虎子是抵押来的。

等于是个啥情况呢？简单归纳就是，一个假高富帅企图骗一个白富美，殊不知自己却被假白富美给涮了。虎子走投无路，又去找马凯了，马凯知道他这事儿，说哥哥人脉广，有哥哥呢，不怕找不见这骚货！就这么着，才有他跟着马凯带着夏新亮最终被一网打尽。

我见他真挺闹心，决定从这儿切入。

“你先别着急，既然有这么档子事儿，咱可以立案抓她。但我找你来，既不是因为你被骗了，也不是因为郭蕊丢车。”

他截住我的话头，说：“什么事儿你直说，我知道肯定告诉你。我这事儿只要您能帮我破案，您让我干吗我干吗！”

我看着他，让夏新亮给他倒了杯水，又支派夏新亮去给我们弄点儿吃的。虎子瞧着夏新亮被我使唤，来了点儿扬眉吐气的意思。

“你什么时候跟这个马凯认识的？在哪儿认识的？”

“还是马凯的事儿啊！成，我说。我是过年回来之后，跟夜店他跟我搭讪的。一来二去老在一起玩儿，就熟了。地儿我记不清了，工体北路那边儿。三里屯不敢去了，您不是知道晓萌那事儿嘛，三里屯就不敢去了。正好马凯说带我混高级圈儿，我就跟着他了。”

我点点头，继续顺着马凯问，让他放松警惕，“听你说来，你跟马凯关系很亲厚啊，他带你入行，你又另立门户，遭了难来找他，他还帮你。你图他人脉，他图你什么啊？我听着不太合理啊。”

“这事儿吧……这事儿……”虎子挠头，“哎哟喂……丫不太老实。也就是你们那小警察聪明，马凯带他开房来着吧？他丫就那一套，开房，约个女的，说磨炼你床技，让你跟那女的来，他一旁看着也就算了，还老上手摸，不是摸那女的，是摸我。我真挺硌硬。”

这……好么。幸亏我把夏新亮支派出去了，这要让他听见，还不得炸了。他还真是羊入虎口了！

得了，别绕了，抛直球吧，“春节前你干吗卷了郑晓萌的东西跑了？你俩那会儿搭伙儿不是挺好的吗？”我话锋一转，把问题兜头抛出来。

虎子愣了愣，嘴动动，想说又没说。

我观察着他的微表情，等他下一步动作。

他好生纠结了会儿，最后抬头看向我说：“是这样……您先前问我董春妮是不是给我钱让我修理那个杨教授……有这事儿。”

我内心有些激动，但脸上并不表现出来，听他继续往下说。

“他家，那个姓杨的教授家，是丢东西了吗？”

啥玩意儿？

“我啊，收了董春妮的钱，我本来没想白要她钱，可是吧，你看我，靠脸吃饭的。我去打他，万一他还手，我这还怎么吃饭啊……董春妮带我去过两回，我观察那教授也不是好惹的，就打退堂鼓了。但我发现这老头儿家挺有钱的。家里装修家具什么的都不错，学生还老给他上供。我就想，干脆偷他算了。偷点儿值钱的，也给春妮解解气。我自己去了几回，可老找不着机会下手。那老头儿睡得晚，白天又总有人跟他家走动。一来二去我发现没机会，就作罢了。但我拿了董春妮的钱，又没给她办事儿，我就怕她来闹我，毕竟她知道我在哪儿混。我就提心吊胆，不知道她哪时来，也怕她闹了萌萌跟我掰了。后来我想明白了，也别等了，干脆跟萌萌也吹了算了，就不怕董春妮闹了露馅了，我就趁着过节萌萌回老家，把东西敛敛就走了……”

我还真有点儿蒙了。直觉上，我觉得他根本不知道杨教授死了，更别提他把他杀了。

“你进去过吗，那个老教授家里？”

“跟着董春妮进去过。我自己没进去过。”

我又问了他大致的案发时间他都在哪儿、干吗，虎子一五一十全说了。

老人死了六到八个月，春节前虎子给郑晓萌站台，他说，萌萌每找一个客人座谈，我就从中抽点儿钱，我老盯着这个事。春节期间呢，他卷了人家东西跑了。这跟郑晓萌给我们反映的情况一模一样。春节后他又回了北京，转战工体跟马凯混去了，跟马凯的微信、来电都能证明。

嘿！时间证人全齐。还都是我们自己找见的。这他妈……

“你那带血的刀又是怎么回事？杀野猫野狗了？”

“嘿！我真不知道！那公寓我才搬进去没多久，您把刀放我面前，要不我怎么愣了呢！”

我还是不死心，“那你跟那老教授家蹲点，见其他什么人出入找他吗？”

“有啊。他们家老去人，男的女的都有，有的我见过，是董春妮的同学，有的没见过。”

“没见过的是？”

“没见过我肯定不认识啊。”

“男的女的？”

“都有。”

“岁数呢？”

“真不记得了。有挺大岁数的女的，得叫阿姨那种。也有年轻男的……但记不清了，也许岁数比我大？记不清了，真不记得了。”

有心栽花花不开，无心插柳柳成荫。再没有哪句话更能概括当下的情形了。我们铆足了劲查杨教授被杀案，结果倒破获了一起大型卖淫案，又牵连出一起网络交友诈骗案。

哭笑不得。

杨教授的案子，一朝回到解放前。我们手里的线索全断了。

到了晚上，我把案子的事情放了放，毕竟现在我爸没人照顾，我赶紧往那边去了。

过去的时候我爸正吃晚饭，我一瞅那芹菜，半点儿油星儿没有，医院的伙食总是这个标准。我说爸你想吃点儿别的啥吗，我给你买去。他说别了，挺好，健康。老爷子气色不错，他也是习惯了，半年跟家半年跟医院，说医院是半个家也不为过。想想我爸那么生龙活虎一爷们儿，老了老了，没享上福，几次大病下来，又帕金森了，这生活也太苛待他了。

“你吃了没？”

“没呢。”我给老爷子沏了杯茶，“中午吃得晚。”

“你工作忙，别老往过跑了。我这跟医院住着，有大夫有护士。也凑合能自理。”

“咳。没事儿。我愿意来跟您聊聊天儿。”

“婷婷周末带点点来不？”

“啊……来吧。”

“上礼拜就没来。点点快上学了，是不是功课忙啊？”

“嗯，忙。现在的孩子啊，我都替他们压力大。”

这是实话，点点明年上学，今年 9 月开始上学前班，这个学前班齁儿贵不说，我看了看课程安排，我都替点点累得慌。他爹我是不争气，没长一个学习的好脑袋瓜子，我上学那会儿，基本就靠混，学校也没这么多功课，我上午上文化课，下午去摔跤队，苦不苦累不累也好过跟课堂上枯坐着。

孩子学习的事儿一直是婷婷管，她这一撒手，我也抓瞎。弄不住就送我姐那儿去了，暑假嘛，也还好，跟他表姐一块儿，他表姐能看着他。

陪我爸说了会儿话，老爷子看电视，我歪在躺椅上陪着他。不饿，一点儿胃口没有，就啥也没吃。病房熄灯早，老爷子说让我回去，我也好几天没回家了，看他确实挺硬朗，我就从医院出来了。刚出住院部的大门，手机就震了，我一看，是夏新亮。

“刘哥，我有点事儿，您在家不？”

我犹豫了一下：“都这会儿了，什么事啊？”

“嗯……是。有点儿晚了。打扰您了吧？要不改天再说？”

“你上家来吧。”我听出他有点儿想跟我谈谈的意思。

我极其后悔自己这个决定。到家没多会儿夏新亮就来了，进门他就站在玄关瞪着眼睛问我：“刘哥，你们家进贼啦？”

我回头环顾四周，这话也真不算埋汰我。

夏新亮是出了名儿的洁癖，这会儿站在一片狼藉的屋子里，我觉得他都要犯病了。结果大夜里头，心还没谈上，他撸胳膊挽袖子麻利地给我打扫了起来。拦也拦不住。绝对是拼了命那架势。讲话：刘哥，你简直住垃圾堆里了。

他一通收拾我也不好意思瞪眼干看着，可我对打扫屋子着实一窍不通。我结婚之前住家里，有我姐；我姐出嫁了我基本住单位，脏乱差大家一起来；结婚以后自然有婷婷管。可以说，我这辈子还没学会过一套完整的打扫方法。哪怕是拿吸尘器吸个地呢，我发现自己压根儿不会使。

这吸尘器是头两年婷婷过生日时候我送她的，她收到脸上是难掩的喜悦，因为这个牌子的吸尘器用她的话说是吸尘器里的贵族，她舍不得买。喜悦过后她冷静下来问我：你咋想起来送我吸尘器？我诚实地回答：你一跟我吵架就爱收拾屋子，我帮你减轻减轻负担，以后也尽量少惹你生气。她挥着拳头猛砸我胸口，我一把给她搂进了怀里。

头脑中的一幕幕，仿佛就是不久前的事儿似的。

“真不是我说您，”三两下夏新亮就把吸尘器给我打开了，“唉，这吸尘器跟着您也是白白糟蹋的命。”

我全神贯注地投入到吸地的工作中去，只为了忘却脑海中反复交织的回忆，干得热火朝天。由于大干一场，原本不饿的我登时饥肠辘辘。

夏新亮也没吃晚饭，我俩叫了金鼎轩。等饭的工夫，夏新亮几次欲言又止，我看着都替他累得慌。

“你师娘跟别人跑了。”我说。

夏新亮看着我，由于我硬邦邦抛了个直球，他反倒被架住了，说什么都不是。这就对了，我就是不想跟他说这个事儿。这事儿我自己还没想明白呢，我说它有屁用！

“不说这些了。说你想说的吧。”我点上支烟，把烟灰缸够了过来。

夏新亮不看我，他的视线集中在墙上。那面墙上，挂着点点幼儿园时画的画、做的手工。是婷婷贴上去的，说我老不回家，见不着儿子看看儿子的大作也是好的。我特别不愿意承认我们的婚姻存在问题，它其实一直是存在问题的。

婷婷曾分享过我一篇文章，标题叫作“不要因为你爱他就冲动去结婚生孩子”。那里面有句话她说她感同身受——当妈式择偶、保姆式妻子、丧偶式育儿，守寡式婚姻是中国女人的四大不幸，而不幸的根源都是家庭中丈夫责任的缺失。我还记得我当时看过后对她说：你少看点儿毒鸡汤就不会躺被窝里思考人生了。

那只是死撑的倔强，或者说假装不屑一顾。婷婷与我的婚姻，确实是处于这样的状态里。我要工作，我的工作还跟一般人不同，工作会占据我大部分的精力，我也热爱我的工作，那导致的必然后果即是，婷婷在自己过着本应二人参与的婚姻生活。

其实从这点看，我是自私的，我放不下工作，却还追求平凡人的幸福。我不是没尝试过放下，点点出生后我思考了良久，是不是该从现在的岗位上退下来，但最终我没做到。也就是说，我选择了工作，再一次让婚姻生活与之妥协，所以我收到这个结局，似乎没毛病。

到底是什么时候开始的呢？最可笑的就是这点了。婷婷出轨，我却无所察觉。我的雷达根本没有报警。作为一个刑警，走在路上，旁边走过扒手、吸毒者、妓女，我的雷达都会为我播报，可作为丈夫，我竟然不知道妻子出轨了。男人出轨多为贪恋美色，最终会收起行囊回归家庭；女性不同，她们一旦出轨，就是选择了另一段爱情、另一段生活，她们是一去不回头的。在这一点上，女性比男性理智得多。她们有严格的自我约束，而一旦冲破束缚，势必驷马难追。

来不及了，我爱上别人了。

那不是说说而已。

当啷，我把打火机摔在茶几上，它弹跳旋转最终掉在了木地板上。木地板是婷婷执意要铺的，她说：我都跟你住到贫民窟里来了，我不管别人家，我至少跟家里要当个贵族小姐。

“刘哥……”夏新亮的嘴唇微微蠕动，“要不，我介绍您跟师娘去看看婚姻咨询师？”

“都说不说这些了，说说你来找我啥事儿吧。”

夏新亮拗不过我的坏脾气，叹了口气，“最近看您不太对劲，所以想和您聊聊。”

这个徒弟就是眼尖，可我实在是没心情说这些事情。我幼稚得像个孩子，但这是我保护好脆弱内心最后的盾牌。不是我五大三粗我就能心硬如钢。我就要失去我的爱人了，我的孩子就要没妈了。我不知道如何挽回，甚至，能不能挽回。

“刘哥……我知道你现在的日子很难熬。但是怎么说呢……如果什么都不做，也许逃避最轻松，可日后……您一定会后悔的。一段婚姻出了问题，一定不是某个人单方面的错。就像力的作用是相互的，两个人一定要沟通。我没结过婚，以后也不可能结婚，但我一样要经营感情，是感情总会出错，有时越在乎越错。人不怕犯错，就怕逃避、不正视错误。”

“我懂，我都懂。你说咱们干刑警，没日没夜那是家常便饭，吃苦受累不讨好儿，有人愿意跟咱们，咱就感恩戴德了，你真没法儿忽悠人家跟你有情饮水饱。你想，但你知道不可能。你又想享受感情生活，你说除了自我麻痹，还能怎么着？久而久之，别人没给麻痹掉，倒把自己催眠了。”

夏新亮跟我说了不少，帮我把屋子又收拾了一下，然后就走了。

最终，我思虑三番，还是给那个叫戴天杰的打了电话，我倒要看看这个鳖孙是个啥德行。

那么婷婷呢？她还要不要当一个母亲？她会为了当一个伟大的母亲，重新回归到家庭里来吗？

我约了戴天杰在世贸天阶见面，他如约而至。

这是个瘦高的男人，戴副眼镜，文质彬彬，可以说，跟我是截然不同的类型。他说话很谨慎，习惯性地停顿。最关键的是，他比我媳妇小十二岁。

我很努力地压制着自己的脾气，想要和他好好谈一谈。

然而他遇见我之后做的第一件事，就是躺在地上，大声喊着：“警察打人啦！”

我转身就走。

就为了这种男人，你不要我了，也不要点点了？

我真的没法理解。

沟通是件艰难的事。

我们查案子，要跟许多人沟通，知情人也好，嫌疑人也好，路人甲乙丙丁，甚至是凶手本人，都需要沟通。跟各个人的沟通都不是简单的事，人的脾气秉性各不相同，思想、受教育程度千差万别，还譬如口音。口音这看起来不成问题的问题，有时候反倒是大问题。

总之，沟通是件艰难的事。但跟形形色色的人沟通多了，也会形成经验，或者说套路。再难，也还是会攻破难点。

刑警工作有许多习惯性。习惯沟通，习惯揪住最小的疑点不放，习惯性怀疑每个人。而大量无效的沟通，以及神经紧绷地怀疑一切，最容易造成人的性格灰暗、极端。可以说，我的工作，特别不健康。

婷婷就是这么说的，说我心理有问题。几分钟之前，她咆哮着挂断了我的电话。

这世间最难以沟通的人，我此刻看来，是我媳妇，是这个跟我共同生活了 11 年的女人。

自打我和戴天杰见了一面不欢而散，我们的斗争更上一层楼。原来她是选择不跟我沟通，现在她的选择是——催眠式骂我。真的，她骂得我都快相信自己是个精神病了。

关于我的恶习，她可谓如数家珍：成天不着家，下班也是酗酒，身为父亲不尽责，身为丈夫不负责，总之来回来去都是固定的那一套，与刚跟我谈恋爱时的她判若两人。我始终是没变的，变的人，我想，是她。从前她描述我是这样的：兢兢业业一心扑在工作上，下班还要跟同事战友联络感情，保家卫国，无私奉献。

嗯，我看她有点儿精神分裂。

我不是想替自己开脱，是我真的十年如一日地就这么活着。生活的主旋律永远在演奏正义的凯歌，不是在抓坏人，就是在抓坏人的路上。

坏人，真的不好抓。倘若要是坏人都能配合抓捕，这世界上也不需要警察了，派个机器人跑个腿儿不结了！

我们工作的背后，有太多不为人知的付出，那不是三言两语能说明白的、随便讲讲就能让别人理解的。包括亲人，亲人就算懂，也不能理解你。或者说，他们试图去理解，但他们的包容力总归是有限的。千万别指着谁有容乃大。

就拿蹲守工作来说，我们在蹲守过程当中，吃饭怎么解决？有时候只能在车里吃方便面，别说煮了，你泡都不切实际，哪儿找热水去？那怎么办？咔吧咔吧嚼了喝点儿矿泉水。春夏秋冬都是如此。因为你搞案子，一分钟不能疏忽，疏忽了这案子破不了。

我们也不能轻易离开现场，离开现场如果错过了最佳破案机会、抓捕机会，那就功亏一篑了。那我们生活当中有没有事儿？感情当中有没有事儿？人只要活着，谁敢说自己没事儿？别的不说，不说你媳妇找你，你儿子叫你，你爸妈生病躺床上没人理，你朋友八百年联系不上你，就说最简单的，裤衩都换不了，脸都洗不了，牙都刷不了，你还得工作。在工作面前，凡是自己的事儿，都得要避让。没办法。

工作过程当中我们还得四处跑，啥地儿有必要都得去，想去不想去都得去。就好比夜店吧，谁愿意大夜里头去那儿叮当叮当的？你要说纯玩儿纯放松，也行，心情不一样，我玩去怎么都行，大夜里为工作去夜店，一干就是一宿，这一夜当中怎么过来的？最悲哀的是，你去夜店蹲守，漂亮姑娘摩肩接踵，可你连一杯饮料都买不起！你说你这落差多具体呀！

讲真，我们累，特别累，如果说身体上的累还能承受，心理呢？整天跟犯罪打交道、看血淋淋的尸体不说，社会舆论对我们也在施加压力，你破不了案子说你无能，你破了案子又说你残酷不仁，还有时候呢，污蔑你张冠李戴、潦草破案冤枉好人糊弄群众。总之，里外不是人。但是，麻烦搞搞清楚，我们有血有肉，也是某某某的儿子，某某某的爹，某某某的丈夫，我们不过就是选择了一种特殊性质的工作，我们不是机器，是人。

我们也想过正常人的生活，谁愿意天天跟死人打交道，这边被杀了，那边又杀人了。你看着我们吆五喝六把凶手的心理防线给攻破了，但是我们的心理防线也会受到相应的冲击。你天天面对黑暗，实际上你自己也在抵抗黑暗。你不抵抗是不行的，这种黑暗会把你侵蚀掉，你没有绝对的意志力，你真的会完蛋。

可我们没有抱怨过，只有一个想法——把坏人抓到。但反过来想，我吃这些苦、受这些罪到底为什么？我这都要家破人亡了，你能保障我什么？人就两种图，名和利，干刑警都拿不到，地位给不了我，金钱给不了我。我图啥呢？到头来，就图一个我有案子，我有使命。

那天李昱刚给我读新闻，说有个缺心眼儿的因为散布虚假信息被抓了。他散布了一个啥虚假信息呢？是跟同乡的群里发了一个市政府免费发媳妇儿的广而告之，还带着公章呢。就有人这么无聊。更无聊的是，还真有人找市政府要去了。网友评论百花齐放，有那讨厌的，讲话：不对啊大兄弟，你应该去找民政局领。

想想这新闻，我都想奔过去看看能不能给我再安排个媳妇。我不无聊，我是无奈。瞧瞧，干工作干的，媳妇儿都跟人跑了。我找谁说理去啊！

婷婷还跟我拉锯着，有家不回，孩子不见，她爹妈都找不着她。我本来没想跟岳父岳父说婷婷的事儿，但她就这么一走了之，我没别的办法也万不至于去告家长，是她不理她爸妈，可能是以为我跟他们说了啥吧，她爸妈急啊，闺女咋联系不上了？就联系我。我也没法替她瞒啊，老头儿老太太起了疑心别回头再上派出所报案，那一家人脸面可就真难看了。

怎么办？这是我特别回避去想的事，根本不想面对事实。这么拖着肯定不是事儿，那不拖要干吗？真跟她离婚？不知道。我真的不知道。不愿去想。不敢去想。

一个刑警的日子

第十六章
CHAPTER 16

案件总会结束，伤痛不会

很多时候，破案只是为案件画上了一个终止符。然而案件带来的伤痛，却远远没有尽头。

站在杨教授遇害的两居室里，我认真凝视着案发现场。尸体已经不在了，组织液也已经都被收集走了，只有地上的痕迹还残留着。味道那是一如既往地熏脑仁。臭味依存，人身体腐烂的那种臭味。它们藏在床里、沙发里、满柜子的衣服里，每一件木质家具的缝隙里。

这个案子目前到了瓶颈，上不去下不来。原本掌握的线索全部断掉了。

我说咱们再把现场重新走一遍吧，看看有没有什么遗漏的细节。咱们还原现场，还原这个现场当时的状态。

夏新亮扮演尸体，跟杨教授一样，面朝下趴在卧室中央。死者当时仅身着贴身内衣裤。床头柜上有一个烟缸，烟抽了半截儿。现场没有搏斗痕迹。

此前一步是李昱刚扮演凶手，表演从背后一刀抹了夏新亮也就是死者的脖子。夏新亮屈膝，模拟杨教授的身高。我们在墙上糊了白纸，夏新亮的脖子不能真抹啊，就在他脖子上挂了个颜料袋。红色的颜料水是加压处理的，用以模仿血液在血管里的压力。咔嚓一下，血浆或者说颜料水飞溅，墙上的白纸紧跟着喷上了痕迹。

我看看照片再看看白纸，痕迹高度相似。

法医没判断出死者的死因，是由于尸体被发现得太晚，高度腐败了。

“李昱刚你再把箱子搬过去。”

李昱刚戴着口罩，大大的口罩几乎完全遮住了他的脸。他把我们从收破烂那儿淘换来的洗衣机箱子立在了血迹前。原来的那个箱子在物证处，取出来一是麻烦二是不好携带。

“这么看来,最可能就是一刀抹脖子了。刘哥推测的没错。”夏新亮打了个挺，站了起来。

“还是背后抹脖子。”我说，“那什么人你能放心背对？你至少要认识他，并且熟悉到对之不设防心。尤其，他死前身上就只穿了内衣裤，你穿着裤衩能见的人，恐怕真不多。”

“该不会真是他那情妇吧？”李昱刚忽然说道。

早前音乐学院的邱教授曾告诉夏新亮，死者跟同校教二胡的女老师有所瓜葛。后来我们就去把学生那条线一查到底，打了死结又返回头来重新调查。夏新亮就去找了这个教二胡的女老师。这个女老师姓崔，崔老师有家有室，但确实跟杨教授有染，只是两人谁也没想破坏对方家庭，当然，这都是崔老师的一面之词。杨教授死了，他们俩的事，怎么说都是她对。

“应该不是那个女老师。”夏新亮去了窗边，换换空气，毕竟扮演死尸不是啥好感觉，“刘哥你想啊，刚咱模拟杨教授被人一刀抹脖子，我刚才为了符合死者身高，特意屈膝了，李昱刚不怎么专业，他直接就抹了，出来的血迹却跟现场高度如出一辙。这说明啥？说明凶手比死者高。”

“你大爷夏新亮，我怎么就不专业了！你们也没人让我高点儿低点儿，我不就放松着来了嘛！结果怎么着，你看看，歪打正着！”

“欸，你怎么去户外了，你忒鸡贼了吧你！”夏新亮骂道。

“不行，里面儿太臭，我脑子都不转了。”

“欸，你回来，来来来。”我朝站在窗外的李昱刚勾勾手指。

“刘哥……刘哥别了吧……”

“来来来，正经事儿。”

我把李昱刚召唤回来，让他再度模拟抹脖子，夏新亮屈膝拿着劲儿，我让李昱刚可劲儿比画。然后发现，没错，凶手的身高是可以确定的。李昱刚这个身高，就是凶手的身高，他要抹脖子，就得在一个固定的姿势上，否则很蹩脚的。夏新亮比李昱刚矮，他试着抹脖子，但凡不踮脚尖痕迹就对不上，可谁也不能踮脚或者下蹲抹人脖子，犯不上，不自然，也没道理。

这肯定是熟人作案无疑，而且是相当熟悉。因为杨教授是穿着贴身衣裤死在卧室里的。其实一开始我们还是欠考虑了，如果考虑细致些，就不用费劲去找那个虎子了。即便他跟董春妮来过杨教授家，他对杨教授来说，也还是陌生人。

那他再登门，杨教授就算心大穿着裤衩来开门，哪怕虎子上来就是你欺负我蜜咋咋咋，俩人一争执，继而动手，现场也不该在卧室里，客厅就解决了。杨教授没必要把人往卧室里带。谁能跟着他进卧室？傍尖儿是可以，但我们刚刚从身高上把她排除了。同理，他老婆也是不可能的。

“行不行啊？还模拟吗？这箱子我来回推了 N 多次了！”

箱子。箱子把血液喷溅痕迹挡住了。

意欲何为？

人都杀了。怕溅自己一身血也没道理，血往前喷。遮挡痕迹也说不通，你尸体都没处理光挡血迹有个屁用？

“你们说……这箱子，立在这儿，到底为啥呢？”我问大家。

“会不会晕血啊？”夏新亮挠头，“就看见血就害怕那种。”

“那他干吗抹脖子啊，勒死不完了？”李昱刚反驳道。

“也许是悔恨？”夏新亮一拍脑门。

我看向夏新亮，示意他继续说。

“一般来说，杀人总是件不愉快的事儿，欢乐型杀手除外。由于情绪失控杀了人，人多少会有悔恨。有的人会给尸体盖上脸，有的人会把尸体双手十字交叉，有的人……”

我打断了夏新亮，“不忍直视。”

“是这个意思。”

“这也是凶手为什么没有抛尸。由于案发现场都被组织液污染了，咱们采集不到脚印。我估计这厮杀了人来回溜达来着，这是不安的一种表现。就是在这种不安中，他看见墙上的血迹就几乎要崩溃了，所以才找来箱子遮挡。最后离开现场，再也不回头。尸体也没处理掉。”

夏新亮点头。

“熟人，悔恨，不敢直视。学生这方面咱们查了个底儿掉，学校方面也都摸排了，结果呢，方向全错……”我喃喃自语。

“咱主要是被这人的社会关系给迷惑了。”夏新亮看出了我的焦虑，“骚扰女学生、乱搞女教师，又跟同行有学术倾轧，他这得罪的人太多了。我看除了家庭关系和睦，是个人都想搞他。家庭关系嘛，也不知是真和睦假和睦，就他这德行，媳妇怕也就是得过且过。”

“咱是被赵老师带沟里去了，”李昱刚插嘴道，“咱正分析案情呢，他说他侄女。当然了，也是最近这种不正经的教授被曝光太多了。”

“亲朋好友咱也查查吧。”叹了口气，我说，“这人没啥朋友，亲戚总归还是有的。看看他们之间有没有矛盾。这被害人四处敛财,也许借出去放贷啥的呢，也未可知。”

“嗯嗯，走访看看，了解了解情况。”夏新亮附和，“已然是僵局了，还得找突破口儿。”

我们正说着话，我手机响了，是串号码，显示北京本地。

我本来没打算接，可是在这屋儿里待得我极恶心，尸臭味儿太窜了，我就干脆借坡下驴举着手机出去接电话了。也算抖个机灵。

电话接起来是个小姑娘的声音，说是我的房客，我就有点儿蒙，心想这是啥新型诈骗吗？再往下听，越听越不对。

姑娘说她一直租住我们在馨馨家园的那套房，头俩礼拜婷婷忽然跟她说房子卖了，不租了，退了她尾款，外加两个月租金算补偿，她走得急，搬家匆匆忙忙，接着又紧急出差，回来收拾东西时候才发现，iPod 没在箱子里，想问问是不是落在我们房子里了，婷婷电话她打不通，她就在租房合同里找到了备用号码，这个号码就是我的。

我听得云里雾里，搞不懂这是啥情况，房子卖了是怎么说？听姑娘的口气，包括打电话的内容，我听不出任何诈骗的嫌疑。这事儿指定不对头。

挂了电话我跟大伙儿打了个招呼就开车奔房子那儿去了。钥匙我是有的，往锁眼里一捅，坏了，打不开。

馨馨家园是当时我们家老房子拆迁后给的回迁房选择地之一，我爸妈跟我姐都嫌东边儿风水不好，所以就落在了北边儿。我选的两套都在这个小区。

从楼上下来，我又去了 3 号楼，另一套房如出一辙，钥匙也打不开了。

我真说不上来内心里那一团乱麻的感受。这两套房，我当时说一套留给儿子，一套留给外甥女，婷婷不干，我就又赶着当时房价便宜在更远的地方给外甥女另外买了一套，她又看上了，非说以后老了要住那儿，最后协商完，我买的那套写了她的名儿，说拆迁要这两套等日后孩子们大了过户给他们。说得清清楚楚明明白白。结果，现如今她全给卖了？

我哪里压得下这股子火儿啊，从馨馨家园出来我就奔安全局去了，我得让她给我说明白了。她这是干吗呢！

一路上我给她打电话，通通都是关机，杀到安全局，我说找她，门卫还是让我给她打电话，我来了几次跟婷婷吵了几次，门卫都怕了我了，我说她电话打不通，门卫大爷直接打内线到她办公室，她办公室的同事说她歇年假去了。

若不是最后一丝理智尚存，我准把手里的手机给砸了。

我找了婷婷一个礼拜，转着圈地找，最后硬着头皮拿着警官证找到她那小白脸单位去了，结果人公司告诉我，休年假去了。那很明显，这俩人一起走的。去了哪儿呢？去欧洲了。这还是小白脸单位的人跟我说的。

婷婷一直想出国，但我俩都是公职人员，她还好些不在要职，但我是现役刑警，原则上来说你打报告也可以出国，譬如探亲啊旅游啊，但是一般不爱批准，一是麻烦，走的程序特别多；二是我这工作性质属于随叫随到，有案子就得到，你跟国外折腾回来也是极耽误的，所以一直没去成。

我那会儿还说呢，我说你别急啊，你等咱俩退休，想去哪儿去哪儿，我带你周游世界去。现在可倒好，她跟她那小白脸提前去我俩的环游世界之旅了。儿子扔下不管，连他妈给儿子、外甥女留的房子都给卖了。我怎么从前没发现她是这么个品行呢？

搞案子这么多年，我念的永远是人心的可怕，人心太可怕了。你别说我追捕的那些穷凶极恶的歹徒了，就连我的枕边人，我想起来都后怕。她根本不是我熟识的、相知相守 11 年的妻子了，简直就是个罗刹。她到底是不是那个美丽温柔的女人，还是说她是画皮里的鬼魅，否则怎么会有这般行径？

在此期间，我带着夏新亮、李昱刚掉过头来开始走访杨教授的家属、亲戚。全走了一圈，毫无收获。没人反映出什么新情况，怎么看都是和和睦睦的一家人，杨教授的妻子反复说他们一家人特别美满，儿女成才、夫妻交好、当爹的经常给钱花。亲戚也是如此，说老杨挺顾家的，对家人极好，他们平时遇到急事，老杨也是出钱出力，不图回报。

但怎么想这个事儿怎么不对。这人也太极端两面性了：在学生间风评极差，而且年轻时还被捉奸，老了老了敲诈骚扰女学生找姘头；与此同时，家属亲人却对他压倒性地好评。不合理啊。就算他在亲戚朋友这些外人跟前能装，但至高至清明月，至亲至疏夫妻，就算不论为啥吧，当妈的对当爹的睁一眼闭一眼，孩子就能眼看着母亲受委屈而不怨？多少人，对父母是一边念恩一边记仇的。

我有种直觉，在这一派风平浪静下面，一定隐藏着巨大的旋涡。

而且，我们走访了这么多人，至今还没见到死者的儿子跟闺女。关于他儿子和闺女的描述，都是杨教授的妻子给的：儿子挺好，挺孝顺，规规矩矩上班，老老实实的白面书生，一只蚂蚁都不敢踩死。闺女聪明，考到了南大社会系，做学问的，拿奖学金，现在跟着导师做项目，以后是要留校的，跟她爸爸一样有出息。

光说不行啊，我们搞案子的，没见着一个人、没跟他谈话的时候，是绝对不能把人放弃的。我就派夏新亮去南京了，让他去接触接触死者女儿。毕竟细想一下也是挺反常的，发现尸体的时候，正值暑期，外出求学的闺女却没有归家，反而留在了学校。至今她都还不知道父亲的死讯，母亲的说辞是，怕影响女儿学习，找个适当的时候再和她说。适当的时候？啥时候算适当啊？死的是她亲爹啊。

这天下午，我来到他们家和平街的一居室里，接待我的还是杨教授的妻子。我这趟来是要见她儿子，此前她儿子一直以心情不好为由没见我们。我们提了几次，今天他说下班后回家见我们。

我跟杨教授的妻子闲聊，喝茶的时候我打量这个大开间，想起她早前跟我介绍的情况：她、闺女、儿子都住在这一居室里边。而杨教授自己住两居室，理由是他要带学生，需要一间琴房。

我也是由婷婷把儿子将来的婚房给卖了这事儿想到的，他们这么住着暂且是没问题，那以后呢？闺女会出嫁，儿子娶亲怎么办？

“您儿子也快三十了吧？”话赶话我问道。

“对，二十八啦。”

“处对象了？”

“谈着呢，有个女朋友。”

“置办婚房了吗？”

“唉，别提了。”老太太摇了摇头，“北京这几年房价啊，太高！新房要想便宜，就得往远了去，要想图便利跟城里就得买二手房，可这二手房首付太高啦！”

“咳，可不是嘛。可现在结婚，没房也真不好办呐。”

“谁说不是啊。我们家小子也跟我提了几回，我跟他爸也说了，他爸意思买远点儿，可是孩子跟二环里上班，也不现实。公务员，铁饭碗，这你不能随便儿换工作。为这个小子还跟我拌过嘴，说把这两居室换一下，他爸来这边一居室，我们去两居住。我也跟他爸说了，他爸不行啊，得带学生教琴啊。”

我点点头，“也是，都有需求。”

“对啊。现实条件跟这儿摆着呢。就这么两套房，怎么也挪兑不开。”

“您老两口一直这么分居？”

“啊，是。小十年了吧。自打买了那边的两居室，他就过去住了。这边儿这套一居是早年间他们学校给解决的。”

“可是这老分居，你们老两口不想啊？老来伴老来伴，不一块儿住怎么说说体己话儿啊？”

“咳，这么些年，习惯了。再说他也回来，不回来有时赶上他不忙，我也上那边儿看他去。”

“我记得您跟我们同事说过，吃过团圆饭，老爷子说要着手弄论文。这就属于他忙的情况了？类似于闭关状态？”

“对对。”

“电话也不通一个？”

“不打，他不给我打，我也不敢打过去找他。”

“这么长时间不联系，从前有过吗？”

“这还叫时间长？他评职称那会儿，一年多，没露过面儿，我说过去给他做做饭，他还急了，让我别骚扰他。真是急赤白脸，说我打断他思路了。”

“哦……”

“他急脾气。”

“等于不忙，您才过去，或者他回来。”

“嗯。”

“儿子闺女呢？跟您一起去看他吗？”

“我带闺女去得多，后来闺女不是去南京了嘛，就我自己去。”

“儿子不去？”

“也去。有时候给送饭去。”

听这话，我感觉不是儿子要去，是完成妈给的任务呢。

“他们父子俩关系怎么样？有没有什么矛盾？”

“矛盾还不是家家都有。都是寻常事。譬如他没想当公务员，觉得挣得少，想去企业干，他爸不同意。譬如该结婚了，没房子，他爸不愿意腾房，就答应给点儿首付款。就这些吧，说到底也都是鸡毛蒜皮。”

“说起来，老爷子是编钟艺术的传承人，怎么儿女都没跟他干这个啊？”

“可不说呢嘛，也是可惜了。”

“他没有过把孩子往这方面培养的想法儿？”

“他们小时候他也想来着，也教过，手把手的，但俩孩子都不喜欢。”

“哦。”

“他说他们也没啥天赋。”

“老爷子年轻的时候……似乎出过轨？”我话锋一转，试探雷区。

不承想，老太太倒是一点儿不激动，“啊，是有过那么一回。”她笑得有些卑微，“男人嘛，你也没法要求他尽善尽美不是？”

我看着她，立马勾勒出了一个以夫为尊的太太形象，她是被她先生所掌控的。夫强妻弱。

约了儿子下班回来跟我们谈谈，我跟老太太这儿等着，左等不来右等不来，老太太给他去了个电话，他说单位临时加班，回来不知道啥时候了。

公务员很少有情况要加班，即便是加班也会提前通知，毕竟不是企业单位，真没啥急活儿。这明显是不愿意见我们。按理说，他爹死了他应该跟我们见一面，可他妈说他说心情不好，不愿意跟我们见面，这也是正当理由，但事情过去这么久了，我们又提了几次，约好又反悔，这就不对了。

我从和平街这儿出来，琢磨不能这么拖下去了，不行明天奔他单位吧。这不是他想见不想见的问题了，是我们必须得见着他。

我吃了口东西去婷婷父母那儿看了一眼，关心一下二老。现在她人间蒸发了，她妈也不叨叨我了，以往一见我就趾高气昂那架势端不住了，物极必反，见我就总讪笑着，这让我心里更不好受了。

我听着老头儿老咳嗽，问了两句，她妈说不碍事，老毛病了，就是这阵子老喊腿疼。我说那我带着去瞧瞧吧，她妈说不用不用，万一查出有啥毛病又得花不少钱。我说身体要紧，我明天一早送了点点上学就过来接你们，咱瞧病去，老腿疼万一是类风湿呢，早看早踏实。

第二天一早，我送了点点去上学，给李昱刚打了个电话，让他去杨教授儿子的单位走访看看，一定要见见这个儿子，摸摸情况。然后就接上老丈杆子跟丈母娘奔医院去了。

一通检查下来，我傻了。本来以为是关节炎、类风湿之类的老年病，大夫却说怀疑是肺癌骨转移。肺癌骨转移是什么意思？基本就是肺癌晚期了。接着我们又做了胸部 CT，并给我们约了明天的 MRI 和支气管镜检查。

晴天霹雳。大夫跟我说话的时候，我感觉魂儿都飘在外面儿了。丈母娘在外头陪着老丈人，我还真不知道怎么跟老两口说。

我出来时候，老太太正弯腰给老头子捏腿，“怎么着啊？咋还做 CT 了？看个腿还照 CT，这不是乱开检查嘛！”

“不是不是。”我尽量表情自然，“是大夫觉得跟爸这个老慢支有关系，明天还给咱约了支气管镜检查。”

“啊？咳嗽跟腿还有关系？”

“你就听大夫的吧。”老丈人发话了，“让查什么咱就查什么。有医保呢。单位还能给二次报销。”

“走，我扶着您。我送您二老先回去。”

“也没给开点儿药啊？”

“你这老婆子话这么多，没开就是不需要开，明天不是还来检查呢吗？”

把二老送到家，我说你们别动了，我直接去接点点下学，老丈人问，你行吗，陪我们折腾大半天，你不回去工作啊？我说没事儿，这两天不忙。

等着接点点的工夫，李昱刚给我来了电话，说跟杨教授的儿子见过面了。

接触下来跟他妈描述的差不多，温文尔雅的，还一个劲儿道歉说昨天本来约好了没想到单位临时有活儿，实在不好意思。问了他一些关于他爸的事儿，他说了说，也没什么新情况。说他跟他爸关系很好，比跟他母亲关系还好，所以他爸出了事儿，他受打击特别大，一直缓不过来，按理说早该跟我们见面了，也许跟我们聊聊，还能帮助我们破案呢。

我听着这些话都没毛病，合情合理，但我昨天傍晚跟他妈闲聊，言谈之间我感觉不到这个儿子和这个爹感情亲厚。即便上他爹那儿去，也是完成他妈交代的任务。就这他还说自己跟爹比跟妈亲？

我跟李昱刚说，你要是还没从他单位走，你走访他同事看看，别大张旗鼓的，旁敲侧击探探。李昱刚问咋了，我说你问问又不费事，我昨天上他们家，他妈没说他们父子关系特别好，不像他这般强调。

得嘞。李昱刚把电话挂了。

我给婷婷又去了电话，仍旧是关机。恐怕还没回国。微信我也给她发过，质问她房子的事儿，她压根儿没理。但现在她爸都疑似肺癌晚期了，我得跟她说这个情况啊，就硬着头皮又给她发了微信。房子的事儿你不想理我，你爸都这样儿了你总得露面了吧？

点点从学校出来，我给他系上安全带，拉着他去队上了。我这工作没完，让他自己挨家我也不放心，索性带单位去吧，他写作业，我忙我的。

看着昨天我给杨教授太太整理的口供，再想想刚才李昱刚给我汇报的情况，有些东西合不上口。

正琢磨，夏新亮的电话来了，他去南京见了死者的女儿，原话是——刘哥，我打开了新世界的大门。

在我们这么长时间跟这个家庭的接触里，反映出的是这一家夫妻和睦，儿女友爱，一家人和和美美。甭管杨教授在外是何种面貌，之于这个家，之于亲属，那简直是标准好男人。女儿的说辞却截然不同，她描述中的父亲，就是一副恶霸形象，长期家暴她母亲，对儿女虽不常动手却十分冷漠。女儿之所以放着北京那么多好学校不读偏偏去了南京，就是为了远离这个畸形的家庭。哀其不幸，怒其不争，这是她对她母亲的看法。

“我母亲这种人你是帮不了的，真的，你叫不醒一个装睡的人。他每次打她，她都不停反省自己哪里做错了，怎么惹他生气了，鼻青脸肿还在关心他吃没吃饭。没经历过的人不能理解那种可怖，但我从小看到大，我跟我哥多次劝母亲离婚，她却始终不离，明明这个男人糟透了，她却对他绝对服从。明明他不给她一点儿好脸儿，她也能热脸去贴冷屁股。

“好不容易我爸搬走了，我妈还要带我去看他，听他的奚落，看他扬手就给我妈一巴掌。我说妈，你图什么呀，你不挣钱，可我跟我哥都长大了啊，我们能供养你啊！可她就是不听，她还替他辩解，说家家过日子还不都是这样，男人是顶梁柱，压力大。我说真要等到哪天他打死你吗？你猜她怎么说？她说——不会的，他岁数越来越大了，打不动了。我能怎么办？我也很绝望，我看不了，那我走。”

我听着夏新亮发我的录音，像这样的控诉比比皆是。夏新亮尊重杨教授太太的意愿，并没有告诉女儿他的死讯，他是以女学生受到性骚扰为由对杨教授女儿提出了解情况。

就这一点，她女儿是这么说的：“我不想替他遮掩，这不是空穴来风，我跟我妈亲眼看见过，我妈什么也没说，也让我不许说。但我还是要跟你说，不行你们把他抓起来吧。他就是这么个人，他对待我妈非打即骂，他在学校里跟人通奸被抓，他骚扰女学生，他不是别的问题，他就是物化女性，从骨子里看不起女性，他这是病！得治！我学社会学，我也学习心理学，他真的有病。”

夏新亮也旁敲侧击问了问杨教授儿子的情况，跟女儿说你哥工作忙，我们还没约上，你哥怎么看待你父亲？

女儿是这么说的：“我哥啊？我哥懦弱。他不敢跟我爸挣拧，他只会选择避而不见。他躲着他。”

家庭和睦，夫妻交好，儿女友爱。如果杨教授的妻子不是存心说谎，那她就是长久以来麻痹自己对假想信以为真了，又或者丈夫命令她表现出应有的和睦形象，她早就习以为常了。那么她是存心说谎吗？跟她面对面交流过的我觉得不是，她眼神里没有一丝闪躲。

可悲吗？可悲！可叹吗？可叹！

“呦，点点啊，写作业呢。”

李昱刚回到队上，手里拎着盒饭，往桌上一搁，抱着点点举高高。点点咯咯笑，叫着李叔叔。

“你还带饭了？”

“我估计你俩还没吃，就买了。一块儿吃呗。跟你说，我这儿有点儿情况。你让我去走访走访他同事还真对了。”

我给点点放上动画片儿掰好筷子，回来跟李昱刚扎一起吃饭。

李昱刚走访了几个杨教授儿子的同事，侧面去了解这个人。他跟单位一个同事曾经说过，他交了一个女朋友，说他没地方住，想跟他爸爸妈妈商量，让他爸住独居来，他带着他妈、他妹妹住两居的，他爸不让。另外一个同事说平常他们聊天时，他说过他爸不好。怎么不好？老欺负他妈。

“他跟他同事表达了愤怒？”

“不愤怒，很平常的聊天。”

“这倒是符合他妈跟他妹说的他的性格。典型的敢怒不敢言。”

“夏新亮那边儿有反馈了？”

“你进来时候我正听录音。”

“怎么一个情况？”

“你一会儿吃完饭可以听听。他妹说他爸家暴。”

“嚯！你别说，还挺典型的。越是装和睦的，家里事儿越乱。那这么说，这儿子有动机啊。”

我夹了块排骨，肋排，给点点拿过去了。他爱吃这个。

“因为房子，房子绝对是北京的死穴，刘哥您看第三调解室就知道，天天都是为房子打架的，兄弟姐妹翻脸，儿子老子撕逼，比比皆是。他也有愤怒点，平时当爹的老打当妈的。两句话说不对付，就是压垮骆驼的最后一根稻草。”李昱刚擦了擦嘴。

“蔫儿人出豹子。是吧？”

“嗯。”

“你一会儿整理整理儿子的口供，回头咱们搁一起都对对。”

“成！”

两份口供一对比，问题就出来了。儿子说的东西跟他妈说的很多不一样。他们说话，每个细节我们都是有记载的，那合不上口的东西就出来了。比如他妈说他跟他父亲有过矛盾：工作的矛盾、房子的矛盾。他却说我跟我爸的关系好着呢，比跟我妈关系好。

欲盖弥彰。

这就是对比出的结论。

不好说好，这十分可疑。与之形成鲜明对比的是杨燕的男朋友，他毫不回避对杨教授的恨意，即便这人已经死了。哪怕表现出这恨意会让我们怀疑上他，他也不回避。这就叫问心无愧吧。

转天，我送了点点去上学，又接上他姥姥姥爷去了医院，做检查的时候，婷婷回了我的微信。她说她在外地。我说你回来吧，别的都先放一边儿，老头儿的事儿重要，你得回来，你做闺女的你不能不在。她就回了我俩字——好吧。

因为家里有事，对杨教授儿子的跟进我就交给了李昱刚，夏新亮这就回来了，回来可以一起。注意掌握证据，不要打草惊蛇。目前，他就是我们的头号嫌疑人了。这个可能性看起来比较荒唐，似乎也有点儿仓促，赵大力讲话：你们这是死马当成活马医啊，可别弄冤案出来。

然而我却不这么认为。当我们排除了一切可能，有时，荒唐却成为了最终的真相。

老爷子当时就给留院了，病情危重。他不明白怎么回事儿啊，说我就腿疼，就这也住院？我说您不是还咳嗽嘛，留院细致查查也是好的。其实他已经是晚期了，肺癌这个东西，早期特别容易忽视，一般发现的时候，都是中晚期了。而一旦到了晚期，治愈的希望微乎其微。

他的病情还是由医生给老太太说明的，一是人家专业，二是我作为女婿，这话我不好说。老太太知道这事儿之后倒是平静得很，就反复问我是不是要花很多钱。

我说您也别着急，我跟婷婷联系上了，她这就回来。不说还好，一说老太太激动了——这个不孝女！我打死她！准是她给她爸气的！我说您快别这么说，这年纪大了，病找人。

老太太梗着脖子骂：你是不知道！她这要离婚，又玩儿失踪，家也不回，孩子也不管，她爸给气坏了，成天骂，不是她给气的，是谁给气的！好好一个人，身体硬朗着呢，怎么能一下儿就这样了！我说您别说这些了，当务之急是咱给老爷子看病，您说是不是？咱得奔好了看，您情绪激动，老爷子情绪也激动，对病情没好处。

婷婷隔天就出现了，我已经许久没见过她了，看着竟有种陌生的感觉。她比从前还好看，透出一股少女感，穿衣打扮也十分入流，全不似往日家庭妇女的形象。她来了就让我走，说她家的事跟我没关系，让我少掺和。我说你这不是较劲嘛，暂且不说咱俩还没离婚呢，就算是离了，我也是叫爸叫妈的人，我不可能不管。

她说你别猫哭耗子假慈悲了，我告诉你刘子承，房子我是卖了，卖房子也是告诉你，我铁了心要跟你离，你或者跟我离，或者等我起诉你。我也有点儿上火，我说你还起诉我，你起诉我什么，我跟外头找人了？她跟我咆哮：你就尽不到做丈夫的义务！你成天破案成天在外头飘着，活不见人死不见尸，我没法儿跟你过！

最终，我们的争吵是老爷子的一巴掌画下的句点。他从病房出来了，劈手给了婷婷一巴掌，怒吼：我活一天，你就甭想离！你这他妈是失心疯了！吼完剧烈咳嗽了起来。

后来我把老爷子扶回去，也不好再待了，怕老爷子更上火，就从医院走了。临走老太太拉着我说了好多赔不是的话，我说您别说了，现在什么都不重要，爸的病咱们踏踏实实治，其他都再说。我先回避回避，晚上我再来看爸。

李昱刚那边儿进展也是极糟糕，他再去找杨教授的儿子了解情况，被拍桌子骂了出来。对方十分烦躁，说我死了爹你们怎么老找我，你们能不能让我们消停会儿！这就很分裂了，先前还那么谦卑，怎么再找你就变暴躁了？而且你爹死了，你应该配合咱们工作，咱们把工作做细致点儿，有利于侦查破案，到头来我们帮你，你倒反弹了，拍桌子说你们这些什么警察，这个那个的。

我到了队上，夏新亮正在做侧写。从他的性格轨迹开始描述，把他的性格全刻画出来。他妈说的，他妹妹说的，他同事说的，全部汇总。平时他待人接物都是温文尔雅的，那为什么我们做工作他拍桌子瞪眼？他不是这种性格，为什么做出这种反应来？

是恐慌，是他心里紧张。

夏新亮笃定地说。

这就十分可疑了。但我们手里并没有证据，至今连凶器都没找见。信息不足，就只能围绕他开始工作了。其间，我没有办法，又把点点送去了我姐那儿，让她帮我看两天，我跟她保证我一定快速处理完案件。

我姐笑着说你快算了，你们那案子一个完了又一个，我不管你谁管你，你老丈人这么个情况，你也得看看去，婷婷归婷婷，老头儿一向待你不错的，点点你就放心吧，我这儿一个鸭子也是赶，俩鸭子也是放。倒是说真的，你也得重视起来了，离婚不离婚不在你，在她，她执意要离婚，以后孩子的归属啊，怎么照顾啊，你必须要做打算了。

我又何尝不知道呢，不愿或者不敢面对罢了。我不是个好父亲，但婷婷更不是个好母亲。孩子，怎么办?

在我们围绕杨教授的儿子做工作的时候，通过外线观察，这孩子去买车票了。不出差不公干的，买车票，还迷迷瞪瞪，买了车票了，返回来又买了一回，买两回票，魂不守舍的。

我说收吧，传唤他。让他自己来，来我们单位。李昱刚就联系他，他说我没时间,李昱刚说没时间你也得来,必须来,配合我们工作。他说真不行,走不开。李昱刚说，你要是不方便请假，我出面给你请。他没辙了，说行吧，我去。

这天下午，李昱刚在大门口接他的时候，我们在窗户那儿观察他，从走路就能看出来，这人不对劲了，他这个腿不会打弯儿。

“刘哥你看，他跟李昱刚一边儿高。”夏新亮说。

“瞧他那尿样儿，这还没怎么着呢，路都不会走了。”李昱刚说。

刚才带他进办公室的时候，他是直直地坐下来的。

起先我们没打算给他放审讯室，所以李昱刚带他进的办公室。为什么呢?怕他有反差，怕他告我们。但我们这么观察下来觉得他太反常，就决定要试探一下。我说夏新亮，你进去跟李昱刚耳语一下，你俩领着他来审讯室吧。

什么叫审讯室?是俩相连的房间，一间是单独讯问人的，有一张桌子，一张椅子,椅子是铁制的,上面是翻着的,有一个板把人反铐在里边。另外一间呢，你从那头看不见，但我们能看见里面，也可以监听里面的情况。你进这个单间，也不会发现跟我们连着。我就站在这边。

杨教授的儿子被李昱刚跟夏新亮架着进这屋之后，李昱刚让他坐椅子上。

这哥们儿眼神都散了，问:“你为什么让我坐这儿?”

李昱刚横啊，“你就必须坐这儿。没为什么。”

“凭什么啊!你们不是找我了解情况吗?”

“一会儿告诉你，坐吧。”夏新亮说。

他刚坐下，李昱刚和夏新亮就按我先前嘱咐的出来了。他俩一出去，这小子就开始抓审讯椅上面的台子，手抖得厉害。

“慌了。”夏新亮说，“诈他，这种人，心理素质都特别差。”

“别急。先晾着他，越让他待着他越恐惧。”

“刘哥，太像是他了。”李昱刚有点激动，“我刚去接他，您瞧见了吧，腿都不会打弯儿了。”

“不是太像。凶手肯定是他。”我说，“别急，咱们走马灯似的练练他。一会儿夏新亮你过去，你刚不说了嘛，一会儿告诉他。他肯定等你呢，但你别告诉他，最后再告诉他，先审他，直来直去就是审他。”

“明白。”

夏新亮闲庭信步地进去了，还给自己搬了张椅子，特别轻松地在这小子面前坐了下来。

“你们这是要干吗？”

“别动，你老实坐着。说说情况吧。”

“什么情况？”

“你说什么情况？车票都打了，想往哪儿逃啊？”

“什么车票？”

看，撒谎了。

从夏新亮开始，跟着是李昱刚。我们一次一次地换人跟他说，给他施加压力。最后一次的时候，李昱刚明确地告诉这小子：“你不是问这屋儿是干吗的吗？这个地方，这个座位，给谁坐的？给嫌疑人坐的！那你坐在这里就是嫌疑人。”他说完，啪就给椅子锁上了。最开始我们不敢给他上铐，现在十拿九稳了，李昱刚直接拿锁给他锁上了。

这锁一上，他登时就恼了：“你们什么意思？你们什么意思？”

“我们没有什么意思，所有的嫌疑人都得坐这儿。”李昱刚说完出去了。

我在这边儿观察他，被那个板给铐着，他盯着铐子，盯着那锁看，大概五分钟，这手和脚就开始抖。

等李昱刚再进去，他迅速就不抖了。等于这会儿他全靠心理素质控制着。

大兵压阵，挑战他杀人的最后一道防线。而一旦他穷途末路，避无可避逃无可逃，必须面对现实了，击破的时候也就到了。要破不破的时候，内心压抑了太多太久的东西一定蠢蠢欲动，他需要解脱出来。这种压力太大了，正常人根本就扛不住。

就好比那些跑了十几年的人，你给他抓了之后，对他来说是一种解脱。更何况，他是把自己爹给杀了，这种压力谁也受不了。想脱罪，但同时又恐惧，甚至悔恨、后怕，还无处倾诉。多种情绪交织在一起，你适当给他来一下儿，他绷不住也就交代个一了百了。说出来的那种畅快，不用再逃避的那种轻松，在这种时候，也是深具诱惑力的。

有门儿了，我们一进去他就不抖了的时候，我知道有门儿了。我说走吧，咱们都过去。

他还在纠结，一个是侥幸心理，一个是罪与罚的那杆秤在摇摆。可是能看得出来，他的心理防线基本崩坏了。眼发直了，心理防线就溃了，他一个人在那儿待着，什么也不说。

“人就是你杀的！说吧，瞒不住了！你以为为什么把你叫过来？就是要逮捕你！”

从这个开场白开始，哥儿几个轮番咔咔咔地说，什么都有，语言上的攻击，语言上肯定要对他进行攻击。最后，李昱刚一脚踹在了椅子腿儿上，坐在上面的他条件反射地弹跳，之后，整个审讯室安静了。

这就是关键的一击了。

“你不把你干的说出来，我们也会查出来，等那时候，不仅你自己被动，我们查这案子这么久，上你家去那么多趟，跟你母亲了解情况，她没让我们见你，你杀了人，你一身血衣进门她有没有看到？你精神高度紧张，她有没有注意？治她一个包庇罪也是必然的！”

“没我妈的事儿！她什么也不知道！”

所谓关键时刻，警察审人不像老百姓以为的往死了整，不是，人在临界点的时候，要说和不说之际，“啪”一下给他个刺激，肯定说了。刺激他，给他一个契机，一下让他醒了。不踹椅子拍桌子也管用，外加拿他珍视的事物相威胁，那注意力就全给他抓住了，就像唤醒一个沉睡的人，出其不意。

这位也不例外，老老实实把杀爹的过程全部说出来了，为什么把爹给杀了？因为起了口角。那天晚上，他去找他爹，还是为房子的事儿，他爹那天恐怕也不顺心，先前杨燕她男朋友指定是刺激他了，说你个废物点心，你没地儿住你没手没脚啊，你他妈老来找我干吗，赶紧滚蛋，看见你那窝囊相儿，我就想起你妈，都他妈烦死人，你们怎么不去死！

这一下儿刺激他了，他爹老打他妈，他从小看到大，一次都没出手帮过他妈，他窝囊也愧疚。窝囊、愧疚再加上怨恨，长期的怨恨，你让我们死，你怎么不去死？他顺手就拿起客厅桌上的水果刀把正往卧室走的他爹脖子给抹了。干净利落，噗一下儿血就喷出来了。

这可给他吓坏了。他不是真大胆，他是一个激情犯罪。他爹倒下了，他就害怕了。他把那洗衣机箱子搬进来，其实不是为了遮挡血迹，他是想把他爹装进去再抛尸，可他不敢下手，最后自己跑了。

问他水果刀呢，凶器得找着啊。他说扔了。扔哪儿了？回家路上扔公共垃圾桶里了。嘿，这可麻烦了。得带他去指认，然后锁定垃圾站，再根据垃圾站得到垃圾填埋地点。

正说押着他走，我手机响了，一看，是我姐家里。

我把电话接起来，就听见我姐蚊子似的声音：“子承……我……”

话没说完突然就没了动静！

一个刑警的日子

第十七章
CHAPTER 17

爱恨转头已成空

在我最绝望的时候，我回过头看了看过去，才发现什么爱啊恨啊，全都成了一场空。

她就只说了这么一句话，然后就没了动静，电话那头一片寂静，甚至连呼吸声都听不到。我又追着喊了两句“姐”，但没人回应，顿时心里咯噔一下。

坏了！

我猛地回过神来，我姐一直患有白血病，一流血就停不下来。她刚才虚弱到那种程度，肯定是出了问题！

李昱刚看出我脸色很差，问我怎么了，我说家里可能出事儿了。

“啥！刘哥，那你赶紧走吧，什么情况啊？”

“我也不清楚。”我实在是没心思继续审杨教授儿子了，一时间脑子里乱七八糟一片，愣了半天才终于回过神来。

夏新亮推了我一把，“刘哥你先走，我们这儿都能弄得过来！等弄完了我们就去找你！”

我赶紧就从审讯室出来了，一边往外走一边打120。120出车快。一接通我就报了地址跟情况，情况照实说，我说我姐姐在家受了伤，她有白血病，大出血，120那边回复说这就出车。之后我又给我妈打了个电话，我妈一听姐姐那边大出血，挂了电话就往我姐那边去了。

这我还是不放心，又给一个朋友——三哥打了过去。我姐住海淀，跟我爸妈在相邻的两个小区，三哥是那片儿混的，因为一个案子我们认识的，后来挺熟，他认得我们家，我说你替我跑一趟，快上我姐那儿帮我瞧瞧，救护车我都叫了。

三哥为人仗义，我又帮过他的忙，他说老弟你放心吧，我这就过去，你甭着急。我嘱咐他，屋里估计没人能给你开门，你找人带上家伙，直接把锁撬开！

上了车我就照猛了开。正往我姐家狂奔呢，电话来了，我直接开了车载蓝牙，是三哥打来的。

一大老爷们，也是混社会的大哥，这会儿跟电话里声音直打哆嗦。因为我姐大出血了，人整个苍白的，从厨房水池子到客厅，从沙发垫到地上，满屋都是血。

我一听都傻了。真傻了。我傻了但不能慌，这还等着我拿主意呢。我说你们第一个别动她，能喝水给她点儿水喝，不能喝水别动她，把人给我看好就成。又问 120 到了没有，三哥说还没到，他们先到的，我姐已经醒过来了，但是特别虚弱，估计刚才跟我打电话的时候是晕了过去。但她非说不坐 120，她害怕这个东西，觉得它不吉利。我说等着我这就到，120 要是先来了，她不坐也得坐！

我整个人都是蒙的，蒙到闯了个红灯，差点儿撞上一骑车的。那骂声如雷贯耳却也只是一瞬，我车速太快了，远远甩开了他。

车开到我姐家楼下，我远远就瞧见了停在楼门口的 120，停下，他们正倒车驶离。我赶紧跳下车挥手，车没停，我妈叫我了："子承，你快跟上，我带着点点呢，我走不开，妮子还没回来，补习去了！"

等于我刚下车，又蹿了上去，一个猛打轮，车斜着就出去了。紧跟 120，我把电话给三哥拨了过去，三哥说他们都在车上，我姐大出血需要紧急输血，120 联系了好几家医院，血库都告急，你快想想辙儿吧！

我问我姐醒着呢吗，三哥说醒着呢，睁着眼呢。

我说你把电话放我姐耳边。三哥说着好好好，放过去了。我就对着眼前延伸出去的夜路与 120 的车尾灯喊："姐，你记住了，一定能活，你死不了，绝对死不了！睁着眼不许睡觉！不许睡觉，必须睁着眼！"

我听见我姐气若游丝地说："你小子……我说了不坐 120……晦气……"

“瞎说八道！说什么封建迷信！”

“上来……就说……哪儿哪儿……都没血……闹血荒……”

“别人有没有你甭管，你的我管够！”

我说得志在必得，可我开着车特迷茫。我去哪儿找血，我不知道。

通过所有的朋友打电话问，协和医院、同仁医院、朝阳医院，所有的医院都问了，没有血。来这儿没问题，互助，你献多少，给输多少。最多互助400CC，她那个失血量至少需要1000CC到2000CC，这不是开玩笑吗？哪儿都没血。

北京闹血荒，哪个医院都没血，没有血她就活不成了，她大出血，出血还止不住、不凝血。也就是说2000CC还得翻倍，一倍、两倍、三倍，因为你不知道什么时候她能凝住血。

实在是走投无路，我给路子很野的一个朋友，轻易不爱找的一个朋友，打了一个电话，我说有一个急事儿，帮我一个忙，现在哪儿哪儿都没有血，我需要血，现在就需要！她说你别管了，等会儿我给你打电话吧。

过了两分钟，这两分钟比一个世纪还漫长。你慌乱时间反倒过得快，你什么都做不了你走投无路时间就像静止不动了。

电话响了,我整个人都有种燃烧的感觉,我听见她在电话里说：你去301吧，找他们后勤处许处长要。

大夜里11点多了，我打头阵，120跟着，把我姐送到了301。一开到301，血就准备好了，需要什么型的你说吧，我说O型的，她说没问题，血小板都给准备好了，到那儿就进行输血。

哎哟，给我急得跟热锅上的蚂蚁似的。由于三哥去的时候我姐已经身浸血海了，他也闹不清是哪儿出血，怎么出的血。到医院我算知道了，是经期出血，出血就停不住。

301医院在抢救我姐的过程中，遇到了极大的麻烦。问题出在止不住血，我姐是白血病，血小板低。血小板是干吗的？凝血的。血小板怎么来？抽完血之后，在一定温度下，摇那个血血小板才能出来。没有血不行，没有血小板也不行，血小板输进去，这个血凝不住，就全流出来了，等于是老输老流。

最后 301 医院的大夫跟我说这情况，我问有没有办法，他说真没办法。我说那不行，您再帮着想想，钱不是问题，花多少钱都行，我姐不能死，说什么也不能死！我姐这辈子太不容易了，我死也不能让她死，不行您抽我的血，我的血我负责！

大夫说那哪儿行啊，不是这么回事。我急他也急，最后他说，有一个办法，打蝮蛇蛋清。

我问那是啥，他说就是蝮蛇蛇毒里面摇出来那个蛋清，有可能让血凝住，你敢不敢使？

我说使啊，有什么不敢使的，现在不使的话只有一个结果，使上！

大夫一脸为难，说：我得跟你说清楚，用这个，有风险。

我急眼了："有什么能比人活着更要紧嘛！"

"那咱就使！"大夫也下定了决心。

这个蝮蛇蛋清使上，开始有好转迹象了，这个血渐渐凝住了，情况慢慢就稳定了。我松了口气，大夫也松了口气。人一放松，憋着的劲儿全泄了。刚才一直等着的时候，我脑子里跟过电影似的，一幕一幕全是我跟我姐小时候，她怎么护着我，怎么帮我扯谎骗爸妈，怎么把好吃好喝的让给我，怎么哄我睡觉给我讲故事，全是这些个。

然后就是她婚姻怎么不幸，我姐夫怎么由一个成功商人沦落到人人唾弃的瘾君子，她怎么家破人亡，又是怎么背负着这些拉扯我外甥女，如今又拉扯我儿子，给我那没了娘的儿子当妈。

呼啦，眼泪就涌出来了。根本控制不住。

不能失去她，不能失去这个生命中最疼爱我的女人。

鼻涕眼泪交织，不停地往下流，连避着人都不知道了。

三哥一直拍我的肩，大夫也好言好语地安慰我，可我就是哭得像个三岁的孩子。太压抑了，这些天来，这些种种，生活的磨难，妻子的出走，至亲的病危，这些情绪汇总到一块儿，我感觉自己真的到了临界点。为了杨教授的案子，我不知道熬了几个通宵，神经已经被折磨到了极致。一根弦绷得太紧，特别容易断裂。

我姐给安排进了ICU，那是无菌环境，不让进，我就在过道站着。护士特别好，给我从护士站搬来一张椅子，又给倒了水。我坐在医院安静的走廊里，低着头，像被霜打过的茄子，蔫头耷脑。其间给我妈打了个电话报平安，也给俩徒弟发了微信报平安。可我知道，我的内心一点儿都不平安。乱极了，烦极了，满脑子都是事儿。

不知过了多久，三哥来了，来了到我身边没说话，递过来一个报纸包着的方块。

“老弟，不多，就两万，你先拿着，不够咱再想办法。”

“没事，不用。”

“你客气什么啊！这回头缴费少不了，你拿着，应急，用不上你再给我，听话拿着，谁家没点儿急事儿啊。”

我看着他，用力说了声谢谢，把钱放进了手包里。

“那我先走了，人家也不让待。你明天，咳，今天，早上大姐什么情况醒了怎么样你跟我打个电话，我好放心。”

三哥走了。我坐在椅子上，也是困极了累极了，迷迷瞪瞪就睡了过去。

这天早上我是被护士拍醒的，她笑呵呵地看着我说：“警察同志，我叫了您十来声儿，这是多久没睡觉了？得注意休息啊！”

我特别不好意思，脸都红了。

“您姐姐醒啦，快看看去吧。”

我“噌”就蹿起来了，小护士一把拉住了我，“别急，我带您过去。”

让人家领着，我去了住院部，我姐躺在床上，身边站着大夫。

“姐！”

我姐看向我，我激动得不行，她脸上有血色了，红润起来了。凑到她跟前，我发现她伸手拉我抓了个空。抓了几次才抓住我的手。

我看向大夫，大夫朝我点了点头。

跟我姐寒暄了两句，我随大夫出了病房，在走廊里，他跟我说，我姐情况稳定了,可是眼睛看不见东西了。后遗症。大概能看清轮廓,视力下降特别严重，以后能不能恢复不好说，但希望不大。

也算是五雷轰顶了。但大夫说的对，人救回来了，咱们慢慢看慢慢治疗。我说无论如何谢谢您李大夫，他说这是我们应该做的，也感谢您理解体谅，咱们都是为了病人好。后续治疗你也不要着急，别一听白血病就世界末日，白血病有许多种，你姐姐的情况不差，咱们现在血液病方面进步多了，能定位到基因里，靶向性治疗，只要遵医嘱，好好看病，跟正常人寿命一样的，白血病、艾滋病都不再是恐惧对象了，咱们虽然无法痊愈，但咱们可以维持，保持好的状态。

李大夫跟我交代完，小护士说您去缴费吧，单子我都给您整理好了。

我谢过她，接过单子往划价缴费处走，浑浑噩噩排到队尾，忽然一激灵。

我的手包呢！

包、卡、钱都没了，全没了。也不知道啥时候没的。

这可怎么办啊！

我一下愣住了，大脑瞬间一片空白。

人在这会儿就到极限了，万念俱灰的感觉。给我姐看病的钱，都在我那手包里。卡里一部分，现金一部分。我姐在ICU花销特别庞大，再加上输血等等，不把钱准备足是不行的。

现在钱都没了。

那一刻，我觉得自己到了临界点。

不知道为什么，在这种紧要关头，我眼前忽然出现了张风雨的脸。

我仿佛听到他在对我说:“刘警官，你还能撑多久？这条路你还能走多久？”

怔怔地站在原地，整个人像是中邪了一样，我用力地揉了揉眼睛，好不容易赶走了他。可是即便如此，我的内心也完全被绝望、痛苦所填满，我觉得自己就像是跌落悬崖的不幸之人，一只手紧紧扣着边缘，稍一松气就会坠落下去。

我当了半辈子刑警，破了无数案子，抓了数不清的犯人。可这座城市的罪人还是那么多，就像是你抓了一个，就会再生出来一个，无穷无尽。或许这世上的罪恶是恒量的，永恒不变，我的所作所为压根就没有任何意义。

我为了这个职业贡献了我的一切，我曾一度认为自己是无怨无悔的。可在我最绝望的时候，我突然开始后悔了，如果我不是一个刑警，是否婷婷就不会和我离婚，点点也不会没有了妈妈？

想到婷婷的时候，我的心里忽然点了一把火。

一个想法就像是无根的野火，就那么在我脑海中烧了起来，而且越烧越旺，完全停不下来。它吞噬着我和婷婷的每一个回忆，像是恶魔一样驱使着我。

你毁了我的生活，我也要毁了你的！

说实话，当时我真的动了杀掉婷婷的心思。我甚至想到车上有刀了，想到我怎么开车过去，怎么闯过门卫，怎么直达她办公室，怎么破门而入，怎么一刀攮死她。把她弄死之后，我也跳楼不活了，她办公室在五楼，可以跳。还活什么呀？不活了！

我一直自以为我懂得罪犯行凶的心理，直到这一刻我才发现之前的自己都是自作聪明。每一个犯罪的人都说自己是走投无路，而这种走投无路的感觉我此时此刻终于有了切身体会。

没法控制自己，我满脑子都是和婷婷玉石俱焚的想法。其他的什么都不想，绝望彻底变成了愤怒。我现在这副人不人鬼不鬼的模样是拜谁所赐？家不成家，房子还被人卖了，我父亲常病不起，姐姐九死一生！而在这种时候，救命钱居然还被人偷走了！

我已经被逼上了绝路，到了这种时候，我只想宣泄心中的愤怒，我要毁了她！毁了她！

她叫婷婷，曾经是我的妻子，可也是这个人，她毁了我的家庭，卖了我的房子，和一个小白脸把我逼上了绝路！

绝路！

啪，有人捅了我一下。啪啪，有人拍我的肩膀。

我仍在自己创造的幻想之中，可就在我即将坠落深渊的时候，我忽然感觉有人抓住了我的手。我努力伸直脖子往上面看去，是点点，是他用小手抓住了我紧紧扒着悬崖峭壁的手。

“刘哥！刘哥！您魂儿呢？”

是李昱刚。

“没事儿吧您，刘哥你别吓唬我啊！”

是夏新亮。

我的耳朵听见了两个徒弟的声音，幻想之中，除了点点之外，也出现了更多人，拉着我。

没错，婷婷的确害了我，但我曾经爱过她，她也是点点的母亲。我记得她的善解人意，记得每一次当我的职业和家庭出了矛盾的时候，都是她最先让步。

我还想起了我查过的好多案子，除了穷凶极恶的杀人凶手之外，更多的还是令人唏嘘的人性。而人性之所以令人唏嘘，其本质还是源于善良。

卖淫供子女读书的母亲，因为心中姑娘而向警方坦白交代的毒贩子，独自抚养女儿以及女儿肚里孩子的母亲……

他们比我绝望，也比我更愤怒。

于是有人催生了罪恶，有人走上了犯罪的道路。

想到这些之后，我终于恢复了理智。

我也能看见了，眼前不再是一片雪花了。俩徒弟紧张兮兮的面孔出现在我的瞳孔中。

“您怎么啦？我来看看您看看姐姐，左右找不见人，还是护士跟我说您缴费来了。”

哦，我醒过来了。醒过来还在回味我的假想，儿子的房没了，外甥女的房也没了，可我还有我儿子呢，我还有外甥女呢，我得想办法，我得想办法，现在得解决眼下的问题。

瞬间，我觉得俩徒弟是我生命中的贵人，是他俩捅那一下救了我。

没那一下儿，我可能接下来就上车直奔安全局了。再看见我的时候，就是在社会新闻上了……

“我手包丢了。”我舌头有点儿伸不直。

“啥？”李昱刚一愣。

“我来缴费，才发现我手包没了，钱、卡全在里面儿。”

“靠！别急，刘哥你别急。让人偷了是吧？我这就去查！”李昱刚风风火火地就冲着医院监控室那边跑去了。

夏新亮没有过去，他只是问我：“您先告诉我，需要多少钱，咱先把钱缴上，小偷跑不了，天南地北我俩都给您抓回来。”

我还没来得及说。

哗啦，夏新亮从我手上抽走了单子。一边看一边掏出了手机：“喂，我。你在忙吗？忙也先放放，我在301医院呢，我师父手包叫人偷了，需要钱，你回家一趟，我存折在写字台抽屉里，有俩……”

我被夏新亮扶着坐到了医院的长椅上，听着他打电话，打了好几个。其中还包括打给银行帮我挂失借记卡、信用卡。

过了半个来小时不到一个小时吧，李昱刚回来了，步履匆匆。

夏新亮跟他交代了几句，走了。

有李昱刚坐在我旁边儿陪我说话，时间过得快了起来。又过了一个钟头，夏新亮回来了，背了一大包钱就来了。

李昱刚问：“你怎么去了那么久？”

夏新亮的额头都被汗打湿了，“嗨，我跑了好几个ATM，银行不让取大额，说要预约，谁跟他们闹事儿啊，我就自助吧，一个卡一个卡取的，一个卡最多取两万，取了五个卡。”

我心里又燃起了一团火，但不是怒火，而像是冰冷夜晚烧起来的篝火，人瞬间暖乎乎的了。我不是一无所有，我还有亲情，有友情，有哥们儿这种情义、义气。

到底什么是重要的？我不停在琢磨这个问题。你不受到打击，就不会思考这种问题。

“靠，你小子真是个款爷啊？”

“别叨逼叨了，我陪刘哥缴费，你赶紧，该干吗干吗，给那孙子揪出来，我看看谁这么大胆子，敢偷师父！”

他调了 301 医院的监控，但采集角度不好，就拍到那个偷了我手包的男的一个侧背影。个儿不高，身形中等，穿了个夹克，下身一条工装裤，脚踩运动鞋。李昱刚执着啊，医院的监控看完，又开始调天网的。我说你别费劲了，卡都挂失了，就是那点儿现金，也怨我自己睡着了。李昱刚瞪眼，不行，别模糊我职业信条，连一个贼都抓不住，我别干了我！

我说你闲得没事儿干了吧？让你别纠结还非纠结！

李昱刚朝我嬉皮笑脸：“您说对了！夏新亮负责结案报告，我闲了。”他一边说一边摇头晃脑。

那天在医院被偷了包之后，我在真空状态里发了狂，后来被徒弟们唤醒，感觉自己实实在在地渡了个劫。

真是渡了个劫。那就像个分水岭，我那些愤怒、暴躁、无力、消极、灰心、绝望，全被留在了真空世界里。

醒来后的我，感受到了来自这个世界真切的温暖，干涸的内心瞬间被滋养了。

姐姐还在住院，但病情得到了控制；我爸又进了医院，还是因为帕金森，我妈陪着他，我抽空就过去；儿子没人能帮着照拂，我外甥女自告奋勇，说舅舅你老得去看我妈，弟弟我来接送，我早点起，下学先不参加课外辅导了。我怕俩孩子不成事儿，三哥叫了他一小弟跟着，说子承你放心，我都不叫孩子知道，就让他远远看着，你也放心。

老丈人那儿我也去，前天刚做了个手术，拉屎拉尿我就给他擦，女士干不了，这活儿我全来。他就说，你这么忙，成宿伺候我行吗？我说没问题，咱体力好。他说，干吗不找一个护工啊？我说婷婷曾经哄过我儿子，给我儿子擦屎擦尿，我不会欠她账。

她父亲跟我聊天，他说我闺女都这样了，指着你跟亲儿子一样，我罗锅趴铁道，值了。我说您别说这个，您且活着呢。婷婷来过一回，老丈人当着我们面儿说，我有生之年，不希望看到你们离婚。我说好，没问题。婷婷没吭声。我知道，这婚必须要离，没回转余地了，她把事儿都做绝了，不留后路。但是她父亲既然说了，那咱们该怎么做怎么做，就伪装呗。

那天我送婷婷出来，我没说话，就跟在她身边，让老人家看着也踏实。但我内心的平静不是假装的，是真平静了。所有的不冷静都留在那个真空世界里了。什么我得把儿子的房拿回来，她认账不认账都得拿回来，哪怕这个房子打开之后，我去炸了；什么既然我儿子没妈了，我就去把你砍死。这些荒唐，在那个真空世界里我做了，就当作做过了。做过了，就结束了。我虽一无所有了，但我不会发癔症了。

她爸爸在医院住着，有今天没明天地过着日子，我基本上天天去医院照顾他，我姐那边我都做不到这么准时准点，三四天去一趟，平时就我妈跟我外甥女看着。不为别的，我姐至少还有人管，我老丈人不行，他有个不孝女，卧病在床都不来伺候。老人家对我不错，老太太怎么样不说，老爷子没毛病，也没少为我们俩人的事儿操心，我不能不管。

这期间，婷婷不停催我离婚。她爸当着我俩面儿说的有生之年不希望我们离婚，她根本听不进去。不是我说她，太不像话。闹离婚这阵儿，她把儿子、外甥女的两套房子给卖了，我也看开了，我不怪她了，卖就卖了，无所谓，我还在呢，我再给他们奔去。但是钱归钱，个人利益归个人利益，我什么全给你我认了，但你不能对孩子不闻不问啊，她就没给儿子打过一个电话！人性这个东西吧……我说你可以对我不负责任，我错了，可是你不能对孩子这样。

婷婷不跟我讲道理，不讲理。她找我没别的事儿，就是离婚。必须离，不离不行。我说，你父亲都这样了，你还离婚啊？就得离，那也得离。我说，孩子呢？孩子给你，我不要了。必须离吗？离。那好，你这么着，咱们开个家庭会议，争取一下你妈、你叔伯的意见再说。

这是个缓兵之计，我知道，其实我很明白，任谁，恐怕也拉不住她了。她跟失心疯了没两样，我一天不跟她离婚，她一天疯癫。

跟婷婷家亲属约的是一间酒楼的包房，我迟到了，迟得不多，半小时左右。进去之后，空气里盘旋的都是低气压。

除了我丈母娘，她们家来的是家里的一个亲叔叔，还有一个所谓比较有声望的人。我开门见山，我说我为什么现在不跟你离婚，是因为老人说了有生之年不希望看到咱们离婚，人什么都可以做，就是不能跟死人结怨，他一个将死之人，我不会跟他结怨，我答应的事儿一定要办到。

她说那也得离，你离不离都得离，我怀孕了，不跟你离婚，我怎么给我孩子上户口？

刹那间，我眼前一片黑。

原来如此。

这时候我听见我丈母娘说：小刘啊，都到这个份儿上了，你也别扒着我闺女不放了。咱们好好合计一下，这离婚之后家里的东西怎么分吧。

她叔叔，岳父的亲弟弟，说：就是，我这次来就是给你们做个见证！

做见证？你家里多少麻烦事都是我摆平的？你们现在住的房子，是我卖掉了自己的老房子才换回来的！到了现在，没人跟我说过往的恩情，都只在意自已能获得多少！

那好吧，离！

什么叫人性？我经常思考这个问题。

什么叫人性？谁是恶人啊？杀人犯是恶人吗？陈晨把爹妈杀了，你说他是恶人吗？他是恶人他为什么对罗美华母女那么好？杨教授的儿子把他亲爹杀了，你说他是恶人吗？他是恶人他体恤母亲心疼妹妹并最终走上一条摧毁身心灵的路？恶这个东西，一定要到骨子里面去？

我跟婷婷曾经恩爱11年，我有错误，我肯定有问题，我没说我没有问题，但是孩子没招你惹你。不能说你怀孕了，我儿子就不重要了，他怎么也是你身上掉下来的肉吧？在我们离婚之前三年，她查出肝上有两个脂肪瘤，儿子那会儿才两三岁。那哪行啊？我告诉你，我怎么都给你治好了，把房子卖了，也给你治这个病，想都不用想，咱俩是夫妻，哪怕肝我给你换了，也得让你活着，这个孩子不能没妈，没爹没事。现在想想，诺言真是没用，可是我觉得我能做到。她也承认，我能做到这个事儿。可有用吗？屁用没有！

我们第二天就去办理离婚手续了，结婚证往回一收，一人手里多了本儿离婚证，压着钢印，透出来一股强硬的力道。结婚证上也有钢印，但刚刚领取到的我们却觉得那是坚强的肯定。肯定我们的爱情，肯定我们将会迎来爱的结晶，肯定未来的生活和和美美风调雨顺。多可笑啊，一个钢印，一模一样的钢印，却因为心境不同而生出截然不同的感觉。

婷婷跟我肩并肩出来，沐浴在阳光下，我感觉到她身上的戾气一扫而空。她的五官面貌又是我所熟悉的了，不再是那个不知道打哪儿冒出来的母夜叉。

那可能是我和她今生最后一次……以心交心的谈话。

她轻轻说："子承，我离开你，我知道我找不到你这样的男人了。你是爱我的，我知道。但是他能给我的，你给不了。"

我说："你离开的不是我，用你的话说，嫁给我之后日子过得和丧偶差不了多少。你离开的是点点。"

她说："是我对不起点点，可你知道，活在这个世道，太多事情都身不由己。我和你结婚之后，我妈还是不依不饶地给我介绍对象，就算我生了孩子，她也还是这样，我在她眼里就像是商店里的一个货物，卖不出她预想中的好价钱，她就不会罢休。"

我说："我能理解你，以后我也会让儿子尽量理解你。他已经缺少了亲生母亲的关爱，我不会再让他长大之后满怀着对你的恨意。"

她说："她毕竟是我的母亲，再怎么样我也不能不要她……而且，子承你的家是刑警队，那间破破烂烂的民工房，而不是我在的地方。"

我忽然感觉我俩仿佛回到了好多年前，那时候我们都很年轻，她尊重我的职业，也理解我的生活方式。

我笑着对她说："你说的没错，我的家的确是刑警队，但家人，是我的命。我可以没有家，但不能没有命。"

无话可说，我取车去了队里，那里还有很多案子等着我。

我开着车耳边回荡着离婚登记处工作人员的话语：这个财产分割协议太简单了吧？还有抚养权，写得是不是草率了些？欸我说，你俩不是为了买房办理假离婚吧？我跟你们说，这可不行啊，万万不能拿婚姻当儿戏。

呵呵，我多么希望，我们是来办假离婚的。

可它是真的。实实在在的。不容置疑的。

我离婚了。基本等于净身出户。唯一的财产，是我五岁的儿子。

这个孩子还是破碎的，因为他妈不要他了。昨天夜里我妈给我打电话，说我儿子发了大脾气。起因是换书包。书包破了，我妈也没空出去给他买，就拿了从前婷婷单位发的帆布包让他先对付背背。点点声色俱厉地骂人，又拿剪子去剪书包。他知道。他什么都知道。这么长时间婷婷没见过他，没给他打过一个电话，他明白自己被母亲抛弃了。他恨。恨极了。而我，作为他的父亲，我不知该如何去安慰他。

我唯一能做的，就是用尽全力，让他平平安安地长大成人，然后他自然会懂得是非黑白。

回到队里之后，迎面就碰上了李昱刚，“刘哥！”

千头万绪中，我听见了李昱刚明亮的声音。我仔细一看，金灿灿的阳光下，小伙子捆着一人进来了。说捆着不为过。皮带绕在他手腕上呢。是他还是她，一时间，我竟有些懵逼。看魁梧的体格，是个男的，可他却穿着裙子顶着大波浪。

“蹲下！”

李昱刚的声音铿锵有力。这位倒是懂规矩，贴着墙根蹲得标准。

“你这……啥情况？”

“小偷！医院里偷您手包那个！妈的，还他妈跑！你丫再跑啊！高跟鞋怎么不摔死你！”

我低头看这位的脚，一脚有鞋一脚没有。也是专业，还穿着丝袜呢。

“你怎么把他给逮着了？你不是回宿舍睡觉去了吗？”

李昱刚嘿嘿笑着抓头，“我这不是闲不住嘛！再说了，一个小偷都抓不住，我还能干点儿啥啊！”

“嚯，还异装偷盗。”

我点了支烟，好生打量着这位倒霉催的。

“我看了那么久的监控，就是找不见他。他不能上天入地。有来就有走。我是一个讲求科学的人，就开始反复回看。一回看，瞧见这孙子了。”李昱刚说着，看向这倒霉蛋，“你说你，你要杨柳细腰小肩膀，你化装成女的你也就过去了。”他说着，走向蹲着这位，顺手拿起也不知是谁点餐时候留下的筷子，一边敲打他一边说：“这宽肩膀，这发达的小腿，这虎背熊腰。”

“你别打他。”我强忍着笑意。

“我这叫说明案情。”李昱刚扔下筷子拉了张椅子坐下，“装扮得这么不专业，高跟鞋都踩不稳。我一想不对头。就去医院蹲丫挺的了。让我逮了一个正着！又去偷人家了。欸我说你缺德不缺德啊？这都是人家的救命钱！”

地上那位抬不起头来。

“不是我说你，你真要遭报应的！”

“刚谁说自己科学来着？”

“刘哥！”

我笑，“你接着说。我这儿还等着拍案惊奇呢。”

“他偷了东西，我一看，奔厕所去了。黎明时候厕所没人，他进了女厕所，出来就这副鬼德行，我就给他按了。人赃并获。惯犯。绝对惯犯。”

地上那位一声不吭，头垂得更低了，像是要扎进地里头。

“我说你也是吃了熊心豹子胆！刑警队长的手包都敢偷！”

“你错了。”我打断李昱刚，“他这是常在河边走，哪能不湿鞋。得了，你也甭跟他较劲了，移送派出所吧。咱这儿庙小，盛不下他。”

“他想得美，我歇会儿就领他找东西去。包里物品清单我都给他列出来了。不仅钱一分不少得给我拿回来，缺张卡我都饶不了他！”

“你没的干了吧。没的干写结案报告去。”

“刘哥，我跟他较劲到底。这不是别的钱，这是给姐姐的救命钱。这也不是别的包，是一个操劳无数天又得破案又得照顾亲属的警察的包。他丧尽天良，阎王爷暂且管不上，我受累先代劳！”

“你啊你。”

“您快回去休息休息吧。”

我笑着摇了摇头，转头去了夏新亮那头，他正在写结案报告，杨教授的那起案子。

我问：“全都交代了？”

夏新亮说：“嗯，说得清清楚楚，他是怎么杀他父亲的，细节全都对得上。”

“那应该高兴啊，你怎么还愁眉苦脸的？”

“我高兴什么呢？案子破了，但这伤痛，又该怎么来面对？”夏新亮长出了一口气，“这世间，有那么多令人留恋的美好，可偏偏就有人视而不见。”

我说："也许是这些美好得来太容易了吧，习以为常，就不再珍惜。"

身在福中不知福。但福这个东西，到底是个什么定义呢？我想，每个人对它的理解都不相同。苦是千篇一律的，甜却是一言难尽的。

一言难尽。

尾声

离婚之后，我下定决心要开始全新的生活。尽管婷婷母亲仍不愿意放过我，打算把我现在住的房子也夺到她的手里，对此我并不觉得难过或是愤怒。

既然已经分道扬镳，今后的生活就见招拆招吧！

在我和婷婷离婚后不久，前岳父就去世了，我看了眼住院的单子，前前后后只花了一万不到的费用。可见他的死，是源于亲人的放弃，压根就没人想要救他，从头到尾都把他当成了累赘。而我那位前岳母，也在老伴死后立刻改嫁了别人。

幸运的是，我父亲的病情还算稳定，起码没有大的问题；我姐也出了院，以后只要小心一些就可以避免大出血的情况。

至于点点，我有时会怀疑他是不是已经偷偷长大了，不然为什么会这样懂事。

他爱他的父亲，也尊重他的父亲，这是我最欣慰的地方。

但是，我一方面要照顾住在医院的父亲，另一方面还要花更多的心思照顾点点，不免在刑警工作上减少了许多精力。

之前由于破获了许多大案重案，我被领导从缉毒队调到了重案队当队长，其中的成长可谓来之不易。而现在，我为自己的未来做了一个相当艰难的决定。

面对刑警这份干了二十多年的职业，我用一纸辞呈作为自己最后的答卷。只不过我辞去的不是警察的身份，而是重案队队长的职务。

领导看了眼辞职信，用手把它攥得皱皱巴巴，脸色也在发青，这是被我气的。

他跟我说:“刘子承，你这是当逃兵！”

我有些不好意思:“我只是辞了队长的现职，又不是不当刑警了。”

“说得轻巧，你一走，重案队怎么办？”

我的心思同样沉重，并不比他好多少，“点点已经没了妈，我以后要给他双份的父爱，这样孩子才能好好长大。”

领导一听到点点的名字，顿时就萎靡下来，“唉，我也理解你的难处，可我就是舍不得你走，重案队也舍不得你。”

这时候我听见办公室外头有人喊，“就是，我们舍不得！”

这是李昱刚的声音。

“你闭嘴！”这是夏新亮的声音，他把李昱刚拽走了，但我能从他的声儿里听出哭腔。

我和领导面面相觑，谁也狠不下心来做这个决定。

最后，领导问我说:“要不这样，我先把你调到专案组吧，那边正好缺人手。我想让你见见那边的人，听听那边的事，在那之后你是去是留，做什么决定，我全都同意，好吗？”

我用力地点了点头，“一切服从领导安排。”

离开办公室的时候，领导喊住了我，重重地叹了口气，“子承，你的情况在咱们刑警队不是第一个，也不会是最后一个。但有些话我必须告诉你，我不是想要用道德绑架你。

“很多刑警的家庭都支离破碎了，表面上来看是刑警这个职业导致的。可如果真的是这样，为什么有些家庭却完好无损？按照这个道理，是不是所有军嫂都要和丈夫离婚才算完事？

“我们刑警和军人一样，都是以为国家贡献个人能力为己任。但实际上，刑警和军人的家属同样也在为国家贡献着自己的力量。可是，就像有些人不愿意当军人、不愿意当警察一样，有些家属也是一样。

“我尊重支持军人、警察工作的家属，但我不会瞧不起不支持的那些人，因为我们不能强迫所有人都像我们这样。

“子承，你说你辞职是为了点点，可你有没有为你自己考虑过呢？无论你怎么选择，至少在我心里，你这辈子都是我的战友。”

领导说得没错，其实我的个人经历，放在整个刑警队，不过只是一个缩影罢了。

我不知道自己应当何去何从，迷茫前所未有地笼罩着我，让人看不清前路。

直到我在专案组认识了一个叫作兆庭的人，我们有许多相似之处，尤其是在抽烟方面。

凌晨一点整，刚结了个专案，我和兆庭百无聊赖地窝在房间里。我俩已经聊了将近五个小时，一个是习惯了刀光剑影的老警，见毒贩流氓的时间比媳妇都多，热血沸腾地讲着胡同里的枪来弹往，一个是根红苗正的退役飞行员，也干了刑侦，回忆着年轻时的劲舞苍穹。谁也想不到，几年前我和他之间还隔着一层厚厚的雾霾，现在因为一个专案，就这么拧到一块了。

我俩从相识开始一宿一宿地聊，就这么变成了“铁磁”，没有像刚入世的半大小子那样，喝得五迷三道然后拜把子，也没有虚伪至极地表示着相互崇拜。我俩都是刀尖上过来的，没那么矫情。

我的性子一直有些阴沉，毕竟和罪犯打了那么多年交道，个人生活也经历了不少风雨。兆庭则总是闷闷不乐，一看就知道心里藏着不少事情，但他很少讲这些。

或许是刚才的案子令人唏嘘不已，也或许是酒精和烟起了作用，今晚的兆庭话有些多。

他问我说：“刘哥，你当了这么多年刑警，有没有那种一辈子都放不下的事情？”

我用力地吸了一口烟，“有两个孩子，因为失误没能救回来。不瞒你说，我现在偶尔还会梦见他们。"

兆庭忽然红了眼眶:"我和你一样，我有两个战友，就死在我面前。这都过去一年了，我还是经常做一个噩梦，我开着一架飞机，越飞越高，越飞越高……最后飞机失灵了，开始坠落，然后我就摔了个稀巴烂。"

听他这么一说，我顿时愣住了，连烟头烫到了手指都没啥感觉。一直以来，我只知道兆庭曾经是个飞行员，后来因为种种原因被调到了专案组，成了我的同事。我知道他以前的工作十分凶险,但是凶险到了什么程度,我就一无所知了。

兆庭用力地揉了揉眼睛，声音也有些嘶哑，和我讲起了他的往事。

来专案组之前，他一直都是飞行员，早先的时候队里有二十来个人，后来只剩下了十几个。我听后觉得特别好奇，这年头也没打仗，好好的人怎么就没了呢？要知道飞行员可都是活宝贝！兆庭告诉我说，就是因为活下来的少，所以才是宝贝！

一年前，在一次训练过程中，有两位战友出了事故。说实话，这已经是第八个和第九个了，大学同学加上快二十年的战友，眼看着摔得跟拍黄瓜似的，还烧成碳了，这一幕在兆庭心里留下了极大的阴影。

直到现在，他也放不下那件事情。

他说起了那天的事情，单机特技训练，当日第一架次，从起飞到坠毁只有3分35秒，一秒一秒地放，一帧一帧地想，飞机上天之后做了横滚动作，结果就发生了失速事故，事发突然，谁也没反应过来。

兆庭说，当了这么多年飞行员，他对于队友的牺牲早就习以为常了。

对牺牲习以为常?

我为此深感震撼，在此之前，我一直以为刑警的日子就已经足够苦了。

我问他:"这么做……值得吗？"

兆庭突然变得激动起来，说话变得快而且没有逻辑，但我能听懂他的意思。

"值得吗？刘哥，你不知道，我们从一开始就没想过活着，战场上我们没怕过，半岛就能让我们尿了？飞机摔了可以再买，人没了可以再续上，跟当年把他们从半岛那片天上压回去一样，这片天是我们的，中国人的！他们的飞机敢飞在我们的天上，我们就是豁出命也要赶丫出去！老子就是干这行的，穿不穿军装这都是我们的命！

“可能没有多少人认得我们，更不会记得我们，就像记不住死在笕桥和三八线那些老辈儿一样，但咱自己得清楚，咱们要撑住这片天，替先走的那些哥们撑着，替所有别人家的老婆孩子撑着，得让咱们的孩子消消停停地庆祝中国第一个一百年！”

兆庭越说越激动，掐烟的手都有些发抖，他颤抖着说道：“我就是死，也要死在天上！”

我笑了，笑得很酸楚，用力拍了拍兆庭的大腿，说：“兄弟！事咱还得干，人也得留下，得有人给孩子讲这些事儿！”

他的一腔热血，几乎将我烫伤。我猛地发现，原来还有许多人和我一样，做着类似的事情，面临着几乎相同的困境。而这些人，寸步不退！

那一刻，我不再迷茫。

不知道为什么，我忽然回忆起了早些时候的刑警队。

那是三排低矮的平房小院，甲 1 号，里面住了很多人。我们在院里敲打着饭盆，等着吃包子。有时候领导去上厕所，结果发现手纸被哪个王八蛋偷偷拿走了，只好气急败坏的大骂。这些声音落在我的回忆里，最后都成了一片欢笑。

就在这个不起眼的地方，刑警们破获了无数起大案，那是我刑警生涯开始的地方。

而现如今我所在的专案组，也远远不是结束的地方。

一个刑警的日子，仍将继续。

一个刑警的日子

图书在版编目（CIP）数据

一个刑警的日子 / 蓝衣著. 一南京：江苏凤凰文艺出版社，2018.7

ISBN 978-7-5594-1323-9

Ⅰ. ①一… Ⅱ. ①蓝… Ⅲ. ①长篇小说－中国－当代 Ⅳ. ①I247.5

中国版本图书馆CIP数据核字（2017）第268739号

书　　名　一个刑警的日子

著　　者　蓝　衣
责任编辑　孙金荣
特约编辑　王健霖　张凤莲
责任校对　郭慧红
封面插画　梁皓瑋
封面设计　果　丹　申　佳
版面设计　李　亚
出版发行　江苏凤凰文艺出版社
出版社地址　南京市中央路165号，邮编：210009
出版社网址　http://www.jswenyi.com
印　　刷　三河市金元印装有限公司
开　　本　700毫米×1000毫米　1/16
印　　张　20
字　　数　283千字
版　　次　2018年7月第1版　　2018年9月第2次印刷
标准书号　ISBN 978-7-5594-1323-9
定　　价　48.00元

（江苏凤凰文艺版图书凡印刷、装订错误可随时向承印厂调换）

FONGHONG
凤凰联动出品